LAS LÍNEAS LEY

LOS SABIOS LIBRO 2

LISA LOWELL

Traducido por
JOSÉ GREGORIO VÁSQUEZ SALAZAR

EL AHORCAMIENTO

*L*as rodillas de Gailin chocaron juntas por el miedo mientras subía temblorosa a la horca. No te asustes, se ordenó en silencio. La multitud reunida de aldeanos boquiabiertos nadaba ante sus ojos, mareándola. Trató de no mirar a los otros dos hombres que ya habían sido bajados del travesaño. Uno todavía pateaba y se sacudía obscenamente, pero la parte clínica del cerebro de Gailin sabía que eso se debía a que el verdugo había movido el nudo a la parte posterior de su cuello en lugar de hacia el lado donde la caída abrupta instantáneamente lo rompería. En cambio, el hombre patético debía estrangularse hasta morir en lenta agonía. ¿Cuál sería para ella? ¿Cuello roto o estrangulamiento lento y tortuoso?

Por supuesto, ella no había asesinado a nadie, ni violado a la hija del verdugo como el criminal estrangulador. No, su crimen era diferente. Había intentado, y había fallado al ayudar a un hombre con una pierna rota. Un dibujante de la aldea había quedado inmovilizado por la caída de su carro que se derrumbó y, después de que el resto de su equipo lo sacó, los hombres lo llevaron a su cabaña en una camilla con una desagradable fractura compuesta en la parte superior de la pierna. Dada la reputación de Gailin de tener un toque sanador, la gente del pueblo a menudo le traía a los enfermos para que los atendiera, pero este era su primer caso de tratar con un hombre por lo demás sano. Había tratado roturas antes, pero no cuando el hueso estaba completamente fuera de posición. Esto no auguraba nada bueno para ella. Probablemente no tenía la fuerza física para colocar el hueso en su lugar y había advertido a la angustiada esposa de la víctima de esta posibilidad.

Luego, tontamente, había intentado colocar el hueso en su lugar. El posicionamiento de la ruptura fue tan bien como se podía esperar, pero la médula del hueso debió haber entrado en su torrente sanguíneo, envenenándolo. Había muerto de una fiebre terrible en la cabaña de Gailin dos días después y cuando los hombres del pueblo vinieron a recoger el cuerpo del dibujante, también vinieron a arrestarla por brujería.

No había juicio para una bruja, porque ella te hechizaría. ¿De qué otra manera habría sobrevivido su anciana abuela durante tanto tiempo? ¿De qué otra manera ella y sus seres queridos habrían sobrevivido, sin una marca, a la viruela que había asestado un golpe a la ciudad ese invierno? Gailin debía ser una bruja y había envenenado deliberadamente al dibujante.

Y así, al día siguiente, debía colgar de la horca como los otros dos criminales.

Drake no podía resistir un ahorcamiento, y éste se jactaba de tres cuerdas ya colocadas en la horca. Que su presa haya llegado a esta ciudad y que se hubiera mezclado con la multitud era conveniente, porque ahora Drake podía disfrutar del espectáculo y seguir a su enemigo hasta la ciudad. Quizás los aldeanos locales le permitirían deshacerse de los cuerpos... No, mejor no involucrarse. Necesitaba seguir al Hombre de la Montaña y nada debía distraerlo de esa persecución. Si Drake podía ver la ejecución tanto mejor. Podía observar al

Hombre de la Montaña con bastante facilidad desde la audiencia y no perderse ni un pedacito del evento.

Todo el pueblo debió haber acudido a esta ejecución. Drake observó con interés cómo al primer criminal, con las manos atadas a la espalda, lo subían a un taburete y luego le colocaban la soga alrededor del cuello. Sus crímenes fueron leídos diligentemente a la asamblea mientras el criminal miraba hacia abajo en agonía. Lo habían declarado culpable de asesinato, porque golpeó a su esposa en un ataque de borrachera y la mató. Luego, sin más ceremonia, el verdugo enmascarado pateó el taburete que estaba debajo del criminal y el chasquido de su cuello resonó en los mágicos oídos de Drake. El hechicero bebió el familiar baño de emoción que se hundió en sus entrañas y lo calentó de principio a fin.

Luego, el verdugo encapuchado condujo a otro criminal a la horca. Este villano mostró el miedo de un hombre culpable, señaló Drake. A este criminal se le abrieron los ojos y miró frenéticamente a la multitud con la abyecta esperanza de que alguien acudiera a su rescate. Su nariz rota y sus ojos hinchados lo decían todo, porque alguien lo había golpeado con bastante facilidad mientras estaba bajo custodia y Drake sintió cada hematoma como un punto cálido en su propio rostro, y se humedeció los labios con anticipación. Observó con atención cómo el verdugo movía deliberadamente el nudo a la nuca del criminal y Drake tuvo que reprimir una risita. Éste no podía esperar a verlo. El crimen; violación, atrapado en el acto. De eso, a Drake no le podría importar menos. Quería que el taburete se deslizara por la horca. Y cuando lo hizo, el placer que sintió Drake casi lo hizo derretirse. Cada jadeo y cada patada de las piernas, desesperado por la vida que se escapaba, hacía que el cazador sintiera esa agradable sensación de éxtasis.

Sin esperar a que el violador muriera, el verdugo salió de la plataforma en busca de su víctima final. Esta sorprendió incluso a Drake, lo que lo obligó a apartar la mirada del violador que luchaba. ¿Una mujer? Era una cosa delicada con cabello color miel y un rostro joven e inocente, pero miraba a la multitud con ojos verdes acerados. Ella no se veía arrepentida ni tenía miedo, pero en cambio, estaba resignada. Su cuerpo no temblaba, más bien miraba a los otros dos criminales, sus compañeros de destino, con una extraña fascinación. ¿Tenía ella la misma atracción por la muerte que Drake? ¿Qué crimen podría haber cometido esta pequeña mujer para justificar tal fin? Colgar a una mujer era tan raro que Drake no recordaba haberlo visto nunca en su dilatada y variada experiencia.

El verdugo recuperó su taburete, hizo que la chica se acercara y se dio cuenta de que, incluso entonces, era demasiado baja para el lazo y tuvo que irse brevemente para encontrar algo más para levantarla para que la cuerda llegara. Cuando regresó con un libro grueso sobre el que pararse, la niña obedientemente subió más alto. El verdugo le apartó la trenza para que la soga se ajustara perfectamente a su delgado cuello y luego le susurró algo, probablemente disculpas.

¿La altura de la soga sería suficiente para romperle el cuello, se preguntó Drake fascinado? Esperaba que no. Nunca había realizado una autopsia de una mujer y quería que su hermoso cuello permaneciera intacto. Déjala sufrir y estrangular para que luego él pueda acariciar su frío cuello intacto y terso como la seda. Sin quererlo, Drake movió mágicamente el nudo ligeramente hacia la parte posterior de su cuello para que nadie se diera cuenta. Un poco de hechicería era muy útil para apagar su placer y necesidad.

Se leyó el crimen de la joven: brujería y Drake casi se encogió. Si por haber fallado al usar brujería para ayudar a un hombre herido era digna de ser ahorcada, ¿qué justificaría a un hechicero en toda regla como él? Para él, encenderían una hoguera. ¿Por qué no habían quemado a esta chica? No es que Drake fuera un ingrato. Un cuerpo quemado de una mujer tan hermosa no sería tan placentero para trabajar y quería tomarse su tiempo con su cadáver, no tener que contener la respiración debido al hedor a carne quemada. En su país natal la habrían ahogado, y sería bueno que llegara adonde estuviese su cuerpo lo suficientemente pronto. Ahora, ¿cómo iba a conseguir los cuerpos? Se preguntó Drake con avidez.

Vamilion entró en la ciudad con temor. Ser seguido por un hechicero oscuro no significaba nada en este momento; había sido perseguido durante años y siempre encontraba una forma de escapar. Esto, sin embargo, era diferente. Simplemente tenía que averiguar qué estaba pasando allí, o los molestos instintos mágicos que lo obligaron a abandonar su hogar lo volverían loco. Cruzar el campo abierto, lejos de las montañas seguras lo inquietaba también y, si bien podría haber viajado mágicamente, ahora necesitaba estar en contacto con la gente para encontrar la fuente de su picazón instintiva y eso significaba caminar en lugar de saltar mágicamente. Bueno, la parte lógica del cerebro de Vamilion le dijo que necesitaba seguir moviéndose para evitar una confrontación con el hechicero cazador. También necesitaba agotarse para que la picazón mágica no lo mantuviera despierto. Así que caminó trescientas millas en una semana a través de la llanura hasta este pueblo en el río Don.

Caminando por este río durante días, Vamilion había pasado por cuatro pueblos y ahora encontró este con todos los ciudadanos en el prado del pueblo para una ejecución. La picazón que sintió solo se hizo más fuerte. Inquieto se mezcló con los curiosos, sintiéndose un poco enfermo por el espectáculo que todos habían venido a ver: un ahorcamiento. Sin embargo, Vamilion sabía que había venido al lugar correcto. La picazón mágica cambió en su cabeza, volviéndose casi incesante; obviamente, este espantoso evento era lo que había venido a abordar.

Sin considerarlo, Vamilion fue a la base de la horca y se agachó por debajo, fuera de la vista, antes de extender la mano con sus instintos mágicos para encontrar la fuente de este ping insistente. Se sintió profundamente atraído por los tres criminales encadenados en los escalones detrás de donde la gente se había reunido. Los tres permanecerían fuera de la vista mientras el magistrado revisaba los papeles, avisaba al verdugo y veía que todo estaba en orden. Mientras tanto, Vamilion se acercó para acceder a las mentes de cada uno de los criminales. Uno, un borracho, otro un violador que casi le dan ganas de vomitar y finalmente, y para su sorpresa, Vamilion rozó su mente con la de la mujer.

Se tambaleó y cayó sentado con un ruido sordo en el polvo debajo de la horca. Para equilibrarse, apoyó las manos en el suelo, buscando un lugar profundo donde la piedra esperaba y sintió que el mundo se asentaba un poco antes de que pudiera concentrarse de nuevo. Gailin. La había encontrado, a pesar de sus esfuerzos concertados por no ir a buscarla. No quería encontrar a esta mujer. Durante veinticinco años había evitado este momento, con la esperanza de que no sucediera durante unos años más. Gailin, la mujer a quien debía dar el regalo mágico, una mujer que podría igualar sus formidables talentos, la mujer que sería la próxima Sabia.

La mujer que se convertiría en su esposa.

Vamilion suspiró con pesar mientras su dolor siempre presente se cernía como una montaña, aplastándolo. ¿Cómo le explicaría esto a Paget? Si su esposa, que se había quedado con él durante sus incursiones en la magia, podía soportar ser suplantada, ella era un ángel. ¿Podría mantener esto en secreto para su dulce Paget? ¿Podría evitar que la compulsión y la atracción que invariablemente experimentaría al estar cerca de Gailin se activaran? Hasta ahora, todo lo que sabía de esta nueva dama eran sus pies y luego ese breve roce con su mente. No se arriesgaría a acercarse más, pero ya sentía un inconfundible impulso de ir a investigar y rescatarla. Lo había arrastrado desde cientos de millas de distancia, desde su refugio seguro para venir a buscarla, con esa picazón frenética.

¿No podría simplemente dejar a Gailin colgada? Por despreciable que pudiera ser la idea, resolvería su problema. Eventualmente, otra Gailin nacería en otra época. Seguramente encontraría a esa otra mujer. Pero la picazón había sido exigente. Era impensable dejar morir a un inocente, especialmente porque estaba enfrentando la horca por la magia. La ética que le impuso su propio poder, la magia del Sabio, no lo permitiría. Vamilion suspiró con pesar y comenzó a considerar una manera de que él hiciera lo que debía, sin ponerse en la cara directa del descubrimiento o se encontraría balanceándose en la horca junto a esta chica.

Mientras colgaban al asesino, Vamilion planeó. El Hombre de la Montaña, la presa de Drake, conjuró sus necesidades y sabía exactamente qué hacer cuando el segundo hombre se balanceó. Vamilion salió de su escondite para pararse justo detrás de Gailin, cerca de los escalones traseros de la plataforma. Manteniendo los ojos cerrados, temeroso de hacer contacto visual con la dama, vaciló hasta que el verdugo bajó a buscarla. Luego, sin dejar que nadie lo viera, tocó el brazo del verdugo, lo agarró mientras caía bajo un hechizo de sueño, cambió su apariencia por la del verdugo, con capucha y todo, y empujó al hombre dormido debajo de la horca con un solo movimiento rápido. Gailin ni siquiera se dio cuenta de eso. Luego la tomó del brazo y la acompañó hasta la plataforma.

Vamilion mantuvo cuidadosamente sus ojos en la multitud, incluso espiando al cazador en la audiencia, vigilándolo, pero estaba razonablemente seguro de que su enemigo estaba distraído por el ahorcamiento, por lo que el montañés sintió que podía trabajar sin ser detectado. Levantó con cuidado a Gailin hasta el taburete y luego alcanzó la soga. Demasiado corta, incluso cuando se puso de puntillas. Desconcertado por este descuido, Vamilion bajó por la parte trasera de la plataforma y rebuscó en el equipo del verdugo, sin encontrar nada que pudiera ayudar. Entonces conjuró un libro tan grueso como su brazo y fingió ubicarlo en las cosas del verdugo.

"Por favor, dé un paso adelante, señorita", dijo solemnemente. Gailin hizo lo que le ordenó y con siete pulgadas metidas bajo sus botas, Vamilion pudo alcanzar y agarrar la cuerda. Levantó su brillante cabello hacia un lado mientras trataba de verlo o sentirlo, y colocó la soga debajo de su barbilla donde casi cortaba su piel pálida incluso con la altura extra. Luego, Vamilion colocó en secreto una bola brillante de Piedra del Corazón en sus manos que permaneció atada a la espalda. Sintió que ella se volvía para mirarlo con curiosidad, pero evitó su mirada y, en cambio, se aseguró de que agarrara el orbe del tamaño de una nuez.

"Cuando te caigas, desea que la cuerda se rompa, agarra el libro y luego corre por tu vida, Gailin", susurró a sus espaldas, mientras trataba de no respirar su evocador aroma a hierbas.

Vamilion no pensó en lo que estaba haciendo mientras el magistrado leía los cargos de brujería en su contra. Lo que estaba a punto de hacer podría incluso traer una peor sentencia para ella, pero no podía rehuir o la magia evitaría que pateara el taburete debajo de ella. En cambio, miró hacia la parte trasera de la horca, miró más allá de ella río arriba y deseó montañas. Luego, en el momento en que el magistrado terminó, Vamilion dio un paso deliberado en el taburete y siguió caminando mientras caía. Saltó de la parte trasera de la plataforma y comenzó a correr. Nunca escuchó si sus pies aterrizaron y si su magia de deseos funcionaría, pero ahora no importaba. La había convertido en una sabia y su deber por ahora estaba cumplido.

2

ESCRITO

Gailin deseó con todas sus fuerzas, agarrando la misteriosa bola que le había dado el verdugo. Entonces su estómago cayó cuando el taburete cayó. La cuerda en su cuello se rompió sobre su cabeza. Incluso la que estaba alrededor de sus muñecas y en los dos cuerpos de los criminales a su lado. El deseo incluso incluyó el amarre que mantenía la horca unida y comenzó a deshacerse. La plataforma se volvió inestable cuando aterrizó sobre sus pies, todavía viva. Para los jadeos de la multitud, se deslizó en la plataforma tambaleante hacia las víctimas que habían sido sus compañeros y solo se contuvo de ser golpeada en la cabeza por la pierna de un muerto al deslizarse hasta el suelo.

En el caos que siguió, se volvió para ver la espalda de su benefactor mientras corría por las calles y salía de la ciudad, dirigiéndose al noreste hacia el bosque circundante. Solo podía ver su cabeza oscura y recordar sus palabras. "Corre por tu vida, Gailin".

¿Correr? Miró a su alrededor, a la multitud horrorizada y las vigas caídas. Vio que el verdugo real se levantaba de entre los escombros, se frotaba la cabeza y se preguntaba qué le había pasado. La gente de la multitud comenzó a señalarla y los gritos de "bruja" apenas habían comenzado. Si tenían una pequeña razón para llamarla bruja antes de que llegara a la horca, entonces ciertamente este completo desastre no hizo nada para disipar la acusación. Sus manos rápidas se guardaron en el bolsillo el pequeño orbe que su salvador le había dado y sin pensarlo un segundo, agarró el libro en el que había estado parada y salió disparada hacia el este, hacia el bosque en busca de su misterioso benefactor.

Por su parte, Drake empezó a maldecir en voz baja. ¿Cómo no había sentido que esto sucediera? El Hombre de la Montaña había realizado más magia en los últimos minutos de lo que había demostrado en todos los años que Drake lo había acechado. Ahora, el hechicero oscuro también tendría que correr si fuera a atrapar a su presa y ¿qué pasaría entonces? ¿Una batalla mágica campal? Drake no sabía si podría ganar un concurso así y había sobrevivido hasta su vejez evitando esa situación. En cambio, usó el sigilo y el engaño para abrirse camino mágicamente en esta Tierra y si el Sabio estaba usando un poder tan descarado, algo tremendo había cambiado. Entonces, ¿qué podía hacer Drake en lugar de una persecución por el campo?

Miró hacia donde había escapado la chica y se dio cuenta de que allí estaba su siguiente movimiento. Ella estaba en el centro de este misterio y Drake quería saber más de ella antes de hacer algo. De modo que Drake se acercó a las ruinas de la horca y encontró a alguien con quien hablar. "Discúlpeme señor. ¿Qué pasó aquí?" preguntó al magistrado que estaba tratando de examinar las cuerdas que se habían desenredado. Mientras tanto, el resto de los hombres de la ciudad estaban recogiendo leña o encontrando sus picas y espadas para ir tras la chica.

"Magia, por supuesto," refunfuñó el magistrado. "Ella puso un hechizo en todas las cuerdas. La estábamos colgando por brujería y esto lo prueba. La próxima vez la quemaremos en la hoguera".

¿Eso es prudente, señor? ¿Cómo la atraparán? Preguntó Drake fingiendo inocencia.

"No llegará muy lejos", comentó una mujer cercana mientras envolvía los cuerpos de los dos criminales para que los escombros de la horca pudiesen ser limpiados. "Su abuela todavía está viva y Gailin no la dejaría".

Drake se movió. Tenía el nombre de la chica. Si quisiera, podría llamarla para sí mismo en este momento y ponerla bajo su hechizo, pero ese sería un truco mágico demasiado obvio y no quería revelarse todavía, no si una hoguera fuera lo que aguardaba a quienes practicaran la magia en este pueblo apartado.

"Señor, ¿dónde está la abuela de Gailin? No soy de esta ciudad y ella no me reconocerá. Si vuelve a la casa de su abuela, puedo enviarle un mensaje y usted entonces podrá atraparla".

"¿Atraparla?" El magistrado se burló. "¿Cómo? No sabíamos que ella podía hacer tanto. Por lo general, solo cura a las cabras y la grupa. Gailin nunca había hecho algo tan... Tan... Destructivo".

"Excepto que dejó morir a Kail", comentó la dama que envolvía los cuerpos. "Ahora hemos perdido al único sanador de la aldea".

El magistrado no quería oír otra falla obvia en su plan, por lo que alejó a Drake de la horca y le aconsejó cómo encontrar la casa de Gailin, donde había estado cuidando a su abuela hasta unos días antes. Después de prometerle que informaría al magistrado si Gailin regresaba a su casa, Drake se fue para encontrar la cabaña en el borde del bosque donde esperaba poder atraer a la chica, si no venía voluntariamente. Al menos tenía la ventaja de estar aislado, lejos del pueblo propiamente dicho. Desde allí, simplemente podría llamarla y ella sería suya, en corazón y alma.

———

Jonis se paseaba de un lado a otro frente a la pequeña cabaña que bordeaba el extremo del bosque. No podía soportar estar adentro en este momento, incluso si la casa casi se mezclaba con el bosque que la rodeaba. En cambio, apaciguó su culpa manteniendo la puerta abierta al viento tardío de primavera. Oiría si la abuela de Gailin se movía. Era lo menos que podía hacer por la joven de la que se había enamorado.

Afligido en silencio, Jonis caminó de un lado a otro desde el huerto en el lado sur hasta el camino trillado que se adentraba en el bosque cada vez más ralo. Se había enterado del ahorcamiento y sabía exactamente lo que Gailin le habría pedido si hubiera estado allí cuando la arrestaron: por favor, cuida a la abuela y no vengas a ver el ahorcamiento. Conocía a Gailin de toda la vida y, aunque nunca pudo decir las palabras en voz alta, la amaba. Ahora su amor llegó demasiado tarde.

La abuela, la única familia que Gailin había tenido, rara vez se despertaba y Jonis había evitado responder a las temblorosas preguntas de la anciana cada vez que despertaba dándole el caldo que la chica había dejado en la olla, pero él no podía soportar decirle las palabras que revelaban la verdad a la abuela. El ahorcamiento de Gailin mataría a la abuela y Jonis no podría enfrentar más muertes en este momento. Nada iba a ser lo mismo con Gailin ausente.

Jonis miró hacia el cielo, mirando el sol del mediodía. Ya estaría hecho. Colgada por ayudar. No podía creer que la aldea hiciera tal cosa. Primitivos como eran, ¿cómo podía alguien decir que existía un hueso maligno en la composición de Gailin? Miserablemente, Jonis finalmente reunió el valor para volver a la cabaña, salir de debajo del sol traicionero del mediodía para esperar a que la abuela se despertara y compartir con ella finalmente, el destino de su nieta.

Drake se acercó a la rústica cabaña con cautela. No quería asustar a la chica si ya había regresado a casa. Empujó su conciencia mágica delante de él y sintió a dos personas en la cabaña, una en la cama, otra en posición vertical, pero no pudo adivinar más. Por lo tanto, vendría como un visitante esperado y se acercó a la puerta para llamar. La gente en esta tierra sospechaba de muchas cosas, pero los modales contribuían en gran medida a tranquilizarlos.

"¿Hola? ¿Hay alguien en casa?" llamó y luego metió la cabeza dentro.

Solo un pequeño fuego en la chimenea iluminaba la cabaña baja de una habitación y más allá de la mesa Drake vio a un joven que caminaba de un lado a otro. Por su mirada distraída, probablemente era un granjero en el área local, descuidando sus campos en la temporada de siembra por devoción a su amada al cuidar a su abuela. La suciedad y el sudor de su ropa hacían que pareciera que había venido directamente de los campos y su angustia se grababa en su rostro. Pero cuando Drake entró, parecía que el joven se derrumbaría.

"¿Ellos ya...? ¿Ellos...?" comenzó el joven con la voz quebrada.

Drake entró en la cabaña y extendió una mano. "Relájate, joven. Gailin escapó. Me envió aquí para decírtelo, porque no podrá volver. Quería que revisara a su abuela. Ahora, ¿cuál es tu nombre, chico?"

"J... Jonis".

"Bueno, Jonis, estoy aquí para ayudar. ¿Ha vuelto Gailin ya?"

Jonis le dio una mirada confusa y Drake leyó fácilmente en su mente simple; Gailin ni siquiera sabía cómo su novio había venido galantemente a defender su hogar, nada para suavizar el golpe para ella.

Y Gailin nunca lo sabría, incluso ahora. Drake no dejaría que Jonis interfiriera con lo que ahora planeaba. Los ojos verdes y cuidadosos del mago lanzaron una mirada a la anciana dormida en la cama y luego pasaron hacia el joven granjero.

"Bueno, si no ha regresado, entonces no es demasiado tarde". Drake sintió que su boca se movía en una falsa sonrisa. Sus inteligentes ojos captaron la simple mirada marrón tierra del confuso campesino y extendió la mano hacia él para decir, sin un poco de inflexión: "Jonis, muere".

La cabeza del granjero rodó hacia atrás más rápido que sus ojos, sus rodillas se doblaron y cayó, obedeciendo la orden del hechicero. Un saco de su propio grano contenía más vida que la bolsa de huesos fornidos que el joven representaba mientras Drake se empapaba de otra fuerza vital, fuerte y vibrante. El hechicero tembló de placer y se deleitó con el calor que le trajo a las entrañas. Luego, sin ninguna ceremonia, hizo que el suelo de tierra de la cabaña se tragara al granjero entero. Lo dejaría fertilizar aquí en lugar de en sus campos en algún lugar.

Drake luego se volvió hacia la anciana que seguía durmiendo en el olvido. Quitar su vida, parpadeando y desvaneciéndose, no beneficiaría nada y podría hacer sospechar a Gailin. Si bien tenía toda la intención de usar a la chica, la deseaba de buena gana, no asustada o coaccionada mágicamente. ¿No sería una hazaña: mandar a un mago sin usar la fuerza?

De modo que Drake esperaría, como había hecho Jonis, a que Gailin volviera a casa. El mago incluso podría caminar por el mismo camino de un lado a otro, presionando el suelo de tierra alterado, en caso de que pareciera que alguien estaba enterrado allí. Drake podía esperar pacientemente.

Al anochecer, Vamilion detuvo su sigiloso camino a través del bosque, deteniéndose en un arroyo que corría entre los árboles para descansar y orientarse. Necesitaba escuchar la magia que se movía a su alrededor. Podía sentir que el hechicero oscuro había abandonado la búsqueda por él, habiendo permanecido en el pueblo. La chica, la nueva Sabia, había sobrevivido a su ahorcamiento y al torpe intento de Vamilion de rescatarla. Vamilion sintió mágicamente cómo lo había seguido al bosque, aunque se había quedado varios kilómetros atrás y también se había detenido para pasar la noche. Prácticamente podía saborear su miedo y confusión. Bueno, eso significaba que podía continuar ayudándola de alguna manera. El solo esperaba que esto funcionara.

Vamilion recurrió a la magia que poseía para conjurar un fuego, un balde en el que poner agua y una comida rápida mientras encontraba una piedra cubierta de musgo debajo de los árboles para que le sirviera de asiento. Luego, con un poco más de concentración, conjuró una tableta con un lápiz de madera de color negro para combinarla. En realidad, nunca había hecho esto, pero hasta que entrenara a Gailin, con suerte desde la distancia, tenía la responsabilidad de ayudarla. No la dejaría en este nuevo mundo mágico para tropezar con sus poderes como lo había hecho su mentor.

Aprovechando su imaginación, Vamilion creó un vínculo entre la tableta que sostenía y el libro que, con suerte, Gailin todavía llevaba consigo. Crear ese vínculo después del hecho era magia difícil. ¿Podría la chica siquiera leer? Eso no era una garantía en esta tierra recién colonizada, llena de pioneros y con pocas oportunidades de estudiar un arte más civilizado como la lectura. Si no podía leer ni escribir, este esfuerzo de enseñar a distancia se volvía más difícil. Lentamente, con la luz parpadeante del fuego como guía, Vamilion comenzó a escribir en su tableta con el lápiz óptico e imaginó que el libro en posesión de la chica reflejaba su mensaje. Luego esculpió un anhelo de que ella mirara el libro y descubriera sus secretos.

Con suerte, su curiosidad la guiaría. Gailin se detuvo en el bosque y encontró un lugar para descansar, acurrucándose alrededor de su pozo de miedo, aunque nunca podría dormir después del susto que había experimentado. Vamilion se la imaginó mirando con los ojos muy abiertos a través de las ramas del bosque a la luna llena en lo alto y sentiría el cosquilleo de deseo de explorar el premio que se había llevado consigo. Se sentaba en el crepúsculo y abría el libro, pasaba las manos por las páginas en blanco y luego veía cómo sus palabras se filtraban en la primera página, línea por línea. Querría saber sobre la magia que la había rescatado y luego la abandonó abruptamente. Estaría en su naturaleza como Sabia, el querer saber más.

Esa misma curiosidad corría por sus propias venas y había llevado a Vamilion a venir a esta tierra recién abierta veinticinco años antes. Y esa curiosidad le había traído a Owailion y lo había convertido en un mago antes de que él supiera lo que eso significaba. El primer

Sabio, Owailion, no le había dejado más remedio que tocar la Piedra del Corazón, no más de lo que Vamilion le acababa de dar a Gailin a su vez. Era cruel no tener otra opción, pero esta nueva nación, la Tierra y su magia desenfrenada lo exigían. Donde fluye el poder, debe haber alguna forma de aprovecharlo o la magia salvaje escaparía y marcaría la Tierra para siempre.

Vamilion escribió con cuidado: "Si puedes leer esto, por favor escríbeme".

Luego esperó, sin atreverse a intervenir en los pensamientos de Gailin, para ver si ella había cedido a las indicaciones y había abierto el libro o incluso había notado su mensaje. Ella había acampado a solo unos kilómetros de distancia, dentro de su capacidad para escuchar su mente, pero eso no lo tentó. No haría eso si pudiera evitarlo. Escuchar sus pensamientos solo traería la compulsión de amarla con más fuerza. Debía evitar ese impulso con todas sus fuerzas. Quería ser fiel a Paget, sin importar lo que la magia pudiera exigir de él. Vamilion lucharía por seguir siendo el marido de Paget.

Esperó, imaginando a la chica encontrando un palo quemado o una piedra en el suelo para poder sacarle el mensaje correspondiente. Era posible que le llevara la mitad de la noche, pero podría ser paciente. Pero, ¿y si no supiera leer? ¿Podría enseñarle desde lejos? Probablemente no, pero tenía esperanzas antes de considerar qué haría si ella careciera de esa habilidad. La paciencia era otro talento que un Sabio debía dominar y Vamilion poseía más de lo que él sabía. Podía esperar a que los cimientos de piedra se erosionaran si fuera necesario y no moverse si la magia exigía la paciencia de una montaña.

Gailin ya no podía correr y su miedo y confusión solo se sumaban al agotamiento. La oscuridad del bosque, a pesar de que el sol aún no se había puesto, también contribuyó. El hambre y el escalofrío también dieron a conocer sus demandas y tuvo que sentarse. Sin querer, se dejó caer contra el tronco de un árbol y finalmente detuvo su escape. ¿Había sido lo suficientemente obediente a la orden de correr por su vida? Perdería la vida si continuaba mucho más.

Sin el frenético rugido de su corazón y su propia respiración en sus oídos, ella pudo oír el agua cerca y giró para escuchar de dónde provenía el sonido. Se arrastró unos metros hasta el arroyo y bebió hasta saciarse, sin hacer caso de las impurezas que sabía acechaban allí. Cuando finalmente tuvo la energía para moverse de nuevo, aunque le temblaban los brazos por el esfuerzo de alejarse del agua, miró a su alrededor y comenzó a evaluar su situación.

Francamente, su mundo se había desvanecido. No se atrevía a regresar a su casa; los aldeanos la vigilarían de inmediato, sabiendo que ella se preocuparía por su abuela. ¿Jonis vendría a cuidar de su abuela? Él le habría hecho ese último servicio, incluso si ella hubiera rechazado sus avances. No recordaba haber visto su amable rostro entre la multitud en el ahorcamiento y dudaba que tuviera el estómago para un espectáculo tan horrible. Ahora, mirando hacia atrás con pesar, supo que había sido prudente eliminar ese amor de su vida. Nunca imaginó para su futuro ser la esposa de un granjero y eso lo había sabido incluso antes de que el chico llegara a su cabaña con un ramo de flores silvestres y todas las dulces palabras que podía murmurar.

Pero Gailin no sobreviviría mucho tiempo en el bosque sola y sin una sola herramienta a su nombre. Miró a su alrededor y notó el extremo deshilachado de la soga todavía alrededor de su cuello. Casi frenéticamente, se quitó el collar obsceno y luego examinó la rotura de la cuerda con ojo clínico. Cada hebra se había reventado por sí sola, no en un corte limpio, sino en un desgarro tremendo y desigual. ¿Qué fuerza había hecho esto? Bueno, ella no podía responder eso, así que comenzó a desmantelar la cuerda, hilo por hilo mientras consideraba las posibilidades.

La magia, por supuesto, había estado detrás de su milagrosa huida, pero ¿qué tipo de magia? Su abuela le había hablado de la magia en Malornia, de donde había venido originalmente, y cómo los dragones y demonios acechaban por todo ese país, haciendo que las tierras salvajes fueran peligrosas más allá de lo creíble. Los humanos no mágicos allí, necesitaban congregarse en grandes ciudades para evitar la destrucción. La gente con dones mágicos los había protegido, pero también había gobernado con mano de hierro, controlando a los que no tenían tales dones, casi como esclavos. Nadie se atrevía a aventurarse lejos de las ciudades amuralladas, por lo que el hambre y las enfermedades a menudo acechaban las calles abarrotadas.

Por eso la abuela había inmigrado a este país. La Tierra había sido sellada por un tiempo en memoria y ningún humano se había asentado hasta el momento de la Rotura, cuando de repente, sin razón conocida, la Tierra se abrió. Personas como los abuelos de Gailin habían venido a establecerse en este territorio recién inaugurado pero absolutamente salvaje. Puede que no tuvieran la protección de los muros y la magia, pero al menos eran libres de abrirse camino. Desafortunadamente, las enfermedades de las antiguas tierras habían seguido a los inmigrantes y se habían llevado a los padres de Gailin antes de que ella los conociera. Criada por su abuela con los cuentos de las antiguas tierras, la niña de la cabeza dorada había jurado aprender a combatir las enfermedades sin magia. Por eso se habían establecido aquí, cerca de un río, a lo largo de un bosque con la pradera en el borde y las montañas a solo unos días de camino. Ella recogía todas las hierbas y los hongos necesarios para curar las peores enfermedades. También cultivó el rico jardín que proporcionaba todos los nutrientes que se podían encontrar allí para mantenerse saludable.

No se podía evitar que los aldeanos desconfiaran de sus hábitos saludables. Los colonos también habían traído las suspicacias de sus antiguas tierras. Si bien nadie aquí parecía haber nacido con magia, las historias y los temores de tal poder existían y envenenaban a muchos de los que vinieron. Si Gailin y su abuela resistieron la gripe anual sin sufrimiento, el grito sobre la magia atravesó el pueblo. Así que ahora Gailin se sentó en la oscuridad desmantelando la cuerda que evidenciaba esa desconfianza. Miró las hebras de cáñamo que ahora llenaban su sucio delantal y las consideró con amargura. ¿Podría tejer este lío en una cuerda más útil? Necesitaba algo con lo que atrapar comida y al menos podría resultar una trampa decente.

Apenas había comenzado a tejer su trampa cuando la compulsión de mirar el libro la golpeó como una lanza.

No podía ver el tomo claramente en la oscuridad, pero su necesidad de abrir la gruesa cubierta la llevó a hacerlo. Su abuela le había enseñado el valor de los libros y laboriosamente le había enseñado las letras, pero el único libro que había visto era el de hierbas y plantas de su abuela. Se había maravillado con los dibujos delicadamente elaborados y coloreados, prestando poca atención a las palabras escritas cuidadosamente debajo de cada imagen. Ahora levantó con entusiasmo el voluminoso libro nuevo y luego miró alrededor de los árboles en busca de un lugar con mejor luz. Terminó sentada bajo un árbol muerto que no tenía hojas y permitía que la luz de la luna llena se filtrara. Entonces levantó la tapa.

Las páginas color crema brillaban intensamente bajo la luz de la luna, sin una marca en ellas. No había imágenes ni palabras que estropearan su superficie. Estaba a punto de pasar a la siguiente página vacía cuando, para su sorpresa, comenzó a aparecer una palabra firmemente escrita. Una simple frase emergió en la primera página, como si su lectura hubiera instigado la magia para hacerla aparecer. Surgió lentamente, en un guion fuerte y lo suficientemente simple como para que ella resolviera las palabras con su habilidad rudimentaria.

"Si puedes leer esto, escríbeme".

¿Si puedo leer esto? ¿Cómo podía esperar responderle? ¿Quién estaba haciendo esto? ¿Seguramente el verdugo que la había rescatado? La magia volvió a arrojar su peso sobre ella, lanzándola a ese mundo y no podía orientarse. Esta magia, tan diferente a las historias de explosiones y derramamiento de sangre, explosiones y maldad que le había contado su abuela, ahora perseguía a Gailin. ¿Se atrevería a responder? Sabía en el fondo que esta magia exigía que respondiera, pero no tenía nada con qué responder. Miró alrededor al suelo del bosque y se preguntó. El árbol muerto contra el que descansaba podría tener una corteza podrida y dejar una marca en la página blanca. Con los dedos arrancó una tira más larga de la corteza blanda y la dibujó experimentalmente a lo largo de su palma. El material se desmoronó en una gruesa marca torpe, pero si lo afilaba un poco contra el suelo, quitando las partes más débiles, podría hacer una letra legible.

"Puedo leer un poco. ¿Quién eres tú?" escribió con cuidado, llenando la página opuesta con sus gruesos y entrecortados rasguños de corteza.

Su misterioso interlocutor respondió casi de inmediato, pero eligió mover sus palabras mucho más delgadas y elaboradamente escritas a la página siguiente para no interferir con su guion infantil. "Yo fui quien te dijo que desearas que la cuerda se rompiera. Puedes llamarme Vamilion. No es mi nombre real, pero no es seguro usar nombres. Sé el tuyo así que no lo escribas aquí. De hecho, no vuelva a utilizar tu nombre. Nunca será seguro para ti usar tu propio nombre".

Gailin garabateó lo obvio: "¿Por qué?"

"Tendrás muchas preguntas", escribió debajo de su guion desmoronado. "Primero, vamos a conseguirte un mejor lápiz para tu escritura. Al igual que deseaste que la cuerda se rompiera, puedes desear un lápiz óptico. Piensa en el suelo debajo de ti. Imagina que tienes un lápiz para escribir en tu mano y concéntrate. Entonces desea que la materia de la tierra se convierta en ese dispositivo de escritura y lo ponga en tu mano".

Gailin no estaba del todo satisfecha con este mensaje surrealista, pero también sintió el atractivo de un desafío. ¿Se estaba convirtiendo en una maga, o este hombre misterioso estaba haciendo la magia y todo lo que ella estaba haciendo era desear? Se sentía dispuesta a experimentar al menos. Extendió la mano por encima del libro y cerró los ojos, concentrándose en el humus del suelo del bosque. Una parte se juntaría en grafito y carbón, fundiéndose en una delgada vara que se afilaba fácilmente hasta obtener una punta fina. Le tomó un momento concentrarse en este deseo y luego sintió el eje aparecer en su mano y sus ojos se abrieron con asombro.

Casi sin aliento, escribió demostrando su éxito con su caligrafía muy mejorada. "¿Puede este acto de desear cosas, proporcionarme una cena? No he comido en más de un día".

"Sí", respondió Vamilion. "Muy bueno. Un lápiz es fácil, pero conjurar cualquier cosa que necesites es magia relativamente simple. Pero ten cuidado. Puede llamar la atención si conjuras demasiadas cosas grandiosas que no son estrictamente necesarias. Por lo general, te conformas con lo que todos los que te rodean deben usar".

"¿Cena?" Gailin respondió y luego colocó el lápiz entre las páginas y practicó esta nueva habilidad al crear un plato de verduras al vapor y un poco de conejo ya cocido con las hierbas que sabía que sabían mejor. Tenía que concentrarse más, porque sus manos temblaban al darse cuenta de que este hombre la había convertido en una maga.

"¿Estás haciendo esto o soy yo?" preguntó torpemente con una mano metiéndose comida en la boca y con la otra tratando de escribir. Tuvo que pasar la página para leer su respuesta, pero finalmente comenzó a explicar, habiéndose dado cuenta de que ella lo acribillaría con preguntas durante el resto de la noche si no explicaba rápidamente.

"Ahora eres una maga. Ese pequeño orbe que te di en la horca se llama Piedra del Corazón. Es la clave de la magia en esta Tierra. Eres una Sabia, una maga de la Tierra. Hay relativamente pocas personas aquí que puedan aprovechar la magia aquí. De hecho, eres la número tres de dieciséis Sabios que eventualmente protegerán la Tierra y la sellarán en contra de la magia exterior y la invasión. Como tal, ahora vivirás para siempre, pero tendrás que sacrificar tu voluntad por el bien de la gente. A diferencia de otros reinos, la magia aquí solo fluirá hacia aquellos que están naturalmente dotados para ella y que se aferran a los valores dirigidos por la magia que solo Dios permitirá. Eso es lo que te pedirá la Piedra del Corazón. De ahora en adelante, te resultará imposible siquiera mentir o hacer otro mal. Pero debido a esas restricciones, serás una maga más poderosa que aquellos en otras tierras como Marewn, Demion o Malornia. Allí la magia está muy extendida pero no fluye libremente y ellos tienen que usar hechizos, demonios y sacrificios de sangre para invocarla. Y los magos allí, naturalmente, anhelan más y más poder. Eso, eventualmente los corromperá".

Gailin observó el suave grabado de plomo que se extendía por la página y se maravilló de este giro en su vida. Un día la iban a colgar por magia que no era real y al siguiente se encontraba con más poder mágico del que podía siquiera comprender. Dejó el plato a un lado y tomó el lápiz antes de que Vamilion pudiera continuar.

"¿Por qué yo?"

Vamilion debió haber estado dudando sobre su lado de la correspondencia, porque su respuesta no surgió hasta que ella finalmente terminó su comida y tomó el lápiz de nuevo, preguntándose si se había quedado dormido en el otro extremo.

"Dios me dio tu nombre", escribió Vamilion con franqueza. "Él te seleccionó y yo te encontré. Así es como se elige al próximo Sabio".

Esa respuesta dejó más preguntas de las que respondió, pero se las arregló para reducirlas a solo una a la vez. "¿Y por qué escribimos en este libro en lugar de que me lo digas en persona? Huiste de mí".

Una vez más, la respuesta de Vamilion esperó un tiempo dolorosamente largo y Gailin temió que se quedara dormida antes de que él respondiera. Finalmente, casi quiso convertir el libro en una almohada, porque apenas podía mantener los ojos abiertos para leer. La luna se había puesto y no tenía luz ni guía para pensar en hacer una linterna. Pero finalmente respondió. "Es mejor de esta manera. Tú estás cansada. Volveremos a escribir por la mañana".

3

COMPULSIÓN

𝓝unca supo cómo se las arregló para dormir hasta bien entrada la mañana, pero Gailin se despertó con el sol brillando en sus ojos y sus músculos doloridos más allá de lo que podía recordar. Debió haber corrido durante horas el día anterior y después del terror de casi ser colgada y luego encontrar la magia era real en su vida; bueno, podría entender si su cuerpo la obligaba a sufrir. Debió haber conjurado abrigo para sí misma, porque se quitó una manta que realmente no recordaba haber creado y se preguntó si todo era un sueño. Bueno, había una forma de averiguarlo.

Ella miró su "campamento" que consistía en la manta en la base de un árbol muerto y un libro como almohada. ¿Podría probar que Vamilion y su maravillosa promesa de magia eran reales? ¿Podría prepararse el desayuno sin sus instrucciones? Con cautela, temiendo que no funcionara, extendió la mano hacia el suelo y deseó que se encendiera un fuego. La leña menuda apareció obedientemente del suelo como dientes de león y luego se derrumbó bajo el peso de la madera más pesada y luego la pila estalló en llamas. Su sonrisa apareció tan mágicamente.

El fuego era solo para sentirse cómoda. Ella conjuró un plato de huevos y tostadas ya cocido, se sentó al fuego para comérselo y luego consideró lo que había aprendido. En cierto modo, sabía tan poco que sentía que estaba tratando de diagnosticar a alguien cuyo único síntoma era un dolor de cabeza. Podría ser tan simple como el estrés o tan mortal como un tumor. Necesitaba saber más para disipar su miedo. Todo el poder implícito, pero nada sobre cómo manejarlo, se había producido. ¿Podría realmente vivir para siempre? ¿Había alguna consecuencia de aprovechar todos estos deseos? ¿Por qué no debía usar su nombre? ¿Por qué Vamilion huía de ella y, sin embargo, intentaba enseñarle a usar el libro como un intermediario? ¿Y de qué estaban huyendo ambos? Le había dicho que corriera por su vida. ¿Por qué había sido eso?

Con el estómago lleno y sin rumbo, Gailin tomó el libro, esperando repasar el diálogo de la noche anterior, pero para su sorpresa, las páginas estaban tan blancas y claras como la nieve recién caída una vez más. Uno pensaría que todo su encuentro con Vamilion había sido un sueño, pero por su obvia habilidad para conjurar. Gailin agarró su lápiz que no había desaparecido y comenzó con esa pregunta. "¿Dónde está todo lo que escribimos anoche?" y luego se lanzó a una docena de preguntas más que quería fuesen respondidas. Si Vamilion no iba a venir a enseñarle, al menos actuaría como una estudiante obediente y encontraría respuestas de alguna manera.

De repente sintió que se le congelaba la mano a la mitad de la palabra que escribió. "Gailin, deja de escribir", escuchó en su cabeza. Alarmada, miró hacia arriba y luego vio nuevas palabras aparecer debajo de las suyas.

"No puedo responder mientras estás escribiendo", escribió Vamilion. "Tienes que darme la oportunidad de responder".

Ella no había considerado eso, escribió una breve disculpa y luego agregó: "¿Cómo me detuviste?"

"Esa es una de las formas de magia más peligrosas. Se trata de magia de nombres. Si un mago, cualquier mago, sabe tu nombre, puede ordenarte que hagas cualquier cosa, como obligarte a dejar de escribir. Por eso te dije que nunca volvieras a usar tu nombre. Hay magos malvados a los que llamamos hechiceros, acechándome... Probablemente tú también ahora, que tienes suficiente poder para ordenar que se haga realidad cualquier cosa. Así fue como murió la Reina de los Ríos".

Gailin no escribió nada en respuesta porque reconoció que la pausa podría deberse a que Vamilion estaba molesto con esa declaración. Cuando continuó, su mano parecía un poco inestable y su letra se hizo más pequeña, más apretada. "Ella fue la segunda Sabia. Owailion, el primer Sabio, no sabía sobre la magia de nombres y por eso no le advirtió que protegiera su nombre. Los hechiceros al otro lado del Sello escucharon su nombre y lo usaron para manipularla. Finalmente, usó la magia de nombres en sí misma y se ordenó morir en lugar de dañar la Tierra y las personas que amaba. Fue parte de su magia final lo que rompió el Sello en primer lugar. O eso o la última orden que obedeció fue romper el Sello que abrió la Tierra a la inmigración... Y la invasión por magia extranjera".

Una sensación de pánico comenzó a hundirse en la espalda de Gailin. "¿Puedes ayudarme a evitar eso? Todos en el pueblo conocen mi nombre. Mi abuela, no se encuentra bien y probablemente esté sola. Debo ir a ayudarla".

"No, no puedes volver". Vamilion debió sentir su pánico y dolor, porque continuó casi de inmediato. "Pero sí, puedo ayudarte. Puedo ayudarte a convertir tu mente en una fortaleza. Después de la habilidad de conjurar, proteger las mentes mientras leemos a otros, es nuestra habilidad mágica más fundamental. Es vital proteger tus pensamientos de la manipulación de este mal. Ayer había uno de esos hechiceros en el ahorcamiento. Me temo que por eso corrí. Tenía la esperanza de que me siguiera y ni siquiera se diera cuenta de que tú también eras una Sabia en ese momento. Mi estrategia falló, pero valió la pena intentarlo".

"Entonces, ¿por qué sigues corriendo? ¿Puedes ir a ayudar a mi abuela, si yo no puedo hacerlo?" Gailin escribió con desesperación.

Esperó la respuesta de Vamilion, pero la página en blanco permaneció en blanco y se impacientó. "Sabes que simplemente iré yo misma. Uno u otro de nosotros debe ir a ver a mi abuela y ella a quien conoce es a mí".

"No me manipules, mujer".

Las palabras prácticamente le gruñeron desde la página y sospechó que él estaba hablando en su cabeza otra vez, porque sintió su frustración con este dilema. De mala gana esperó a que él pensara en lo que había dicho. Por supuesto, alguien tenía que ir a atender a su abuela. Si había un hechicero buscándolos a los dos y el nombre de Gailin estaba libre en el viento, había que hacer algo. No tenía idea de cómo la magia podría ayudar a su abuela, pero sospechaba que Vamilion sí. Quería saber qué estaba pensando. ¿Ella también podría escuchar sus pensamientos?

Tanteando su camino a través del libro, Gailin dejó que su mente divagara, imaginando a Vamilion como un extraño; De cabello oscuro y misterioso, acurrucado bajo un árbol en lo más profundo del bosque con un libro en su regazo pero su mente muy lejos mientras consideraba las posibilidades. Se sintió atraída por él y se preguntó si su imaginación había aprovechado la verdad de él. Soñó que su voz real sería la misma que la mental; grave y cómodo con el dolor detrás de las palabras. No era un pensamiento tranquilizador. Sin saber lo que estaba haciendo, elaboró este nuevo vínculo mágico, extendiendo la mano, esperando al menos escuchar algo.

"Si voy", pensó Vamilion, "tendré que pelear con él y la lucha tomará tiempo. Solo tomará un instante de pensamiento para matarla. Pero si la dejo ir a atender a su abuela, el hechicero podría sentir la magia en ella. ¿Puedo enseñarle a protegerse lo suficiente para no parecer mágica y tal vez él no sospeche lo que ella es realmente? Ni siquiera pensará en manipularla. ¿Puede aprender tanta magia sin un entrenamiento más intenso? Ella necesitará aprender eventualmente, pero luego tendré que acercarme. No puedo evitar la compulsión si me acerco lo suficiente para enseñarle. ¿Cuántos años puede aguantar sin entrenar? ¿Podría hacer que Owailion la entrene en mi lugar? Y eso todavía deja a su abuela".

Gailin no pudo resistirse a añadir su propio pensamiento. "Si no usara magia y me fuera a casa como si nada hubiera pasado, ¿algún hechicero sabría siquiera quién soy?"

"¿Qué?"

Algo duro y en blanco se estrelló frente a la asombrada imaginación de Gailin. Todo lo que podía percibir en el bosque era un muro, alto e imponente. Sin inmutarse, tomó el lápiz y le escribió con palabras concisas. "¿Qué fue eso?"

Tuvo que esperar a que las palabras lentas y tediosas llegaran a la página, pero al menos él estaba dispuesto a responder. "Eso era lo que tenía la intención de enseñarte a continuación; yo bloqueándote. No debes escuchar mi mente y yo no escucharé la tuya a menos que me permitas acceder. Es peligroso... Y de mala educación".

Ella suspiró antes de responder. "Puedo entender que es de mala educación y lo siento. ¿Pero por qué también sería peligroso escuchar tus pensamientos?"

Esta respuesta tomó más tiempo del que esperaba. Eran aliados, ¿no?

"Sí, somos más que aliados, pero..." escribió, y ella se dio cuenta de que había escuchado sus comentarios mentales nuevamente. "Pero se convertirá en una compulsión".

Y de nuevo vino la pausa, como si tuviera que considerar sus palabras con tanto cuidado que casi no se atreviera a confiar en el libro. Finalmente, él escribió y ella deseó de repente poder leer su lenguaje corporal y escuchar sus palabras reales para juzgar por qué esto le sucedía tan dolorosamente.

"La compulsión es mágica. Te sentirás atraída por amarme y yo no tendré más remedio que amarte también. Es natural en la magia del Sabio, pero también está mal que no tengas la libertad de elegir por ti misma. Si no nos reunimos formalmente, mi esperanza es que la compulsión no sea tan fuerte o tan inmediata y podamos resistirla".

"Esa es otra razón por la que corrí", continuó. "Hui de ti, y lo siento. Gailin, tú mereces tener la libertad de elegir tu vida, hasta donde la magia te lo permita. No me dieron opción a convertirme en mago y a ti tampoco. Si yo hubiese tenido la oportunidad de detener ese ahorcamiento y discutir lo que sucedería con tu vida antes de que te diera la Piedra del Corazón, convirtiéndote en una maga, podrías haber elegido una vida normal. Yo no pude darte esa opción. Así que ahora lucharé por cualquier otra opción que quede: tus amores, por ejemplo. La compulsión de ayudar a la gente, el impulso de ir buscando tus dones, eso no se puede detener ahora. Incluso las ideas inspiradas sobre cómo manejar situaciones difíciles provienen de la magia. Nos llaman Sabios por estas compulsiones, pero al menos en tus amores, aún deberías tener alguna opción".

Gailin no tenía palabras para esa respuesta. Vamilion sonaba tan descontento con todo ese poder. ¿Por qué sería una vida tan miserable, ayudando a la gente y vagando mágicamente por las maravillas de la Tierra? ¿Qué aventuras debió haber disfrutado? Podría vivir para siempre y podría tener todo lo que él quisiera.

"Excepto Paget", escribió.

De nuevo él había escuchado sus pensamientos en lugar de las palabras que ella no había escrito mientras consideraba su dilema.

"Paget?"

"Ella es mi esposa. Ella vino conmigo a la Tierra, junto con nuestros dos hijos. Cuando Owailion se reunió con nosotros en la ruptura del sello, no me explicó nada de esto. No tuvo tiempo porque estábamos bajo ataque. Tomé la Piedra del Corazón pensando que nos ayudaría, pero en cambio nos está destrozando. Paget es esencialmente lo suficientemente mayor como para ser mi madre ahora y continúa envejeciendo mientras yo permanezco como estaba ese día hace más de treinta años. Paget envejece, se enferma e incluso se aburre a pesar de todo lo que puedo darle porque tengo que esconderla para que los hechiceros y demonios con los que trato no le hagan daño. Ella también sabe acerca de la compulsión que me llevará a otro mago y sabe que algún día conocería a alguien más... Que te conocería y me sentiría atraído y..."

Gailin esperó a que las palabras continuaran, pero no fue así y sintió su propio camino a través de lo que él estaba tratando de no decir. "¿Y tú quieres permanecer siéndole fiel?"

Casi podía oír su suspiro de pesar. "Sí, la fidelidad es parte de la composición de todos los Sabios. Somos esencialmente buenas personas, no tentadas ni corrompidas por el poder que se nos da. Por eso es un regalo tan raro. Sin embargo, trae consigo dolor. Paget lo sabe y, aunque confía en mí, mis hijos han crecido y nos han dejado, amargados por la idea incómoda de que soy más joven que ellos. Se dan cuenta de que no tengo forma de detener su muerte eventualmente. Paget ha insinuado que debería dejarla e ir a buscar según lo exija la compulsión. A veces me rindo. Por ejemplo, no pude resistir el deseo de ir a buscarte antes de que te colgaran, pero aun así volveré con ella y la vigilaré mientras envejezca lentamente y muera en mis brazos".

Durante mucho tiempo, Gailin no pudo pensar en nada para responder y no se atrevió a sacar su mente en caso de que él hubiera derribado el muro que había creado alrededor de sus pensamientos y ella escucharía el dolor allí. Así que había descubierto que, aunque la magia parecía poderosa en última instancia, abundaban los inconvenientes. No podía imaginar lo que estaba sintiendo, pero sintió que estaría llorando por él si lo conocía un poco mejor. Ella querría consolarlo y... ¿Y era esa la compulsión de la que hablaba? Si es así, se tragó un escalofrío de miedo. Ella no había puesto oficialmente los ojos en el hombre y ya quería consolarlo y aliviar de alguna manera su carga. Qué hechizo tan poderoso. ¿Cómo sería cuando finalmente se conocieran formalmente? ¿O era este deseo de ayudar solo una cosa general, dirigida a todas las personas con las que se encontraba ahora? En cualquier caso, debía romper el hechizo y animar a su mentor a que le enseñara más.

Con cuidado, tachó algunas palabras más. "Probablemente sea bueno para mí aprender a bloquear mis pensamientos, ¿no lo crees?"

Le tomó un poco de tiempo controlarse para responder. "Sí, eso es lo mejor. Normalmente haríamos esto conmigo tratando de superar tu barrera, pero no creo que sea prudente en este momento. Así que intentemos contigo tratando de atravesar mis escudos y así aprenderás cómo crear escudos por ti misma".

Pasaron el resto de la mañana trabajando desde esa distancia para proteger la mente de una invasión mágica. Gailin aprendió a protegerse detrás de una pared que no parecía mágica, pero que podría haber sido puramente instintiva y cómo proyectar su voz en la mente de los demás. Esta segunda habilidad, aunque valiosa, no estaría a salvo si tenía la intención de volver a su casa. ¿Y si encontraba a un hechicero esperándola? Tenía que parecer, al menos superficialmente, como algo dotada, como los hechiceros menores en Marewn o los aprendices de magos sin entrenamiento en Demonia que aún no se habían unido a demonios que mejorarían su don".

"Encontrarás muchos niveles diferentes de magia, de muchas fuentes. Es mejor conocerlos y poder observar sus motivos, debilidades y fortalezas sin ser juzgado por ti mismo como mago. Un buen escudo sólido te protegerá sin parecer abiertamente mágico. De hecho, algunas personas no mágicas tienen pensamientos protegidos. Naturalmente, será lo que usaría cualquiera que quiera proteger su nombre. Míralos y luego deja que los instintos del Sabio guíen tus decisiones", le aseguró Vamilion.

"Bueno, ahora mismo mis instintos me dicen que me vaya a casa. ¿Es eso correcto, o es la compulsión la que habla? Ella respondió.

"También hay diferentes tipos de compulsión. Como Sabio, los buenos instintos, para ayudar y ser útil, son limpios y, aunque es posible que no conozcas su causa, no te sentirá coartada si luchas contra ellos. Es casi como tener hambre. Quieres hacer algo al respecto, pero puedes esperar y resistir si estás dispuesta a ignorar la picazón. Por otro lado, una compulsión mágicamente exigente, como que tu nombre sea invocado se siente... Como... No sé, ahora que lo pienso. ¿Cómo te sentiste cuando te dije que corrieras por tu vida?"

"Como si no pudiera resistirme, no tenía otra opción en el asunto. No podía detenerme a menos que muriera".

"Exactamente", respondió Vamilion. "Si no tienes otra opción, es impulsado mágicamente y no por tus instintos de Sabio. Ninguna otra magia en este mundo te dará una opción, en cambio la compulsión de los Sabios..."

"¿Incluso aquella que nos acercará el uno al otro?" Ella preguntó con cuidado.

"Sí, eso también se puede resistir. Owailion todavía siente su compulsión hacia su esposa, la Reina de los Ríos de la que te hablé, pero él se resiste. Con la misma facilidad haría lo que ella hizo; pronunciar su verdadero nombre, si lo supiera, y se ordenaría a sí mismo a morir. Pero se resiste. Eso lo vuelve irritable y poco amistoso, pero se resiste".

"¿Qué otras compulsiones has experimentado?", Ella preguntó con entusiasmo, esperando algo que no fuera tan sombrío.

"Bueno, ya te he hablado del impulso para ayudar a los demás. Luego está la compulsión de ir a la Búsqueda. Hay talismanes de nuestro poder que se han ocultado por toda la Tierra. Solo nosotros podemos encontrarlos y usarlos. Tengo un pico de piedra y una espada que estaban escondidos, esperándome en las montañas. Tienen dones mágicos, así como su fuerza, los cuales he utilizado para ayudar a organizar la Tierra y ahuyentar la magia maligna. Además, mis anhelos son por los montes y la piedra; eso también podría considerarse una compulsión. Lo llamamos afinidad. La tierra me habla y yo soy atraído por su poder. Siento su dolor cuando tiembla y voy y consuelo a las montañas. Y por eso me llaman el Rey de las Montañas".

"¿Asó como la dama que murió era la reina de los ríos?"

"Exactamente. Y antes de preguntar, vuelves a derribar tu muro y sé lo que vas a escribir. No, yo no sé dónde residen tus dones. Esa es otra cosa que estás buscando".

"¿Qué otra cosa?" preguntó, dándose cuenta de que podría necesitar una vida eterna para lograr todo lo que esta Búsqueda exigía de ella. O para acostumbrarse a mantener su muro de escudos levantado incluso mientras estuviese durmiendo.

"También buscarás un pendiente que abra la puerta a un palacio en algún lugar de la Tierra. Ese palacio será tuyo y corresponde al título de Reina, aunque la idea de gobernar es completamente errónea. No somos gobernantes. Somos maestros de la magia de algún aspecto de la naturaleza o de la magia misma. Ríos y montañas, aunque tienen un poder oculto, no necesitan ser gobernados per se", respondió.

"¿De qué es el rey Owailion?" Preguntó Gailin.

"Él es probablemente mejor considerado como el Rey de la Creación. No tiene ningún enfoque verdadero a menos que esté creando cosas. Sus tareas de Búsqueda incluían construir esos palacios para el resto de nosotros, crear y luego ocultar los talismanes que el resto de nosotros debemos encontrar".

"¿Entonces él hace las compulsiones?"

"No, él es manipulado por ellas tal como nosotros. De hecho, sin encontrar una forma de estar con su esposa, realmente es un esclavo en ese sentido. No puede escapar de esa situación, aunque probablemente querría hacerlo. No se liberará de esa compulsión hasta que la tierra se acabe o tal vez cuando todos los Sabios se hayan Sentado".

"¿Sentados? ¿Te refieres a cuando hayamos encontrado nuestros palacios y talismanes, y todo?

"Sí, la Tierra, según la leyenda, se sellará de nuevo y tendremos paz aislados de toda la magia exterior".

Gailin estaba a punto de preguntar si las compulsiones terminarían, cuando de repente sintió un tirón en su corazón y jadeó. Solo había escrito dos palabras cuando se dio cuenta de que tenía que ir a ver a su abuela y soltó el lápiz para hacer precisamente eso. Ella tenía que irse. Una pequeña parte de su cerebro se dio cuenta de que estaba siendo forzada, que eso era exactamente lo que temían. ¿Podría lograr decírselo a Vamilion? Su mente chilló, incluso cuando hizo el increíble esfuerzo de tomar el lápiz y el libro antes de comenzar a caminar con pasos deliberados hacia atrás por donde había venido el día anterior.

"¡Me está llamando!" gritó, usando las habilidades recién aprendidas que habían estado practicando toda la tarde.

Durante un segundo paralizante, no escuchó ni sintió nada de Vamilion.

"¿Puedes llevarte el libro?" escuchó en su mente y suspiró

aliviada. Vamilion no la abandonaría en esto, ahora que su peor escenario acababa de ocurrir.

"Sí, pero no puedo mirarlo. Camino hacia el oeste, ni siquiera sigo el río. Por favor, ayúdame". Mientras decía esto, Gailin no se dio cuenta de que podía llorar en sus pensamientos, pero podía sentir las lágrimas ardiendo en el fondo de sus ojos. Nadie debería ser forzado, especialmente por un poder maligno, solo porque su nombre fuese conocido. ¿Qué le esperaba?

"Relájate, Gailin, y piensa". La voz mental de Vamilion retumbó a través de ella, puliendo los bordes irregulares de su pánico. "Ahora, conoces esta área. ¿Cuánto tiempo, caminando al ritmo al que estás, te tomará llegar a casa?"

Vamilion no había usado la magia de nombres para calmarla, pero sin embargo, comenzó a relajarse un poco como se le ordenó. Caminó con el sol poniente en los ojos y consideró su pregunta. "Probablemente tres horas. Pronto oscurecerá y no podré ver bien en este bosque. ¿Podré parar a descansar o dormir?"

"No lo sé, pero te seguiré. Ahora estoy detrás de ti y trato de ponerme al día. Usemos este tiempo para planificar, ¿de acuerdo? Creo que esto puede funcionar para nosotros. Sabemos que tiene tu nombre pero no te ha matado. Eso es bueno. Eso probablemente significa que él no sabe que eres una Sabia... Al menos no creo que él lo sepa. Sospecha que eres mágica, pero no se habría atrevido a hacer un movimiento tan audaz si hubiera sabido o incluso adivinado que eres tan poderosa como yo. Ese no es su estilo. Este cazador / hechicero observa, espera, evalúa y tal vez informa a alguien de fuera. Dale a demostrar la menor cantidad de magia que puedas. Que crea que no eres tú quien rompió tus ataduras, que fui yo. Pero recuerda, no puedes mentirle".

"No puedo mentir... ¿Cómo?" Su propia voz mental sonó de nuevo al borde del pánico. "Si no puedo usar magia o mentirle, ¿cómo puedo protegerme a mí o a mi abuela si solo tiene que decirme que muera? Él lo sabrá en el momento en que no tenga nada que decir y..."

Gailin, respira. Eso va a necesitar tu pensamiento más cuidadoso. Él no te conoce y tú no lo conoces a él. Probablemente tampoco te dejará ver su magia. Es sutil. Será de mucha ayuda y probablemente más amable al principio de lo que sospecharías. No querrá asustarte. En su mente, eres un conejito entrando en su trampa y no quiere asustarte. Te querrá viva, atrapada y quizás asustada, pero no te hará daño. No debe saber que en realidad eres una osa poderosa lo que ha capturado. Me mantendré fuera de su rango de detección, ayudándote como pueda. Cuando sepa cómo pasar sus escudos o tal vez incluso su verdadero nombre, entonces podemos atacar. Ahora practiquemos las cosas que puedes decir sin mentir. ¿Cómo explicarías un libro en blanco en el que escribes?"

Solo tardó un momento en darse cuenta de que tenía una respuesta preparada. "Me lo dio un amigo. Lo usaré para registrar mis hallazgos en el bosque; hierbas y cosas por el estilo. Siempre quise dibujar las plantas que había recolectado y experimentar con ellas como medicinas o suplementos para dar sabor a los alimentos".

"Perfecto. Mira, ya estás recibiendo la inspiración que viene con ser una Sabia. Ahora, ¿cómo te ayudará eso?"

"Podré llevarme el libro y no se verá extraño si escribo en un libro en blanco o miro hacia atrás en páginas anteriores. ¿Puedes escribirme de tal manera que él no pueda ver?"

"Si él está ahí cuando lo lees, no. Él lo sentirá como magia acercándose a él, no solamente a ti... Al igual que él podrá sentir mis pensamientos hacia ti a menos que yo los aísle terriblemente cerca, pero si escribo en momentos aleatorios y luego dejo que el mensaje desaparezca después de que lo hayas leído, lucirá como un libro en blanco. Puedo darte la compulsión de leerlos, pero cualquier otra cosa será obvia. Ahora, he estado pensando en cómo esto puede funcionar en nuestro beneficio. Si él es un hechicero, y sabe que tú también eres mágica, tal vez puedas conseguir que te enseñe lo que yo no me atrevo. Desafíalo a un doble de mentes, una vez que él admita que tiene magia. Él te enseñará a protegerte y a atacar. La habilidad es la misma, no importa que él sea malvado".

"¿Es eso seguro? ¿Y si irrumpe en mi mente? ¿Él no...? ¿No te verá allí?" Ella preguntó.

"Tú no me has visto en absoluto, recuerda. Él me estará buscando y todo lo que verá es lo que tú has visto; a mí huyendo. No pensará en mirar en el libro, que ahora estoy llenando con algunos dibujos y comentarios sobre plantas, como sugeriste. Siéntete libre de agregar más, pero ten en cuenta que los dibujos míos no provienen de ningún conocimiento real de plantas".

Gailin sintió que sonreía ante la franca confesión de Vamilion. No pensó que sería capaz de sonreír, no mientras sus piernas la llevaban inexorablemente hacia cierto peligro y posible muerte. El sol se había puesto y se encontró tropezando y estirando la mano para sostenerse contra los troncos de los árboles, pero se aferró al libro como si su vida dependiera de ello. Quizás así era.

"Ahora, hay algunas cosas más que no he podido decirte que podrían surgir. Hagas lo que hagas, no debes hacerle promesas ni juramentos. Usa palabras como 'está bien' en lugar de 'sí', o asiente con la cabeza en lugar de admitir algo", instruyó Vamilion. En el fondo de su mente, ella podía escuchar su ritmo de carrera mientras él trotaba para alcanzarla, corriendo en un ángulo oblicuo para no acercarse demasiado pero a la vez estar lo suficientemente cerca antes de que ella llegara a su casa.

"¿Por qué no debo hacer promesas o juramentos?" preguntó, deseando poder detenerse y descansar un poco.

"Él sabrá que eres un Sabio si lo haces. Cuando hacemos un juramento o voto solemne... Nos cambia. Algún día lo verás. Aparecemos como el Rey o la Reina que somos, aptos para vivir en uno de esos grandes palacios y este cambio de apariencia será instantáneo. Él lo sabrá y te descubrirá. Te lo mostraría, pero no creo que sea prudente. Otras compulsiones aparecerían si lo intentara, y no lo necesitamos como complicación. Solo confía en mí que no puedes prometerle nada".

"Confío en ti, Vamilion", susurró en voz alta incluso mientras le enviaba el mensaje mentalmente también. Y lo hizo, aunque tenía pocas razones para creer cualquier cosa que hubiera experimentado recientemente. De hecho, los últimos tres días parecieron surrealistas. Se despertaba en su cama, con su abuela en la otra, sus quehaceres la esperaban en el jardín de primavera y todo iba bien: sin aldeanos enojados llamándola bruja, sin una soga de verdugo alrededor de su cuello, sin hechiceros lanzando hechizos en ella, no… Ella miró el libro que sostenía en sus brazos. ¿Sin Vamilion o su magia? Era demasiado real, demasiado concreto para ser un sueño. Ella sabía que él era real aunque no hubiera visto su rostro.

"Otra cosa", interrumpió sus pensamientos que por una vez ella había guardado cuidadosamente detrás de su escudo. "Necesitamos hacer desaparecer la Piedra del Corazón. Puede que él no sepa lo que hace, pero no podrás explicárselo y obviamente es mágica".

"Si la dejo caer aquí en el bosque, ¿podrías encontrarla de nuevo?" Preguntó, pero pensó si incluso podría reunir la voluntad para meter la mano en el bolsillo y sacar el pequeño orbe que él le había dado en la horca.

"No… Bueno, sí, podría encontrarla, pero separarse de ella no sería prudente. La Piedra del Corazón debe permanecer contigo. Es donde fluye la magia y actúa como juez. Si él te ordenara hacer algo malvado con tu magia, ella debería impedírtelo, incluso por encima de la magia de nombres. Y puede actuar como una guía como el libro. Si te dejara un mensaje en la Piedra del Corazón, él ni siquiera lo sabría. Todo lo que necesitas hacer es tocarla. ¿Puedes hacerla invisible?"

"Puedo intentarlo", respondió con cautela. Allí estaba ella, tropezando en la oscuridad, tropezando con las raíces de los árboles, agarrando un libro y tratando de sacar su Piedra del Corazón de su bolsillo sin dejar caer ninguna de sus preciadas posesiones. Ello requirió de su suprema concentración. Encontró el orbe en su bolsillo y lo sacó, preguntándose si su deseo podría hacerlo desaparecer. Lo sostuvo, agradecida por su suave brillo, casi lo suficiente para iluminar su camino, pero estaba a punto de hacer que se desvaneciera. Puso su deseo en ello y vio cómo la luz se apagaba y la oscuridad descendía de nuevo, aunque la sentía todavía en la palma de su mano. Con pesar, lo dejó caer de nuevo en su bolsillo.

"Está hecho", le dijo a Vamilion. "¿Puedes sentirla conmigo?"

"No, pero eso es algo bueno. Solo tú sabes dónde está. Ahora, ¿puedes decir qué tan cerca estás de tu casa? No me atrevo a acercarme mucho".

"¿Cómo puedo hacer eso? No creo que pueda hacer magia con todo esto pisoteando los árboles y..." Gailin podía sentir su pánico inhibiendo incluso su conexión mental con Vamilion, que se encontraba en algún lugar al norte de ella.

La voz profunda de Vamilion la calmó, la hizo aislar su miedo en una parte separada de su cerebro y pudo escucharlo darle instrucciones precisas. "Extiende tu mente, como cuando estabas tratando de alcanzarme. En lugar de eso, busca a tu abuela. La conoces y puedes sentir si está allí. ¿Puedes determinar la distancia?"

Hubiera sido más fácil si pudiera dejar de caminar y cerrar los ojos para concentrarse en este pequeño acto de magia. No habría podido reconocer nada aquí en la oscuridad, fuera de sus caminos familiares, incluso si ya estuviera en su jardín, pero hacerlo con magia significaba poco para ella ahora. De hecho, cerró los ojos, extendiendo una mano frente a ella para no chocar contra un árbol mientras lanzaba su mente hacia adelante, estirándose y fluyendo como agua dulce por el terreno. Como si pudiera verlo, sintió un suave empujón. Su mente y su mano eran las mismas. Podía sentir la textura de la madera, el parpadeo de un fuego encendido para recortar el frío de la noche y se preguntó por el olor de un estofado en algún lugar cerca... Demasiado cerca.

"Está muy cerca", jadeó y volvió a traer sus impresiones a su mente. "Estaré allí en unos momentos. ¿Estás demasiado cerca?"

La respuesta de Vamilion le dio un tipo diferente de consuelo. "No te preocupes por mí. ¿Puedes decir cuántas personas hay? ¿Tu abuela? Necesitas la experiencia de escuchar otra mente que no sea la mía. Ten cuidado de no tocar la mente del hechicero".

Obedientemente, Gailin trasladó sus pensamientos a la esquina noreste de la cabaña, donde la cama de su abuela podría estar más cerca del fuego. Se abrió paso entre los gruesos troncos de madera de la pared y encontró los pensamientos sombríos y confusos de su abuela anciana, soñando con la cálida chimenea de la casa de su juventud. La abuela estaba viva y cómoda, si no sana. Gailin también sintió a alguien más, grande y en movimiento, casi haciendo a un lado sus pensamientos mientras él caminaba de un lado a otro, pero no se atrevió a investigar. Ella lo conocería pronto.

"Ella está allí", le dijo Gailin a su protector. "Deséame suerte", agregó mientras su mano alcanzaba la puerta de la cabaña.

4

REGRESO A CASA

En general, su cabaña tenía el mismo aspecto que la noche en que los aldeanos habían venido a arrestarla. La madera en la caja de fuego se había reabastecido, pero aparte de eso, era la misma. La abuela acurrucada en sus mantas no se movió cuando Gailin cerró la puerta y miró a su alrededor con asombro. El hechicero que estaba al otro lado de la mesa la miró sin sorpresa y, sin decir palabra, le indicó que fuera a ver cómo le iba a su abuela. Como si el regreso de Gailin fuera algo común, comenzó a servir dos cuencos del estofado que ella había detectado. No pudo resistirse, pero se arrodilló al lado de la abuela y la encontró poco cambiada. Su piel fina y suave parecía tan pálida que Gailin casi podía ver a través de las venas que corrían por debajo. Gentilmente, Gailin apoyó la mano en la mejilla de la abuela y susurró: "Estoy aquí".

Su abuela no reaccionó, aunque el rostro de Gailin atravesó los sueños detrás de los ojos apagados. Por su parte, la mujer más joven se puso de pie vacilante y se dirigió hacia el otro ocupante de la cabaña de una habitación. El hechicero era alto y delgado, de rasgos oscuros y muy anguloso, lo que hacía difícil determinar su edad. Su cabello y barba cuidadosamente recortados indicaban tiempo y dinero, pero ni un solo cabello plateado para hablar de la edad. Su traje y sus botas finamente cortados parecían fuera de lugar en una cabaña simple como esta. Una capa de terciopelo azul marino oscuro descansaba sobre una de las sillas como si acabara de llegar y ella se preguntaba cómo se explicaría.

Tratando poderosamente de mantener su voz firme, Gailin se dirigió a él cuando terminó de poner la mesa. Gracias señor, por cuidarla. ¿Quién es usted?"

"Estaba en la ciudad, de paso y me enteré de que una señora tuvo que abandonar a su abuela debido a un ahorcamiento bastante notable y pensé que podía ayudar. Jonis estaba aquí, pero me pidió que mirara para poder volver a sus cultivos. Espero que tengas hambre. No soy muy buen cocinero".

Gailin estabilizó sus escudos antes de pensar en Jonis con un pozo de miedo atravesándola. Ella sabía instintivamente que su amigo se habría quedado aquí, y no haber delegado este deber a otro, especialmente a un extraño. ¿Qué le había pasado a Jonis? No se atrevía a pensar en su miedo por el pobre agricultor. En cambio, puso su mano en sus bolsillos y sintió la Piedra del Corazón allí y le dio fuerza para seguir adelante.

"Tengo hambre, señor, pero no ha respondido a mi pregunta. ¿Quién es usted?"

El tono de su voz debió de decirle algo, porque hizo una pausa antes de sacar la silla para ella. Ven, siéntate Gailin. Soy Drake".

Con su mano en la Piedra del Corazón, Gailin vio un destello de cambio en la apariencia del hechicero. Debido a que la magia del nombre le exigía que tomara asiento, tuvo que obedecer, pero no sin una mirada temerosa a la lengua de la serpiente que se deslizó fuera de su boca cuando dijo su nombre. Era un mentiroso en el mejor de los casos y la Piedra del Corazón lo hizo visible. ¿Era un detector de la verdad? Quizás, pero esperaba ver mucho más si de alguna manera pudiera hacer visible su verdadera naturaleza. Ahora no era el momento para que ella lo desafiara. En cambio, pasó deliberadamente por delante de la silla ofrecida y tomó la opuesta.

"Se ve maravilloso y tengo hambre", admitió, sin hacer contacto visual con el caballero, sino que miró el estofado de venado y el pan crujiente que había preparado. ¿Lo había hecho por arte de magia o era experto en la cocina?

Sin inmutarse por su rechazo a sus modales educados, Drake se sentó en el asiento que había retirado y comenzaron a comer. Gailin, por su parte, mantuvo la mano fuera de la Piedra del Corazón. No quería que la magia o su reacción a lo que le mostraba la delataran. No creyó en todo lo que Drake le dijo mientras le explicaba cómo había llegado a su casa. Sin embargo, cuando mencionó que sabía mejor cómo atender las enfermedades y afecciones de las personas mayores, esto despertó su interés.

"¿Usted es un sanador?" Ella preguntó.

"En cierto modo", admitió. "He estudiado el cuerpo humano y muchas de las enfermedades que se encuentran en otras tierras y pensé que podría compartir mis conocimientos aquí".

Gailin tuvo que dejar de comer solo para mirar a Drake. Vamilion le había advertido que este hechicero parecería más amable de lo que realmente era, pero no había creído que Drake fuera tan encantador y tuviera las mismas habilidades que ella. No debía bajar la guardia, pero estaba realmente fascinada. "¿Cómo sabía que yo estaba interesada en sanar?"

Drake no admitió nada al principio, pero se centró en ella intensamente. "Escuché sobre ti en el pueblo. Todos me rogaron que me quedara, ya que te habías escapado y no había nadie que actuara como sanador. Creo que se arrepienten de haber desconfiado de ti", murmuró y sus ojos verde oscuro brillaron tentadoramente.

Detrás de su escudo, Gailin tuvo que recordarse a sí misma que la habían arrastrado allí contra su voluntad. Ella era su esclava. No debía dejarse seducir por sus encantamientos. Era un engañador, sin importar cuán educado o amable pudiera parecer. Ella debía hacerle creer solo que estaba interesada en lo que él tenía para ofrecer.

"¿Puede enseñarme?" Ella susurró.

Drake ladeó levemente la cabeza, como sorprendido. "Probablemente yo sepa menos que tú sobre la curación. El cuerpo, lo sé, pero no las hierbas y medicinas, ni los métodos que podrían funcionar".

Gailin se tragó el miedo y pasó a la ofensiva. "Entonces un intercambio de conocimientos", propuso. "Te enseñaré las medicinas que sé si tú me enseñarás cómo funciona el cuerpo. Quizás de esa manera ambos podamos crecer en nuestro entendimiento". Esta sugerencia llegó de manera abrupta, audaz, y le quitó el miedo. Esta debía ser la sugerencia de un Sabio. En algún lugar en privado, recordó que Vamilion quería que aprendiera magia de este practicante oscuro y esto lo haría. Ella aprendería más que magia de él y le haría pagar por manipularla.

Vamilion se quedó congelado en el borde del bosque, aterrorizado. No sabía cómo actuar y los instintos del Sabio al principio no le proporcionaron ninguna guía. Reconoció fácilmente la presencia amenazante de este hechicero que lo había acechado durante años. El perseguido había observado a su cazador durante algún tiempo y conocía la maldad de la que Drake era capaz. El miedo de Vamilion provenía de esa comprensión y, aunque había tratado de advertir a Gailin, habría sido imposible prepararla dándole ese conocimiento. Mejor armarla que advertirla, se dijo. Pero eso no lo consoló mientras permanecía indefenso, mirando ciegamente a la oscuridad, incapaz de ver la cabaña que sus sentidos mágicos le decían que se refugiaba más allá en los árboles.

¿Cómo podría ayudarla? Vamilion usó magia para escuchar la conversación y aprobó cómo el escudo de Gailin sobre sus pensamientos se mantuvo estable, pero eso también significaba que no tenía idea de lo que estaba planeando. No quería acercarse lo suficiente para entenderla. ¿Podría pasar los escudos del propio hechicero y romper ese cuello con un golpe mágico bien colocado antes de que Drake se enterara del ataque? Una vez más, Vamilion tuvo que luchar con la idea completamente ridícula de dejarla morir, permitirle volver a casa con Paget, contento con el conocimiento de que algún día encontraría a otra Gailin, mucho después de que Paget hubiera muerto y no se enfrentaría a este dilema moral. ¿O eso funcionaría ahora que le había dado a Gailin la Piedra del Corazón? Probablemente no.

Por supuesto, fue un pensamiento ocioso y malvado, indigno de un Sabio. Se había jurado ayudar a todos los ciudadanos de la Tierra, incluida Gailin. Él acababa de ponerla en la guarida de la víbora e inmediatamente la sacaría si pudiera. Vamilion sabía que se sacrificaría antes que dejar que un solo mechón de ese brillante y cálido cabello resultara dañado. Recordó su impresionante tono de cuando había tocado su trenza, muy brevemente, mientras le colocaba el lazo alrededor del cuello y ahora permanecía grabado en su mente. Quería estudiar el color, como el ámbar o un topacio en los pozos profundos de las montañas.

¡Para! Vamilion se gruñó a sí mismo mientras controlaba su mente errante y se concentraba de nuevo. La abuela estaba viva y dormida. Drake no tenía idea de cuánta magia poseía Gailin, si es que la tenía, y no parecía estar en peligro inmediato. Eso dejó a Vamilion seguro para observar de cerca y elaborar algunas ideas de cómo matar a Drake en el instante en que Vamilion sintió que sus motivaciones cambiaron y serían una amenaza para Gailin. ¿Cuánto tiempo pasaría hasta que Drake dejara de intentar descifrar los poderes de Gailin y revelar su verdadero yo? Parte de Vamilion deseaba que no fuera por mucho tiempo. La quería fuera de peligro, lejos en la Búsqueda por su cuenta. La paciencia de la montaña dentro de él solo aumentó la tensión hasta que estalló en un terremoto; con suerte, uno que pudiera enterrar a Drake para siempre, a pesar de su interminablemente larga vida.

Mientras esperaba, para distraerse, Vamilion redactó una carta para Paget y la talló en su tableta en lugar de usar tinta o grafito. Él había configurado este sistema hace años para que ella viera una tableta correspondiente en su casa en las montañas y supiera que él estaba pensando en ella. No era diferente al libro que le había dado a

Gailin, pero el acto de grabar sus pequeñas notas para su esposa era más de su agrado, incluso reconfortante. Esculpió su mensaje y luego sopló las astillas y el polvo de piedra para leer lo que había elaborado.

"Estoy en el bosque, lejos de ti. Esto tardará un poco más. Finalmente voy a desafiar a la serpiente. Duerme bien mi amor".

Después de que terminó, escribió algunos comentarios en el libro de Gailin, dándole sus pensamientos sobre lo que Drake había revelado en la conversación de la noche, pero no puso la compulsión, solo le dio el deseo de mirar cuando fuese un momento seguro. Eso podría esperar. Nada urgente. Pero cuando dejó a un lado su lápiz, Vamilion se estremeció. Se sentía mal escribirles a ambas mujeres de una manera tan íntima y similar. ¿Ya estaba siendo infiel? Su mensaje a Paget era solo de amor, mientras que las palabras a Gailin la mantendrían viva. No quería ver las similitudes, pero estaban allí, esperando salir a la luz del día y lo sabía. Vamilion se sentó en esta caverna virtual de evitación, eligiendo no salir a pesar de que sabía que el pasillo estaba justo frente a él. Preferiría esperar en su oscuro aislamiento un poco más, bajo la aplastante montaña de la indecisión unos años más.

Resueltamente, decidió pensar en su propia comodidad y se conjuró un campamento ya que probablemente estaría allí en el borde del bosque por un tiempo. Aparecieron fuego, carpa y una comida caliente mientras escuchaba la conversación de Gailin con Drake. Parte de él quería estar celoso del hechizo que el mago estaba implementando, pero Vamilion también quería resistirse. Gailin tenía derecho a ser cortejada por cualquier hombre que eligiera. Sin embargo, el Rey de la Montaña tampoco anhelaba nada más que irrumpir sobre ellos y advertirle, preferiblemente mientras estrangulaba al demonio mentiroso, que todo lo que estaba diciendo era una seducción maligna. Otra parte de él esperaba que ella estuviera viendo a través de sus engaños por sí misma. Vamilion no podía decirlo sin entrar en su mente y casi se juró a sí mismo que no haría nada, al menos hasta que fuera libre para amarla. Sin embargo, un juramento de un Sabio era vinculante, por lo que no se atrevió.

Gailin se sentía terriblemente cansada después de su largo día, pero también tenía demasiado miedo de cerrar los ojos. ¿Podría atreverse a dormir con este hombre en su casa? ¿Podría mantener sus escudos en alto incluso en sus sueños? ¿Qué hacer con la incomodidad de los arreglos para dormir? Solo había las dos camas pequeñas y la abuela ya ocupaba una.

"¿Entonces, dónde vives?" Preguntó conversacionalmente, tratando de sacar a relucir el tema incómodo mientras lavaba los platos y Drake apagaba el fuego.

"En cualquier lugar donde tú quieras", respondió él, sin mirarla, pero su voz había cambiado, volviéndose aún más práctica. De repente, Gailin se dio cuenta de que él no había respondido a su pregunta, sino que le hizo una proposición. Esto podría ser peligroso para ella en más de un sentido. ¿Estaba tratando de seducirla? ¿Cuándo podría haberla ordenado? Quizás él quería que ella viniera a él de buena gana. La idea no se le había ocurrido, porque estaba tan preocupada por la magia. No había considerado lo que él podría querer hacerle a su cuerpo. Nunca se había imaginado a sí misma una belleza o que alguien la querría de esa manera. Incluso Jonis se contuvo, inseguro e incómodo, después de darse cuenta de lo ocupada que estaba con sus actividades de curación.

Justo cuando sintió que podría entrar en pánico ante estas terribles consideraciones, surgió una idea inspirada del Sabio. "Creo que hay mantas adicionales en el ático. Puedo conseguírtelas y te haremos una cama". En el mismo momento, estaba creando las mantas, por lo que no era una mentira hasta que supiera si había tenido éxito o no. Era magia sutil que, con suerte, no notaría. En su lugar, fue a la escalera que conducía a las vigas del ático, en realidad unas pocas tablas colocadas a través de las vigas del techo, y encontró lo que había creado y luego las arrojó hacia él.

¿Por qué estaba aceptando que él invadiera su vida? Si ella realmente acababa de regresar a casa, sin darse cuenta del nombre mágico, Drake debería estar en camino. ¿No sería así como sería si encontrara a Jonis aquí esperándola, cuidando a la abuela? Quizás no tan tarde, pero definitivamente se iría a casa por la mañana. Entonces, ¿por qué esperaba que Drake se quedara? ¿Era porque sabía que él tenía su nombre sobre su cabeza, porque le había ofrecido el atractivo de la formación médica, o se sentía atraída por él?

Más preguntas de las que podía contar, y mucho menos concentrarse. Sin ingenio, apagó la linterna y se acostó completamente vestida en su cama, dejando que Drake hiciera su propio camino con las mantas. Ella no estaba siendo una anfitriona cortés, pero en ese momento, realmente no le importaba. Gailin deseaba en privado tener la energía para abrir su libro y escribir un poco, pero podía esperar hasta la mañana. Desde que su abuela se había enfermado, Gailin había desarrollado un reloj interno que le permitía despertarse a la hora que debía para atender las necesidades de la abuela, y lo hizo ahora. Quería despertarse una hora antes del amanecer para poder salir y escribir a Vamilion sin observación. Con suerte, se sentiría mejor, más segura a la luz de la mañana, con un extraño peligroso al otro lado de la habitación.

Para su sorpresa, durmió y soñó.

El sueño vino como un cambio inesperado de su miedo. Por un lado, la abuela la guio en el camino, vagando por túneles retorcidos y esponjosos que pulsaban con un ritmo aplastante. El entorno repugnante no pareció perturbar a la abuela, que la tomó de la mano, alegre y parloteante, sana y completa de nuevo, como había estado en los recuerdos más antiguos de Gailin. "La memoria y el conocimiento están en los lados externos, la visión en la parte posterior y si bien esto sería bueno, bajemos algunos niveles y veamos dónde están las emociones. Podría llevar años llegar a donde él realmente reside. Son los sentimientos de él los que debemos buscar".

"¿Qué quieres decir, abuela?" Preguntó Gailin, tirando hacia atrás contra el firme agarre de su guía. De hecho, se sentía como si fuera una niña de nuevo, siendo arrastrada del funeral de sus padres después de que la plaga se los hubiera llevado y ahora tenía que ir, lo quisiera o no, con su abuela. Quería quedarse atrás, pero esa no era una opción y ahora estos pasillos pegajosos y rezumantes debían ser transitados. ¿A dónde la llevaba la abuela?

"Querrás ver esto. Allí están las almas que debes liberar", insistió la abuela mientras se agachaban más profundamente y los pasillos se volvían más oscuros; un rojo púrpura enfermizo y el suelo sobre el que pisaron se volvió resbaladizo con la humedad que se filtraba de la superficie. Mientras tanto, el latido que parecía resonar en los caminos se hizo más fuerte, más insistente. A Gailin le pareció familiar, pero cuando se dio cuenta de que era un latido del corazón, se echó hacia atrás con fuerza.

"Abuela, ¿estamos dentro de alguien?"

La mujer mayor la miró como si esto fuera obvio. "La mente de un asesino, un devorador de almas. Debes buscar la luz y apagarla. Encuentra el fuego dentro y apágalo. Y el suyo reside en los lugares más bajos. Donde está oscuro y cálido. Los ha mantenido allí, atrapados y se ha alimentado de ellos".

"¿Ellos?" Gailin preguntó con un pensamiento helado. Sospechaba adónde la habían transportado pero no se atrevía a pensarlo, y mucho menos a decirlo en voz alta incluso en sueños.

"Los comidos", insistió la abuela y luego la obligó a moverse hacia abajo a través del cerebro de un demonio, más allá de los recuerdos de Drake y hacia la corteza donde habitaban las emociones. El fascinado sanador de la personalidad de Gailin se maravilló ante el pulso y la textura del material que los rodeaba. ¿Cómo almacenó información, procesó la vida y encerró un alma? Quería estirar la mano y tocar, pero la parte más sabia de ella sabía que sería peligroso. Ella estaba dentro de un cerebro maligno dentro de un sueño. Habría mejores lugares para estudiar y aprender.

La abuela finalmente la había llevado al destino que buscaba, en la base del cráneo, casi negro de sangre y la oscuridad de los pensamientos de Drake. Gailin quería y, sin embargo, no se atrevía a intentar ver mejor ni a llamar a la luz. Apenas podía distinguir la pared de una membrana frente a ella. Era acanalado, pero fino como una gasa y traslúcido. Encerrada en el saco de tejido que llenaba el pasillo, vio caras y manos presionadas contra la barrera, tirando contra ella, estirando el material. Casi podía imaginar sus gritos, porque podía ver sus bocas, abiertas de horror, presionadas, sin aliento y luchando por liberarse. Ella se retorció de terror.

"Las almas de las que se alimenta", confirmó la abuela. "Recuerda y no te dejes engañar".

5

LECCIONES SOBRE COSAS DIFÍCILES

*G*ailin se despertó jadeando. Sus ojos no veían nada, porque el amanecer aún no se había levantado. Luchó por controlar su respiración y se orientó. Muy atrevida, extendió su mente para rozar a la abuela, y descubrió que ella también estaba saliendo de un sueño, pero no se despertaría por un tiempo. La pobre anciana dormía más que nada hoy en día, lo que probablemente era lo mejor. Si supiera por lo que estaba pasando la nieta que había criado, la abuela se moriría de miedo allí mismo.

A continuación, Gailin extendió la mano con mucho cuidado hacia el frente de la habitación donde había escuchado a Drake hacer su cama la noche anterior. Para su sorpresa, se había ido o no podía sentirlo. Empujó más lejos, buscando en la hora más oscura de la noche. Con su magia, rozó los escudos de Vamilion, durmiendo unos kilómetros más allá del río. Necesitaba respuestas y las necesitaba ahora. Despiadadamente, despertó a Vamilion con un pensamiento discordante y luego agarró el libro, se dio cuenta de que no podía ver para escribir y tuvo que manipular la linterna para obtener suficiente luz mientras escuchaba cómo la mente de Vamilion, aturdida, recobraba la conciencia. Para cuando supo que él podía concentrarse, se apresuró a escribir docenas de preguntas en una página abierta al azar.

"Él no está aquí. ¿Qué tengo que hacer? Simplemente asumió que podía quedarse aquí y estoy asustado. No ha hecho nada abiertamente mágico, pero pasó la noche y pude conjurar mantas sin que él se diera cuenta, pero... Pero creo que quiere más que magia de mí. Su lengua está partida como la de una serpiente..."

Su mano se congeló y se dio cuenta de lo que había hecho nuevamente. Vamilion tuvo que detenerla para poder pronunciar una palabra.

"Relájate, estás bien", escribió Vamilion. "Sospecha, pero no sabe. Hablaron de medicina y aparentemente llegaron a un acuerdo para enseñarse el uno al otro. Esto es bueno. Se fue hacia la ciudad poco después de que te durmieras para conseguir algo, sospecho, para esa enseñanza. Volverá pronto. No te dejará ahora que te tiene en su trampa. Viste su lengua bifurcada porque la Piedra del Corazón te muestra la verdad cuando necesitas verla. Si lo sometes completamente a un hechizo de verdad, verás un monstruo. No hagas eso. Es innecesario y él lo sabría. Entonces, ¿qué has aprendido sobre él que yo no pude escuchar en la conversación?"

"¿Cuenta un sueño?" Ella escribió, habiendo olvidado eso en su pánico al darse cuenta de que Drake se había ido. Por todo lo que sabía, el sueño era un presagio de su regreso con una orden para que ella muriera.

"No, él te valora. Háblame de tu sueño", ordenó Vamilion.

Lentamente ella se preparó para contarle a Vamilion todo lo que había experimentado en el cerebro de Drake durante la gira dirigida por su abuela. Aunque las imágenes la obsesionaban, no tuvo problemas para interpretarlas. "Tienes razón", declaró Vamilion cuando finalmente dejó de escribir. "Esto confirma que es un devorador de almas. Utiliza las vidas de sus víctimas para seguir adelante. Tendremos que liberar a todas las almas antes de que pueda ser asesinado. Menos mal que no lo desafié o estarías muerta. Ahora, además de lo que viste en su cerebro, ¿obtuviste alguna comprensión de dónde se almacenan estas almas?

"Está en la base de su cerebro. Mi abuela hizo énfasis al decir que no estaba en su visión o áreas de conocimiento o movimiento, o en cualquiera de sus sentidos, sino cerca de la base, donde residen las emociones".

"Parece entonces que es necesario un estudio de anatomía en muchos niveles", comentó Vamilion. "Esto es bueno. No sabía que era un devorador de almas. ¿Te ha mostrado algo de magia?"

"No, a menos que tomes en cuenta que él se sienta como en casa sin que ello me ofenda. No sé si me está seduciendo, engañando o si realmente yo quiero aprender lo que él está ofreciendo para enseñarme. Todo lo que sé es que se queda en mi casa y no se me ocurre una forma segura de echarlo".

"Entonces, sus objetivos y tus instintos de Sabio están en el mismo camino, al menos por el momento. ¿Te sientes lo suficientemente segura como para ir sola durante un tiempo? Quiero hablar con Owailion sobre esta situación y desde aquí no puedo persuadirlo para que venga. Debo ir al norte por un tiempo".

"¿Y aun así podemos escribir?" ella preguntó.

"Sí, el libro todavía me alcanzará sin importar la distancia. Volveré lo más rápido que pueda. Todavía estoy buscando un medio eficaz de viaje mágico. Si Owailion simplemente me respondiera cuando lo llamo, no necesitaría ir a verlo en absoluto".

Gailin lo detuvo con una pregunta más. "Antes de que te vayas, ¿puedes encontrar a mi amigo Jonis? Habría venido a proteger a la abuela mientras yo no estaba, y Drake dijo que regresó a su granja, pero vi que la lengua se movía rápidamente y no le creo".

No sintió reticencia ante esta petición, como si Vamilion hubiera hecho cualquier cosa por ella. ¿Dónde vive este Jonis? ¿Me puedes mostrar una foto? preguntó.

Gailin no había probado esta habilidad mágica antes, pero se concentró, imaginando la granja de manzanas de Jonis ubicada a un kilómetro al sur río abajo desde la aldea donde el joven se había asentado plantando un huerto en dificultades. Las manzanas eran lo único que lo distinguía de todas las demás casas pobres de la zona. Luego, Gailin se imaginó a sí misma agrupando esa imagen en una página doblada y transmitió esa impresión al libro donde dejó una huella de su vívido detalle justo en la página.

"Lo tengo. Eso fue un buen trabajo. Deberías agregar imágenes de tus plantas de esa manera. Es mejor que dibujar", comentó Vamilion. "Volveré tan pronto como pueda".

Gailin sintió que la mente de Vamilion se desvanecía cuando partió hacia el amanecer que comenzó a desempolvar la ventana del exterior. No se atrevía a volver a dormirse en ese momento, pero pensó con nostalgia en un baño mientras Drake no estuviera allí. Decididamente se levantó y fue a buscar el balde de agua. Por lo general, se bañaba en el río si hacía suficiente calor y usaba magia ahora mismo para calentar un poco el agua en lugar de lavarse en la cabaña en caso de que Drake regresara. La abuela dormiría un rato más.

Para cuando regresó, después de haber lavado también su camisón, Drake había regresado con una extraña carga que había arrojado sobre la mesa, envuelta en lona.

"Buenos días", dijo sin comentarios ante su ausencia.

Temerosa murmuró lo mismo. Como él no comenzó a explicar su enorme paquete, Gailin comenzó su propio proyecto de la mañana. Vertió con cuidado una cantidad medida de agua en su olla. Luego, cuando comenzó a agregar los diversos ingredientes para su caldo curativo, también comenzó a dar instrucciones. "Le agrego pimienta de cayena para la artritis, canela para el corazón".

"¿Está todo esto escrito en tu libro?" Preguntó Drake mientras la veía sacar polvos de la despensa.

"Ellos estarán. Todavía no he tenido la oportunidad de escribir mucho. Colocaré los dibujos de las plantas y también cómo preparar los ingredientes y sus usos. Es mejor memorizar esto, porque son pocos los pueden leer aquí en la Tierra".

"De eso me he dado cuenta. ¿Cómo es que aprendiste?" Preguntó Drake con poca curiosidad sincera.

Gailin reconoció que él solo quería saber más sobre ella para manipularla, por lo que mantuvo sus instrucciones intercaladas, haciendo que pareciera menos íntimo que él supiera tanto sobre ella que era inofensivo. "Clavos para la inflamación", agregó y luego miró a la abuela. "Ella me enseñó. Ella es de Malornia, donde aprendieron a leer, pero poco pudieron hacer gracias a la magia. Ella me enseñó todo lo que sé".

"Debes cuidar de ella", comentó Drake, mirando las etiquetas de las botellas en lugar de la mujer que había proporcionado el conocimiento. "¿Qué edad tiene ella?"

Gailin se estremeció ahora con un miedo oculto. ¿Se tragaría a la abuela y la agregaría a su colección de almas en el fondo de su cerebro? "No tengo idea", respondió rotundamente. "Ahora, las semillas de cilantro son buenas para los intestinos y relajan sus nervios, pero el cilantro que crece funciona mejor. Es demasiado temprano en la temporada para la planta. Luego agregue ajo para el estómago y las infecciones generales".

"Preferiría leer estas instrucciones, pero no puedo", dijo Drake con franqueza.

"¿No sabes leer?" Gailin lo miró con sorpresa. Dada su manera afable y su porte rico, ella acababa de asumir que tenía el tiempo libre para aprender la valiosa habilidad.

"No puedo leer el idioma de la Tierra", matizó. "Nadie entiende esto, pero hay un hechizo aquí. Solo aquellos que viven aquí y tienen la intención de nunca irse pueden hablar el idioma. ¿Nunca se te ocurrió que tu abuela nunca hablaba malorniano contigo? Cuando llegó aquí, tenía la intención de quedarse, por lo que se convirtió en parte del hechizo. Ella te enseñó a escribir en el nuevo idioma porque eso es lo que exigía el hechizo. Aquellos de nosotros que no tenemos la intención de quedarnos, mientras quizás podamos aprender su idioma, tenemos que aprenderlo como un idioma extranjero, y hay muy pocos que puedan enseñarlo. Solo he estado aquí unos años y siempre he querido volver a mi hogar, así que aunque puedo hablar el idioma, es casi imposible aprender a leerlo".

Las manos de Gailin se detuvieron en la agitación de sus aditivos para el caldo. ¿Estaba pidiendo sutilmente que le enseñaran a leer? Si era así, ella no iba a consentir hasta que él usara nombres mágicos sobre ella para exigirlo. En lugar de eso, volvió a dirigir la conversación hacia él. "¿De dónde eres?" luego agregó, "Jengibre, para la digestión".

Malornia, como tu abuela. Vine a ver por qué todos querían venir aquí, pero también vine a establecer rutas comerciales, aunque es difícil. Entiendo por qué la gente viene y se queda".

En lugar de aceptar el cumplido a su tierra natal, Gailin añadió más a su caldo. "Semilla de mostaza para tumores y si la mueles, la pasta es excelente para las llagas en la piel. Entonces, ¿por qué la gente viene y quiere quedarse?" Ella continuó.

Drake se encogió de hombros, intentando y sin ser indiferente ante la pregunta. "Casi no se usa magia aquí. Mucha gente emigró para liberarse de la magia. La tierra es hermosa y el clima es variado. Puedes encontrar casi cualquier cosa a tu gusto. Cultiva bien los cultivos y, si bien está demasiado abierto para conocer sus verdaderos recursos, la Tierra al menos puede alimentar a su gente. Pero pasarán años antes de que esté lista para el intercambio que ofrezco".

"Nuez moscada para la demencia y las infecciones", continuó Gailin. "¿Qué ofreces para comercializar?"

Drake olió la mezcla y arrugó la nariz con disgusto. "Conocimiento en su mayor parte. Sé con quién hacer negocios si quieres seda, oro, cobre, bronce, gemas, madera, cuero y hierro, casi cualquier cosa. Y sé cómo hacer tratos. Sé lo que entra en el 'caldo' de una empresa. ¿Hay más para incluir en este caldo?"

"Sí, agrego salvia, para mantenerla tranquila y su mente segura y cúrcuma, para cánceres y para aumentar su apetito en general. Finalmente agrego leche y miel para que sepa mejor, aunque la combinación no es sabrosa en lo más mínimo. La leche y la miel también añaden casi todos los nutrientes que necesita un ser humano".

Drake la ayudó a llevar la olla al fuego y luego preguntó: "¿Y tú misma cultivas todas estas cosas?"

"La mayoría de ellos", comentó Gailin. "Algunos de ellos no crecen en este suelo, así que tuve que ponerlos en macetas: la canela, la cúrcuma y la nuez moscada son todas tropicales, pero el resto se puede cultivar aquí si tengo cuidado. Aquí estamos más al sur de lo que parece, pero hay mucha agua, por lo que no se seca tanto. A las abejas les encanta estar aquí".

Trabajaron sobre el caldo hasta que estuvo casi tibio y luego Gailin despertó a la abuela para darle de comer avena; después le dio un baño con una toallita, rodándola para que no le salieran llagas. "Ella todavía se levantaba y me acompañaba a dar un paseo hasta este último invierno. Ahora ella no tiene fuerzas. Me temo que la estoy perdiendo", admitió Gailin con tristeza después de que recostó a la mujer marchita y cubrió sus hombros con las gruesas mantas de nuevo".

"Lo siento", respondió Drake con gravedad, pero su lengua brilló como un reptil y Gailin recordó. Aunque habían pasado una hora cómoda y ella había aprendido mucho de él, seguía cautiva de su maldad. Ahora, con sus tareas terminadas, Gailin miró la bolsa de lona que ocupaba toda la mesa grande en el medio de la cabaña, con la esperanza de cambiar de tema.

"Oh, pensé que debería traer algo para poder pagar por mi parte de la educación. Querías estudiar anatomía y el único lugar donde fácilmente podía conseguir un cuerpo era en la casa de hielo del pueblo; tus compañeros criminales aún no han sido enterrados".

Con horror, Gailin miró a Drake y luego al paquete de lona. ¿Había traído aquí a una víctima ahorcada?

"Lo guardaron en la casa de hielo hasta que decidieran qué hacer con él. Es el asesino, no el violador", dijo Drake como si esto pudiera mejorarlo. Cuando vio la expresión de su rostro, continuó tratando de justificar sus acciones. "Bueno, nadie más iba a tratar con él y tenemos la necesidad. ¿Dónde más vamos a encontrar un cuerpo para estudiar?"

"¿Cómo...? ¿Cómo...? ¿Cómo estudian medicina las personas en otros países?" se las arregló para preguntar.

Drake parecía casi divertido por su inquietud cuando respondió. "Lo mismo, solo que allá los convictos saben que ese será su destino. Si no hay familia para protestar, su cuerpo se utilizará para ayudar a salvar a otras personas. Como mató a su esposa y no había hijos, pensé que este sería apropiado", y Drake echó hacia atrás la lona que cubría como si estuviera abriendo un regalo, esperando que ella estuviera complacida.

A pesar de estar almacenado en el lugar más fresco de la aldea, la descomposición se había instalado y la ola de aire putrefacto hizo que Gailin tuviera náuseas. Manchas grises aparecieron en la piel ya pastosa del cadáver y la parte posterior de su cuello y manos se habían vuelto de un desagradable color gris violáceo. Sus ojos, abiertos y vidriosos hasta convertirse en una bruma lechosa, parecían particularmente sorprendidos. Gailin se tapó la nariz con la mano y se acercó a la mesa. Algo en ella estaba fascinada por este proceso y aunque la fuente la horrorizaba, estaba dispuesta a aprender de él.

Y aprender, fue lo que hizo. Pasaron todo el día cortando diferentes partes del cadáver con los excelentes cuchillos que Drake tenía. Gailin tomó abundantes notas e hizo dibujos en su libro mientras trabajaban. Argumentaron la función de las partes menos familiares que encontraron en el intestino, algunas tan misteriosas sobre las que solo se podía especular. El hígado, el estómago y los intestinos eran bien conocidos, pero otras piezas se dejaron a un lado en cualquier recipiente que Gailin pudiera encontrar en su cobertizo para macetas. Luego desollaron al pobre para estudiar su musculatura. Los tendones y ligamentos la fascinaban, porque podía identificar por qué el hombre caminaba cojeando, ya que lo reconoció del pueblo.

Drake, por su parte, parecía inusualmente preocupado por los ojos y el cuello, como si estos tuvieran más importancia que otras partes. Estudió los músculos del cuello y la tráquea con fascinación mórbida, abriendo la caja vocal para estudiar realmente su construcción, aunque había sido aplastada por el ahorcamiento. También sacó el ojo de la cuenca y rasuró finas astillas del iris para mirarlas más tarde. Hizo que el estómago vacío de Gailin se agitara, pero lo que estaba haciendo no haría que nadie se sintiera cómodo. De hecho, ninguno sugirió que comerían ese día; no con la superficie de cocción ocupada por un cadáver y sus manos cubiertas de todos los fluidos corporales conocidos.

Por un acuerdo tácito, acordaron detenerse cuando la luz se oscureciera, antes de lanzarse a quitar el músculo para revelar los huesos para su próxima serie de estudios. El olor solo empeoraba y cuando Gailin sugirió hervir el cuerpo para deshacerse de la carne, Drake le recordó que el cerebro se perdería. Eso la hizo detenerse. Quería estudiar el cerebro sobre todo, incluso por encima del corazón que estaba en vinagre en su cobertizo para macetas. Al final, le cortaron la cabeza y la pusieron en un balde de vinagre y luego usaron su enorme olla para hacer jabón para hervir el cuerpo durante la noche para poder volver a montar el esqueleto por la mañana. Por su parte, Gailin salió al final de la tarde y se dio otro baño en el río solo para quitarse la sangre y de alguna manera aceptar lo que había hecho.

Durante los días siguientes comió poco y durmió lo suficientemente agotada como para aliviar las pesadillas que tal trabajo podría haberle provocado. Esto no la calmó consciente de la culpa que sentía al estudiar con Drake, pero estaba aprendiendo. Algo en ella anhelaba saber cómo funcionaba todo y no quería detenerse hasta entender. Usó las noches para dibujar sus observaciones y utilizó la magia para hacer sus dibujos más detallados, por encima de su escasa capacidad para recrear su visión. Y le escribió con devoción a Vamilion en la parte posterior de las páginas, donde se desvanecería casi de inmediato, con suerte se leería de todos modos. No escuchó mucho de él y su curiosidad por sus actividades le hizo cosquillas en la mente. ¿Qué le iba a preguntar a Owailion? Tenía poco que decir sobre Drake y cómo lo romperían, pero algún día sabía que lo harían. Ella esperaba que pudieran matarlo. Allí descansaba toda su esperanza de sobrevivir.

6

OWAILION

*V*amilion miró hacia la llanura con ojos sombríos. El paisaje llano y desolado, cubierto de brezos y musgo hasta donde alcanzaba la vista, rosa y amarillo, blanco y lavanda, con el ocasional esfuerzo en verde, no le atraía mucho. Prefería con mucho el gran volcán negro detrás de él. Jonjonel no había entrado en erupción en varios años y su sensación era que pasarían cuatro años o más, antes de que pudiera presenciar ese espectáculo nuevamente. En el borde mismo del continente, aislado y con mucho la montaña más grande de la Tierra, el volcán temperamental, pero predecible, proporcionaba el mejor telón de fondo para esta reunión. Además, estaba a mitad de camino para que Owailion y él se encontraran.

Conseguir que el Sabio igualmente temperamental hablara con él siempre parecía menos sobre compromiso y más sobre resistencia. Para Vamilion, o tenía que enfermarse durante horas después de un viaje instantáneo, o caminar cuatro días hacia la montaña más cercana. Eligió caminar al noroeste de la aldea de Gailin y luego usar la parte similar de su magia para llevarlo de un pico a otro para llegar a la base de Jonjonel. En total, cuatro días para recorrer tres mil millas. Para Owailion, sería un viaje instantáneo desde su hogar cerca del extremo norte del continente, donde el hielo permaneció casi todo el año. El medio mágico de viajar de Owailion dejaba poco que desear: con solo desearlo, él estaba allí.

El problema estaba en hacer que él deseara venir.

Se necesitó la paciencia de las montañas para soportar la actitud y el rencor de Owailion. La amargura llegó antes del habitual estallido de la magia que anunciaba la llegada del Rey de la Creación. La cabeza blanca de Owailion estaba inclinada contra el viento abierto y sus sombríos ojos negros no captaban el paisaje mientras miraba contra el sol bajo que no podía lograr ponerse por completo en esta época del año a pesar de que era bastante tarde en la noche. Parecía más viejo de lo que su energía atestiguaba, porque podría haber corrido millas con facilidad, pero su edad cronológica, junto con todo lo demás sobre el pasado de Owailion, permaneció enterrada. Owailion no estaba dispuesto a hablar sobre esos tiempos.

"Gracias por venir", dijo Vamilion a modo de saludo.

"No me diste otra opción", refunfuñó Owailion. "Se estaba poniendo muy fuerte".

Vamilion casi sonrió ante eso. Él había estado solicitando mágicamente, llamando a horas desagradables y molestando para esta entrevista en cada paso de su viaje aquí y no había sido amable con sus demandas. Su mentor se quejaría de cualquier cosa que lo alejara de su trabajo, pero Owailion también estaría más que interesado en cualquier cosa que ocurriera en la Tierra, especialmente si tuviera que ver con los nuevos Sabios. Aún no estaba claro cómo se enteró de los sucesos mágicos en la Tierra. Owailion rara vez se molestaba en dejar su hogar en el extremo norte ahora que había construido todos los palacios y escondido los talismanes. En su mayoría, solo se despertaba cuando podía haber una invasión, dejando a Vamilion a cargo de la mayor parte de la protección de las fronteras.

"Bueno, la encontré y pensé que querrías saberlo. Y necesito tu ayuda", comenzó Vamilion.

"¿Ayuda? ¿Con qué? Como te enseñé, puedes enseñarle a ella", gruñó Owailion.

"No es tan simple. ¿Sabes, ese cazador que me ha estado acechando? Bueno, me vio encontrarla y sabe su nombre. Todavía no lo he desafiado porque no estoy seguro de poder interrumpirlo antes de que la mate con una palabra. En este momento ella está "disfrazada" mágicamente y no creo que el cazador sepa exactamente qué es lo que lo atrajo, pero usó magia de nombres para alejarla de mí. Necesito una forma decisiva de pasar los escudos del hechicero y matarlo sin que él se dé cuenta de que estoy en la batalla. Si es un Devorador de Almas, debemos liberar los espíritus que ha consumido incluso antes de que podamos matarlo. Luego está la familia de la que ella es responsable y... Y todavía tengo a Paget. No dejaré... No dejaré que la nueva reina me vea hasta que encuentre... Hasta que Paget se haya ido..."

Mientras decía estas palabras, la apariencia de Vamilion cambió drásticamente. En lugar de simples cueros adecuados para viajar y caminar por montañas y llanuras, adoptó una apariencia real. Llevaba un jubón de terciopelo color vino sangre, acolchado con costuras doradas sobre una fina camisa de seda blanca. Sus robustos pantalones fueron reemplazados por cuero gris pulido labrado con el contorno de la cordillera apenas visible en el horizonte sur detrás de ellos. Incluso sus botas adquirieron un brillo pulido. Por encima de todo, llevaba una capa lujosamente adornada con piel y con capucha teñida de un tono de granito. Colgado del hombro, llevaba un tahalí con herramientas de platino del que colgaba una espada de acero digna de un rey y un pico a juego diseñado tanto para escalar como para un arma útil. Este abrupto cambio de apariencia no sorprendió a ninguno de los dos, pero Owailion miró a su compañero y sacudió la cabeza con disgusto.

"Todavía no has aprendido que hay juramentos que no debes hacer, muchacho", murmuró Owailion.

Pacientemente, Vamilion respondió: "No cuando se trata de Paget. Hice este juramento hace años y no he cambiado de opinión. Y no soy un niño".

"Eres un niño si tontamente todavía te aferras a esa vieja relación.

¿No ha cambiado tu perspectiva encontrar a tu reina? preguntó Owailion. "Seguramente puedes ver que ella encaja mucho mejor contigo que alguien que no posee magia, que está envejeciendo y morirá..."

Vamilion interrumpió a su mentor, y con su negación, su ropa real volvió abruptamente a su atuendo más habitual. "No quiero discutir de nuevo esto contigo, Owailion. En realidad, no he mirado... A la nueva Reina. Por sus habilidades e inclinaciones, creo que va a ser sanadora. Reina de la curación. Es diferente... Más como tus dones. Le impulsa a estudiar cosas en lugar de sentirse atraída por algo de la naturaleza. Como estaba diciendo, ella está disfrazada. El cazador conoce su nombre y usó magia de nombres para obligarla a regresar a su casa donde está cuidando a su abuela. Él sospecha que ella es mágica, pero no la conoce como una Sabia".

"¿Cómo es eso de que no la miraste, pero le diste la Piedra del Corazón?" Preguntó Owailion, solo un poco curioso.

Así que Vamilion tuvo que contarle a su mentor toda la historia, incluida la forma en que ahora se estaba comunicando con Gailin, aunque obstinadamente se negó a utilizar su nombre. De hecho, se las arreglaron para llamarla simplemente Reina o Reina de la Curación y lo dejaron así.

"Eres un tonto", murmuró Owailion después de escuchar todo lo que Vamilion había intentado hacer y aún planeaba. "Ella va a morir en el instante en que el hechicero se dé cuenta de lo que tiene allí. ¿Y que el mago la entrene mentalmente? No es una movida sabia en mi opinión".

Vamilion se tragó su propia frustración, hundiéndola en el pozo de piedra de su mente y luego, tan cuidadosamente como pudo, respondió: "¿Qué hubieras hecho en mi lugar?"

"Habría mirado a la chica a los ojos y habría contrarrestado cada orden que el hechicero le dio con una orden propia. Al menos entonces ella no estaría en la guarida de un demonio. Ella no puede esperar estar escondida allí para siempre, especialmente si está estudiando medicina y magia con él".

Vamilion respondió bruscamente: "Y cuando ella no cumpliera con sus demandas, el hechicero sabría que la estaba protegiendo y la mataría y vería morir a alguien en mis brazos mucho antes". Vamilion no quería señalar eso, pero sabía que eventualmente ese parecía ser su destino; ver morir a las mujeres que amaba, escabullirse a pesar de toda la magia que podía llevar a cabo.

Owailion suspiró con irritación antes de asentir a regañadientes.

"Así que ambos estamos de acuerdo en que no puedo salvarla con solo mirarla a los ojos y establecer nuestro vínculo", continuó Vamilion. "¿Pero qué crees que deberíamos hacer para sacarla del alcance del hechicero?"

A Owailion podría no gustarle, pero las miradas amargas tampoco eran una solución. Así que Owailion tuvo que proponer otra opción y Vamilion escuchó atentamente mientras su mentor proponía su plan. "Tenemos que hacer que el cazador revele su magia primero. La Reina debe hacer más preguntas, conseguir que él le enseñe sobre sí mismo, hasta que admita que tiene magia. Eso abrirá la puerta para dejarla entrar en su cabeza. Ella ya está explorando cómo él se las arregló para mantenerse con vida durante tanto tiempo: es un devorador de almas. Ella tendrá que liberar todos los espíritus que él ha absorbido antes de que podamos acercarnos a matarlo, y él no puede saber que lo estamos haciendo hasta que sea demasiado tarde".

Vamilion negó con la cabeza rechazando la posibilidad antes de que Owailion incluso terminara su explicación. "Dudo que podamos liberar las almas sin que él se dé cuenta. Se sentirá debilitado y atacará para matarla si cree que ella está haciendo esto, y luego vendrá a por mí si sospecha que es mi culpa".

"No si obtiene su energía de otro lugar", respondió Owailion. "Él ha estado absorbiendo de ella durante días, ¿no es así? El Devorador de Almas no ha salido de caza desde que ella llegó a él. Has estado observando y siguiendo sus movimientos. Sabemos que tiene que alimentarse a diario y, sin embargo, no se ha apartado de su lado. Ni siquiera ha contactado con la abuela. Se está alimentando de la energía mágica de la Reina. Necesitamos atraerlo a la complacencia, depender de su presencia y alejarlos de todos los demás que podrían convertirse en sus víctimas. Querrá estar cerca de ella, manteniéndola viva para poder acceder a ella y a solas. Mientras tanto, liberamos lentamente a las almas que ha absorbido".

"¿Eso no le dará una pista de que tiene una Sabia?" Vamilion observó lógicamente.

"Sí, pero ella es una Sabia atada", calificó Owailion. "A él le encantará que la controla. Y si él la controla, entonces te controla a ti... Incluso si aún no estás unido. Soy el único al que no ha agarrado. Soy libre de actuar. Los sacaré de las zonas pobladas y cuidaré de ella. Los llevaré lejos donde él no pueda alcanzar las líneas ley y luego saldremos a la batalla, lo desnudaré hasta dejarlo en su propia vida y para ese momento ella habrá encontrado la manera de pasar sus escudos".

"¿Tienes un lugar para llevarlo en mente?" En consecuencia, Vamilion conjuró un gran rollo de mapa y una simple mesa de madera y desenrolló el pergamino para examinarlo. A diferencia de los mapas de otros lugares, la Tierra tenía tan pocos asentamientos que nadie se molestó en marcar las viviendas humanas en este. En cambio, este boceto suelto, principalmente el trabajo exploratorio de Vamilion en las montañas, mostró tres cosas: formas geológicas, cuerpos de agua y líneas ley. Las líneas donde la magia se arqueaba por toda la Tierra, se extendían como escarcha sobre las características geográficas.

Owailion lo miró. "¿Dónde encontraste a tu Reina?"

"En un pueblo de aquí, en el borde del bosque Demion en el lado oeste del río donde se encuentra con las llanuras. A medio camino entre las montañas Vamilion y la Gran Cadena. Inconveniente, eso", murmuró mientras ponía su dedo en el lugar a medio camino entre las dos cadenas montañosas del río Don.

"Y esto es lo que lo atrajo en primer lugar". Owailion trazó la línea verde que se arqueaba a través del mapa sin tener en cuenta las características geográficas. La magia en estos ríos de poder debió haber sido atractiva para los hechiceros forasteros como los Devoradores de

Almas que deben aprovechar el poder de esa manera. De hecho, atrajo tanto a hechiceros como a demonios a la Tierra, que contenía más magia sin explotar de la que le correspondía y las líneas ley se extendían como fallas en la superficie donde la magia brotaba para tentarlos. "¿Adónde debemos llevarlo si vamos a desconectarlo de las líneas ley?"

"Hacia las llanuras, supongo, aunque no podré adelantarme a ellos", y Vamilion deslizó su dedo hacia el noroeste hacia los espacios abiertos entre los dos ríos donde las líneas ley se desvanecían.

"O hacia las montañas al oeste del lago que nadie ha nombrado", Owailion movió el dedo de Vamilion más hacia el noroeste. "Aquí es donde tendremos el control".

"Eso es un largo camino", comentó Vamilion, tratando de no pensar en el viaje de mil millas que estaba proponiendo. "Serás el único que podrá protegerla. No puedo ir tan lejos de las montañas".

"Ambos tienen sus ventajas: lo llevamos tan lejos de la costa para que no tenga un escape rápido o acceso a líneas ley. Una de las razones por las que estaba dispuesto a venir a encontrarme contigo aquí es lo que había previsto que se acercaba. Tu comedor de almas es solo el primero de una serie de oleadas. Hay un segundo empujón de barcos en unas pocas semanas, navegando desde el oeste y luego un tercero que viene por tierra desde el sureste. Estarán aquí en unos meses y debemos estar listos. Sería bueno tener un tercer mago preparado y entrenado cuando aquellos vengan".

Vamilion se enderezó del mapa y arqueó la espalda, como si esta noticia lo hubiera dejado rígido. Se preguntó de nuevo cómo podría Owailion darse cuenta de estas cosas más allá de la Tierra. Era la única habilidad que su mentor se negó a enseñarle y se preguntó si el Rey de la Creación pensaba que era incapaz de ver desde lejos.

En lugar de preocuparse por ese problema trivial, Vamilion se centró en la necesidad inmediata. "¿Dónde arribarían los barcos?" preguntó mientras lidiaba con una creciente sensación de pánico. No sería capaz de ayudar a Owailion a enfrentarse a los invasores mágicos y seguir alejándose de Gailin por estas dos nuevas amenazas.

No sería posible, pero juró en ambos sentidos: proteger la Tierra y protegerla a ella.

Owailion simplemente se encogió de hombros. "Ni idea. Los estoy vigilando y parece que los barcos vienen de Malornia, y la ola terrestre es de Marewn y Demonia juntos. Estas olas vienen tan rápido que deben estar en connivencia. Y tu cazador está en el centro de todo. Sospecho que es su explorador de avanzada".

Vamilion respiró para tranquilizarse. "Bueno, no se puede evitar. Veamos si podemos matar al devorador de almas primero y entrenar a la reina antes de tener que enfrentarnos a una invasión total. Ojalá no hubiera tanta tierra abierta y tentadora aquí como ellos quieren".

"No es la Tierra, muchacho, es la magia. Los forasteros ven cómo usamos la magia y asumen que pueden aprovechar lo que tenemos. Están equivocados, pero no puedes convencerlos de eso. Siempre querrán lo que no pueden tener".

7

PLANEANDO ESTRATEGIAS

Gailin miró el libro con asombro. En cuestión de unas pocas semanas había escrito más sobre el cuerpo humano de lo que pensaba que aprendería en su vida. Había llenado casi la mitad del libro con dibujos detallados del cuerpo que habían diseccionado. También se tomó el tiempo para escribir una página para cada una de sus hierbas favoritas e incluyó dibujos de las plantas, semillas y combinaciones que parecían funcionar mejor. Gailin sintió que aún se le escapaban muchos detalles de curación, pero con todo este trabajo en un lugar seguro, listo para acceder, nunca se había sentido más capacitada para ayudar a curar a otros.

Sin embargo, cuando aplicó lo que había aprendido a su abuela enferma, inmediatamente se sintió impotente de nuevo. La anciana seguía desvaneciéndose. Su cerebro parecía vagar, mezclando sueños con comprensión despierta. Cuando estaba consciente, la abuela parecía pensar que Gailin volvía a ser una niña y la reprendía por mantener su cabello domesticado o sus manos limpias. Cuando la abuela vio a Drake en la casa, se puso nerviosa y se quejó de que hombres extraños pudiesen robarlas.

Drake no comentó sobre estas acusaciones. De hecho, parecía

imperturbable por cualquier cosa que sucediera mientras trabajaban. Era tolerante con la necesidad de Gailin de cuidar el jardín o cuando ella le pedía que corriera al pueblo por algo, ya que aún no se atrevía a poner un pie allí, para evitar que la reconocieran y la caza de brujas comenzara de nuevo. Drake durmió de buena gana en el suelo, trajo leña, cargó agua y aguantó su cocina experimental. Sin embargo, las sospechas de Gailin seguían flotando y rara vez escribía en su libro cuando él estaba, especialmente cuando le escribía a Vamilion. Quería practicar su magia tanto como su medicina, pero todavía no se atrevía a intentar nada para invadir su mente. El pensamiento la helaba.

Luego, dos semanas después de que Vamilion la dejara, Gailin sintió la necesidad de mirar el libro. Ningún nombre mágico la impulsaba a hacer esto, sin hacer caso de su captor cercano, por lo que esperó hasta que Drake se marchó a la ciudad para cambiar sus frijoles y bayas cosechadas por más de sus especias curativas. Luego tomó el libro para leer el mensaje de Vamilion en la parte posterior de sus preciados mensajes.

"¿Cómo te va?" era todo lo que había escrito, pero ella podría haber llorado por el cariño, porque nada tan gentil o preocupado vino de Drake para aliviar su mente.

"Bastante bien", respondió ella. "¿Hay alguna noticia de Jonis?" No quería admitirlo, pero extrañaba la interacción con su amigo granjero, o con cualquier otra persona. Trabajar con Drake casi absorbía el placer de hablar fuera de la habitación. Era tan impasible, casi frío y su personalidad solo servía para recordarle que era un hechicero, incapaz de amar a nadie más que a sí mismo.

"Me temo que nadie lo ha visto. Fui a su caserío que me señalaste y parece abandonado. No terminó su poda y eso debería haberse completado hace semanas. Lamento decir que probablemente sea una víctima de este Drake, aunque nunca podremos probarlo".

Gailin trató de no llorar, pero probablemente ya lo sabía y no había querido admitirlo. No escribió su siguiente comentario de inmediato y cuando lo hizo, cambió completamente de tema. "He aprendido mucho sobre la curación y... Y creo que puedo curar con mi toque ahora. Las úlceras de decúbito de mi abuela se curan casi instantáneamente, en el momento en que las encuentro. No creo que la esté curando, pero es mágico y no tengo que concentrarme tanto en eso, ya que simplemente sucede".

"Así es como soy con la piedra", la respuesta de Vamilion surgió con un fuerte trazo de su pluma. "Simplemente la sostengo en mi mano y sé su composición, dónde corren sus defectos y cómo abrirla. Es parte de mí ser el Rey de las Montañas. Y tú eres la Reina de la Curación".

Gailin pensó en eso y la idea le produjo un escalofrío de placer. Ella ya había conocido su don antes de tocar la Piedra del Corazón. Luego escribió más: "Supuse que los dones de Sabio estaban dentro de la naturaleza, ríos y montañas y demás".

"No necesariamente. El don de Owailion es crear máquinas y procesos. Él es un diseñador y un constructor al igual que tú eres una sanadora. Es un buen regalo. Y hablando de Owailion, ha venido a ayudarnos con Drake. No te sorprendas cuando la serpiente llegue a casa y te anuncie que pronto tendrá que irse. Owailion estará en el pueblo haciendo preguntas, despertando sospechas. Queremos que tu hechicero se sienta nervioso y quiera irse. Cuando anuncie esto, queremos que le indiques que se dirija hacia el noroeste, hacia las llanuras".

"Está bien, pero ¿puedo preguntar por qué?"

Puedo intentar explicarlo. La energía mágica está en todas partes del mundo. Como Sabios, extraemos de la tierra misma, razón por la cual realmente no tenemos límites en lo que podemos hacer, salvo las limitaciones morales de la Piedra del Corazón. Sin embargo, otros magos de otros países no pueden obtener su poder de la tierra. Algunos necesitan ser poseídos por demonios que son básicamente versiones malvadas de Sabios, capaces de aprovechar la magia casi ilimitada de forma inherente. Luego hay otros tipos de hechiceros que necesitan conectarse en líneas ley. Estos son como ríos de magia donde el poder se ha acercado a la superficie y estos magos pueden realizar sus hechizos solo cuando están cerca de uno de estos ríos. Drake es uno de ellos. Esperamos que te siga y se aleje de la línea de ley que ha estado usando aquí y con ello se debilite".

"¿No me debilitará a mí eso también?" Preguntó Gailin.

"No, no en lo más mínimo. El poder del Sabio no depende de las líneas ley. La única razón por la que soy consciente de ellos es por mi afinidad con la piedra. Donde la piedra ha llevado un río de magia como una línea ley, puedo sentir eso y he mapeado esos fenómenos por curiosidad hasta que pude vincular estas líneas ley a donde los hechiceros habían invadido la Tierra. Instintivamente siguieron estas líneas para mantenerse mágicamente cargados. Drake resistirá alejarse de ellas porque se está moviendo hacia un lugar nulo y vacío de ellas. Tendrá que revelar su magia para llevarte de regreso hacia ellas o te acompañará al noroeste lejos porque no querrá perderte".

"¿Perderme? Es prácticamente mi esclavo en este momento. Me está buscando en el pueblo mientras hablamos".

"Sí, y esa es otra ventaja de esto. No podemos seguir arriesgándonos a que se alimente de otros. Es un devorador de almas. Viste eso en tu sueño. Necesita absorber las almas de los moribundos… O las de aquellos que mata por sí mismo para permanecer vivo físicamente, al igual que necesita las líneas ley para permanecer vivo mágicamente. Hasta ahora lo ha hecho bastante bien sin nuevas almas porque ha estado contigo. No queremos detener eso hasta que esté lo suficientemente lejos de otras personas para que no estén en peligro de convertirse en su próxima comida".

Esto desconcertó a Gailin y escribió: "¿Cómo ha sobrevivido desde que me secuestró?"

"Se ha estado alimentando de ti. Suena horrible, lo sé, pero como eres una Sabia, eres capaz de reponer fuerzas sin siquiera darte cuenta de cómo estás conectada con la sangre vital de la magia. Esencialmente, vives para siempre porque eres parte de la magia del mundo. Y él se está alimentando de ti".

Gailin se estremeció de horror, pero también sintió inevitablemente que las fibras de su corazón la empujaban hacia algo más importante que su propia vida. "¿Mi abuela?"

Podía sentir la vacilación de Vamilion sobre este tema delicado. Ya debía haberse dado cuenta de cuánto amaba Gailin a su única pariente viva y eso sería una prioridad, incluso por encima de salvar su propia vida. Aun así, no dudó en indicar lo que se debía hacer. "Ella estaría más segura si la dejaran atrás. ¿Confiarías en uno de nosotros, Owailion o yo, para cuidarla hasta...? ¿Hasta que esto termine? Solo será otro objetivo si puedes hablar con Drake y lo convences de que se vaya de aquí y también la lleve contigo.

Durante mucho tiempo, Gailin pensó en su dilema. No quería que su abuela terminara como una de esas horribles almas atrapadas que había presenciado en su recorrido por el cerebro de Drake. Sin embargo, tampoco podía sentirse bien por dejarla abandonada. Y físicamente su abuela nunca podría soportar un viaje a ninguna parte, ni siquiera en el carro más suave. Gailin también sabía que estaba librando una batalla perdida tratando de mantener encendida la llama parpadeante de su abuela. Eventualmente, la anciana moriría, sin importar cuántas habilidades curativas y mágicas pudiera adquirir su nieta. Sacar a Drake de aquí y dejar a la anciana a salvo podría ser la mejor perspectiva de supervivencia.

"Muy bien", escribió con pesar. Pero quiero que seas tú quien se quede con ella. Tú, lo sé... De alguna manera y Owailion, yo no. Por lo que me has dicho, no es una persona paciente... Y tienes que serlo para atender a alguien que está pronto a morir".

"¿Entonces no has podido ayudarla con tus nuevos dones? Lo siento. Es el camino de la naturaleza y la Piedra del Corazón no te permitirá interferir con ella. Descubrirás que a veces simplemente no hay respuesta".

Gailin sabía exactamente lo que quería decir antes de escribir: "¿Como tú y Paget?"

"Precisamente de la misma manera. Mi espera es simplemente más larga que la tuya. No, es bueno que me quede atrás para cuidar de tu abuela. Owailion podrá entrenarte cara a cara una vez que nos hayamos ocupado de este devorador de almas. Cuéntale todo lo que aprendas sobre Drake, en tus sueños y tus otras impresiones. Las respuestas llegarán a ti más que a nosotros".

"Entonces puedo decir, no creo que Drake tenga emociones. Lleva días aquí y nunca ha iniciado una conversación para conocerme ni ha intentado ser amigable. Soy solo otra herramienta y esta no es su casa, solo un laboratorio para él. Tiene intereses pero trata de mantenerlos ocultos de mí: ojos, voces, cuellos, estos lo fascinan de una manera aterradora. Es perturbador".

"Inquietante", confirmó Vamilion. "Ahora, ¿cómo está tu progreso para pasar sus escudos? ¿Ha sospechado alguna magia de ti?"

"No que yo haya visto. Utilizo tan poco: calentar el arroyo cuando me baño, poner mágicamente mis dibujos en el libro en lugar de hacerlo a mano. Eso me recuerda; no puede leer nuestro idioma. Dijo algo sobre un hechizo, un hechizo de lenguaje. Si no tiene la intención de quedarse aquí en la Tierra, ¿puede aprender nuestro idioma, pero tiene que estudiarlo? Bueno, no tiene intención de quedarse y por eso no puede leer nuestras palabras. Dijo que era comerciante; que establece conexiones para hacer posible el comercio con otras tierras, pero que la Tierra era demasiado reciente y que no teníamos nada para comerciar".

Gailin volvió a tener la sensación de que Vamilion apreciaba esta información, como si estuviera infundiendo palabras en la página con su orgullo por su trabajo. "Interesante, conocí el hechizo del idioma. La Reina de los Ríos haciéndolo antes de morir. Es sutil y pocas personas que emigran aquí se dan cuenta de que están hablando palabras que técnicamente nunca aprendieron. También es una excelente manera de reconocer a alguien que no se instala. Incluso si estudian el idioma, su acento los delatará. Bien, sigue aprendiendo sobre él. Ahora, ¿cómo debo tratar a tu abuela?"

Gailin se rio entre dientes y luego escribió con cuidado: "No con ninguna de las plantas que agregaste a mi libro. La envenenarías y serías acusado de asesinato. Dejaré instrucciones detalladas debajo de su almohada cuando nos vayamos. Hablando de eso, ¿cómo va a sugerir Drake que nos mudemos? Dijiste que probablemente estaría dispuesto a admitir que es mágico para poder irse rápidamente".

"Esa es la esperanza. Ahora... ¿Está de regreso? Puedo sentirlo. ¿Está cerca?"

Gailin cerró el libro sin responder, tiró el precioso grabado sin ceremonias sobre la cama y se puso a preparar el almuerzo como si no hubiera ignorado todo el desmalezado que tenía la intención de hacer esa mañana. Su jardín realmente estaba despegando y necesitaba mantenerse a la vanguardia, pero si se iban... Bueno, eso cambiaba sus planes y no se iba a preocupar por eso ahora. En cambio, extendió sus sentidos para escuchar si su némesis realmente estaba de regreso.

8

ENFRENTAMIENTOS

*C*uando quería, Owailion podía dar miedo. La ola de poder que empujó por el sendero del río y contra el bosque puso nerviosos a los animales y puso a llorar a los bebés del pueblo antes de que él llegara al pueblo. El disfraz que eligió, sin embargo, era todo menos aterrador. Llegó mágicamente apareciendo como Jonis, vestido de la forma en que Gailin lo recordaba, entrando en la ciudad como si no hubiera estado fuera durante semanas. De manera deliberada, deambulaba por el mercado del pueblo, compraba verduras y compró una piel de cuero sin trabajar para ponerlas y usarlas más tarde, como si estuviera remendando sus botas con ella. El rostro del granjero era familiar para todos y devolvió muchos saludos, pero no entabló ninguna conversación. Quería ser visto, asustar al Devorador de Almas. ¿Se habían levantado los muertos para acusarlo? La pregunta se quedó en el aire de verano.

Y Drake, haciendo sus mandados para la Reina de la Curación, obviamente sabía que algo andaba mal. Owailion lo sintió revolotear contra sus escudos y luego retroceder. Drake pudo haber captado una mirada furtiva desde la esquina de un edificio y haber reconocido el rostro de su víctima de asesinato. Owailion decidió entonces caminar hacia el extremo norte de la ciudad, caminando por todo el mundo como si quisiera visitar a su amiga Gailin. Drake debió haber huido como si los perros del infierno estuviesen pisándole los talones, porque por nada se enfrentó a la magia de Owailion, que lavó como una ola del mar sobre el área. Esto hizo que el hechicero llegara a la casa e hiciera sus planes. Mientras tanto, Owailion, disfrazado de Jonis, se sentó a la sombra veraniega del bosque a lo largo del camino, se comió el almuerzo que había comprado y comenzó a convertir su cuero en algo útil, como un látigo. A Owailion siempre le gustó tener algo a mano en lo que trabajar.

Aunque sabía que Drake se acercaba, Gailin dio un salto cuando la puerta se abrió de golpe. Casi deja caer la olla que llevaba al fuego cuando él irrumpió y sorprendentemente dijo su nombre. "Gailin, tenemos un problema".

Al principio había esperado el pánico de él, pero luego se dio cuenta de que un hombre como Drake, con tan pocas emociones verdaderas, no sentiría miedo o incluso urgencia, sin importar qué lo impulsara a regresar tan rápido. Aún llevaba con él los frijoles que ella había enviado y ninguna de las especias que necesitaba. Al instante supo dónde se enfocaría su preocupación y salió de su boca antes de que tuviera la oportunidad de pensar en ello.

"¿Saben que estoy aquí?" preguntó, permitiéndose mostrar el pánico que habría engendrado en ella naturalmente.

"Sí", dijo Drake con franqueza, mintiendo con su lengua de serpiente. "Tendremos que irnos o vendrán a buscarte de nuevo".

"¿Nosotros? ¿Te estás ofreciendo para ir conmigo? ¿Y mi abuela?"

"Encontraremos a alguien que la cuide, pero debes irte ahora, antes del atardecer. Van a venir por ti y esta vez te quemarán en la hoguera". Aunque las palabras de Drake parecían frenéticas, su voz permaneció sin emociones mientras caminaba hacia el baúl de ropa y comenzaba a sacar cosas de él. Él reunió pedernal y acero, una sartén, una cuchara y un cuchillo, haciendo un montón en medio de la cama mientras ella estaba allí mirándolo, incapaz de moverse.

"¿Cómo vamos a hacer esto?" Gailin jadeó, sintiendo verdadero miedo, sin necesidad de interpretar un papel, porque su emoción era genuina y la idea de estar sola, atravesando el desierto con este hombre que la mataría y podría matarla con un pensamiento provenía de un lugar real. Luego se las arregló para recordar que prometió dejar las instrucciones a Vamilion y sacó su libro de la pila de sus pertenencias para sacar con cuidado unas pocas páginas preciosas y comenzar a escribir en ellas. "¿No tenemos nada ni a dónde ir?" agregó para que Drake hablara y para tener más tiempo para escribir.

"Gailin, deja de entrar en pánico", le ordenó, y ella sintió el pesado puño de una compulsión descender sobre ella. Dejó de respirar por un momento y lo miró fijamente, incapaz de moverse. "Ahora, ¿tienes algo para llevar estas cosas?" Él preguntó sin tono.

Con cuidado, lo miró a los ojos y dijo la verdad. "No, no tengo nada. ¿Qué me acabas de hacer?"

Esta pregunta sin rodeos, reconociendo que había usado magia de nombres con ella, finalmente hizo que reaccionara un poco. "Te pedí que dejaras de entrar en pánico y tenías que hacerlo. Tengo... Tengo un poco de magia. Como tú. Tú tienes un don y yo también. Haremos un equipo con eso. Estaremos bien. Ahora, ¿tienes alguna idea de cómo llevar todo esto?"

Liberada de su calma inducida por la magia, Gailin se las arregló para guardársela. Terminó sus notas, se acercó a él junto a la cama, dejó caer el libro en la pila y metió todas sus pertenencias en un paquete ordenado en la manta. Cuando ella no negó la magia, ni comentó nada al respecto, él sonrió sutilmente y se volvió hacia la despensa para recoger comida para el viaje. Hizo un paquete similar con las mantas que había usado desde que se mudó con ella y en cuestión de minutos estaban preparados para irse. Se quedó de pie con su bulto a sus pies, mirando alrededor del lugar y no sintió miedo. ¿Fue por la calma inducida por Drake o estaba realmente a gusto dejando a su abuela en manos de Vamilion y enfrentando su primera verdadera aventura como una Sabia, en constante peligro de ser asesinada por su compañero de viaje? Ella no lo podía decir.

Drake debió haber interpretado su ensoñación como algo más y se acercó a ella, sacándola de su ensueño cuando le puso la mano debajo de la barbilla, haciéndola mirar hacia sus ojos profundamente hundidos. "No te preocupes, Gailin, estaré contigo y tú estarás conmigo".

No había compulsión en sus palabras, pero ella se armó de valor, así que cuando inesperadamente se inclinó y la besó, ella no reaccionó. Aunque la sorprendió, no se inmutó. Sus labios se sentían fríos y firmes, apenas allí para ella, y tuvo que tragarse su repulsión como bilis. ¿Besar una pared? No, ¿besar a una serpiente? Solo podía imaginar esa lengua bífida y casi se atraganta de repente. Toda su firmeza en cortar con cuidado un cuerpo en tiras no la había preparado para la gélida comprensión de que un monstruo la estaba manipulando y todavía no tenía forma de salir de eso.

"Apóyate en él, niña", gruñó una voz extraña en su cabeza. Déjalo pensar que tiene una oportunidad. Eventualmente podrás ponerte detrás de sus escudos".

Gailin obedeció la voz, aunque no sabía quién era. Ciertamente, el suave estruendo de Vamilion sería reconocido y bienvenido, así que este debe ser Owailion. Cerró los ojos y se inclinó hacia el beso, sonriendo contra el frío abrazo. Cualquier cosa que pudiera escapar de la mente de Drake la dominaba. Ella podía fingir. No era mentira si ella tenía la intención de matarlo eventualmente. En lugar de eso, pensó en cómo sería besar a otro humano e imaginó que era Vamilion quien sostenía su cabeza contra la de él, entrelazando sus dedos entre las hebras tejidas de su trenza suelta.

Afortunadamente, Drake, sin emociones como estaba, no reconoció su vacilación como más que sorpresa y parecía complacido de que ella no hubiera rechazado su incómodo intento de afecto. En su lugar, interrumpió el beso, sopesó el más grande de los dos paquetes y recogió su capa. "Partamos".

Gailin vaciló, queriendo despedirse de su abuela. Temía en la boca del estómago que nunca más volvería a ver a la mujer que la había criado y ese pensamiento le llenó los ojos de lágrimas. No se atrevía a dejar que Drake las viera y, obediente a su orden mental, solo le quemaban y no le corrían por la mejilla. Un sanador a menudo debe dejar de lado sus propias emociones para ayudar a otros con las suyas. En cambio, Gailin se agachó y cargó su propia mochila detrás de Drake, sin siquiera mirar atrás, como si estuviera obligada.

"¿A dónde vamos?" se las arregló para preguntar y luego se arrepintió de haberlo hecho su opción. Antes de que pudiera responder, ella dio a conocer sus propios deseos. "No en las montañas. Tienen mucho frío y no podré cultivar nada allí".

Drake se volvió para mirarla mientras se paraba en la escalinata considerando sus diferentes opciones. Él tampoco querría ir a las montañas, estaba razonablemente segura. Drake sabía que Vamilion estaba detrás de esta abrupta jugada en el tablero de ajedrez en el que habían estado durante más de dos décadas. Dejó dos direcciones abiertas; al noroeste hacia las llanuras o al sureste, hacia el bosque. Sin preguntar más, Gailin pasó junto a él y comenzó a marchar hacia el sol, alejándose del río y hacia la hierba. Afortunadamente, Drake no se opuso. Quizás no le importaba; siempre y cuando se fueran antes de que tuviera que enfrentarse al hombre de la montaña, quien presumía que estaba detrás del poder que había pasado por el pueblo y la inquietante reaparición de un granjero muerto.

Invisible y más allá del borde del bosque, Vamilion los vio irse. Trató desesperadamente de decirse a sí mismo que Gailin estaría más segura si se marchaba. Ella era inteligente. Mira cómo había animado a Drake a que se dirigiera en la dirección en la que planeaban llevarlo. Su magia permaneció oculta y sin dudarlo había dejado a su abuela y desempeñó el papel que se le exigía. Ella estaría bien.

Los sabios solo podían mentir a sí mismos.

Con un suspiro, Vamilion se volvió hacia el deber que acababa de heredar. Ahora tenía que atender a la abuela y tenía poco tiempo para considerar qué haría con esto. Sabía adónde lo llevaban sus anhelos, pero como solía ser el caso, dudaba de la pureza de sus propios motivos para llevarse a la abuela a su casa. Pero Vamilion quería irse a casa y quizás eso era egoísta. Paget ayudaría allí, sin duda. Le daría algo que hacer y sería más seguro para la abuela. Debía recordar preguntarle a Gailin la próxima vez que pudiera cómo se llamaba la pobre anciana. Mientras tanto, contempló sus opciones. Quería enviar a la abuela a su palacio donde Paget pudiera atenderla. Allí podría estar cómoda y cuidada mientras Vamilion podría moverse con más libertad y no se vería obstaculizado ni inmovilizado. Sí, la mandaría allí.

Resuelto, fue a la cabaña de Gailin y encontró las páginas que la Reina le había dejado, junto con la anciana que ahora era su solemne responsabilidad. Mientras leía las páginas, examinó el mundo simple que Gailin había descubierto para sí misma. Con una pequeña inspección, encontró las hierbas y los suplementos que la sanadora había conservado y comenzó a juntarlas sobre la mesa en los preparativos para dejar el lugar. Conjuró una bolsa y luego fue al cofre en busca de ropa para la anciana. Casi había terminado con su inspección cuando escuchó una voz temblorosa desde la cama más cercana al fuego.

"Gailin?" La anciana llamó débilmente.

Vamilion se arrodilló a un lado de la cama y tomó la mano seca. "No, señora. Ella no está aquí ahora. Ella me ha pedido que cuide de usted. Puede llamarme Vamilion".

La anciana finalmente logró abrir los ojos y dirigirlos hacia él. Por su parte, Vamilion sintió la puñalada de los ojos verdes de la dama y se dio cuenta de sus errores al ser voluntario aquí. Estos eran los ojos de Gailin con sesenta o setenta años. A pesar del cabello plateado, este sería el de Gailin si nunca hubiera tocado la Piedra del Corazón y hubiera envejecido tan bellamente como esta frágil mujer. No era una compulsión, pero Vamilion reconoció que la magia lo conduciría. Tenía tantas ganas de salir al llano y ver a esa mujer que acababa de mirar en el rostro suave y frágil de su abuela.

Luego, la mano de la dama se apoderó de la suya con fiereza, como si toda su vida residiera en sus manos nudosas. "No, ese no es tu nombre", declaró. "¿Por qué estás aquí?"

Vamilion podría hacerse la misma pregunta. ¿Por qué estoy aquí? ¿Vigilar a otra mujer que agoniza, impotente y por los caprichos del tiempo? ¿O era esta práctica para futuras muertes? ¿Todas las mujeres que había conocido estaban condenadas a morir mientras miraba? Curiosamente, se dio cuenta y por primera vez en su vida se alegró de que sus dos hijos fueran varones. Pensó en ellos; buenos jóvenes ahora con hijos propios asentados en el río Lara. Se habían marchado de casa tan pronto como pudieron con la incómoda comprensión de que su padre era un mago sin edad y nunca podría vivir como otros hombres. No lo perdonarían por asumir la magia.

En cierto modo, Vamilion tampoco se perdonaría a sí mismo, aunque probablemente volvería a tomar la misma decisión, dadas las mismas circunstancias espantosas. Veinticinco años antes, él y su pequeña familia habían estado viajando a lo largo de la costa, mantenidos fuera de la Tierra por el Sello. Entonces, sin razón aparente, el Sello había caído. Su curiosidad llevó a la familia a investigar y empezaron a remontar la playa cuando explosiones mágicas lo habían asustado a él y a su familia para esconderse detrás del dudoso refugio de su carromato. Owailion había cruzado corriendo la playa para rescatarlos, ofreciéndole magia incluso cuando las explosiones destrozaban sus pertenencias. En ese momento, Vamilion habría hecho cualquier cosa para evitar morir. Ahora tenía la consecuencia. La responsabilidad de toda la Tierra.

"¿Por qué estoy aquí? Estoy aquí para atenderla, señora. La voy a llevar a mi casa y velaré por todo lo que necesite. Su nieta me pidió que hiciera esto por ella".

Algo en sus palabras debió haber satisfecho a la anciana, ya que su agarre se relajó en su mano y cerró los ojos. "Eres un buen hombre", declaró antes de volverse a dormir abruptamente.

Con un suspiro, Vamilion se puso de pie y luego, resuelto, estiró su mente mágica. Se inclinó hacia el oeste, hacia su casa en el lado norte de las montañas Vamilion. Sintió las piedras firmes de las crestas inferiores y la tensión allí esperando que él las despertara. Su presencia rozó a los mineros que trabajaban en las raíces profundas, solo descubriendo hierro y estaño allí en las venas. Luego alcanzó las crestas más altas y usó su altura como piedra imán para su magia. Luego deslizó su poder por la pendiente, atraído por algo más que piedra, la familia. Viajar de esta manera siempre era más fácil cuando buscaba una mente. Alcanzó Paget.

La encontró en los jardines del gran palacio llamado Vamilion, cavando en el huerto en busca de algo para cocinar. A ella siempre le habían interesado los seres vivos, no las piedras frías y duras con las que él se sentía afín. Ahora tenían poco en común. Ella lo había seguido a la Tierra porque en ese momento había sido madre con dos niños bulliciosos que criar y un esposo que se ausentaba con demasiada frecuencia. Había sido comerciante, viajando por las rutas costeras entre Demion y Marewn, y Paget había empacado de buen grado para seguirlo. Pero cuando el Sello de la Tierra se rompió y el nuevo país exigió que lo defendiera, Paget no tuvo otra opción, ya que su esposo la dejó para convertirse en un Sabio. Ahora ella lo estaba dejando atrás y nada de lo que pudieran hacer detendría ese cambio.

Vamilion no podía considerar el pasado cuando su presente y futuro demandaban su atención. Odiaba viajar así, pero no podía evitarlo. Con una parte de su mente sopesó la cama, ocupante, bolso conjurado y todo, y con la otra se aferró a la mente de su esposa, con la cima de la montaña como su punto de apoyo y se lanzó a sí mismo y a la carga por el espacio. Él y la cama aterrizaron justo al lado de Paget, aplastando las plantas de frijoles mientras ella se enderezaba dolorosamente después de la cosecha. Vamilion inmediatamente se sintió enfermo y se acurrucó, vomitando en la hilera del jardín, temblando y agarrándose a la cama para evitar desmayarse.

Al menos Paget se había acostumbrado a sus extrañas llegadas. Ella se sacudió el polvo de las manos y lo alcanzó, obligándolo a sentarse y descansar mientras el mundo giraba a su alrededor, dejándolo incapacitado durante bastante tiempo. Sabía que no debía exigir una explicación por la cama y la anciana que ahora ocupaba su jardín de verano. Cuando Vamilion dejó de tener arcadas, Paget se fue sin decir palabra y entró por la puerta de madera brillante en el costado del gran palacio y en unos momentos regresó con Goren, el mayordomo de Vamilion.

Goren, un hombre firme y casi silencioso, también sabía que la magia a menudo depositaba circunstancias extrañas, por lo que no cuestionó una cama en el jardín. En su lugar, trajo agua para Vamilion mientras Paget colocaba la más brillante de las mantas sobre los cojines para proteger a la anciana del sol hasta que Vamilion estuviera lo suficientemente bien como para meter la cama dentro del edificio que se vislumbraba frente a ellos.

La recuperación debió de llevarle bastante tiempo, porque el sol estaba bajando hacia sus ojos cuando la cabeza de Vamilion dejó de darle vueltas y logró incorporarse para sentarse a los pies de la cama. Paget y Goren esperaban una explicación y él tenía poco que darles.

"Soy responsable de ella hasta que muera", dijo. "Ni siquiera sé su nombre. La pondré en la habitación de la planta baja".

Amablemente, lo levantaron y luego él miró hacia la cama. La abuela no parecía molesta por su viaje de mil millas. Bajó la fina manta para asegurarse de que aún dormía. Luego, con un hábil movimiento de su mano, desapareció en el gran palacio, en una de sus docenas de habitaciones vacías. "Siento lo de los frijoles", comentó, mirando las verduras aplastadas y luego a Paget y Goren, que se quedaron allí mirándolo, desconcertados. "Ella es la abuela de alguien que encontré que me está ayudando a lidiar con el cazador. Se supone que debo proteger a la abuela hasta que termine o muera naturalmente. Así es como me dijeron que la cuidara".

Le tendió las páginas a Goren, quien las tomó y comenzó a leerlas. Mientras tanto, Vamilion extendió los brazos hacia Paget y ella se acercó a él, le permitió que la rodeara con sus brazos y le diera un beso, aunque su sonrisa rígida le advirtió que tenía más explicaciones que hacer. Sabía que él no se quedaría mucho tiempo y que querría hablar antes de que la magia le exigiera que la dejara nuevamente.

Una vez dentro de su palacio, Vamilion comió una comida abundante para recuperar fuerzas y luego fue para asegurarse de que la abuela estuviera cómoda. Le dio de comer con una cuchara el extraño brebaje que Goren había preparado según las instrucciones de Gailin. Luego, cuando la anciana se durmió de nuevo, no pudo posponerlo más. Tenía que hablar con Paget y explicarle lo que estaba pasando en su vida. Temía esta conversación, sabiendo que durante veinticinco años, de alguna manera, llegaría. Encontró a su esposa en su cuarto de trabajo quitando el polvo. Ella siempre limpiaba cuando estaba molesta o estresada, y aunque su taller siempre lo necesitaba, ella desempolvaba solo para mantenerse ocupada en este momento.

"Has estado limpiando", comentó secamente mientras se paraba en la puerta, estudiando su trabajo resuelto mientras su trapo, una vez blanco, se volvía gris con el polvo de piedra que cubría cada superficie de su sala de tallado. Su pieza actual, un trozo todavía informe de mármol veteado gris y azul, se asomaba en la esquina, sin ser tomado en cuenta. "Lamento no haber podido volver a casa antes. A veces, la compulsión es demasiado difícil de resistir".

"Eso lo entiendo", respondió sin levantar la vista del sexto candelabro que había desempolvado. "Tenías que ir".

Sin decir palabra, él se acercó a ella para calmar su determinación y tomó sus manos entre las suyas hasta que ella dejó de limpiar como una loca, aunque ella todavía no lo miraba. En su mente, él podía escuchar cómo no quería ver su rostro joven, áspero y tostado por el sol. Por su parte, notó cómo los tendones y las venas de sus manos se mostraban más prominentes de lo que recordaba tan solo un mes antes. Como escultor, había estado fascinado con las manos y sus cualidades, pero el hecho de ver las de ella cambiar tan dramáticamente lo perturbó. También notó cómo la plata en su cabello oscuro se había vuelto más pronunciada. Probablemente cada uno de esos grises, eran por la preocupación por él y los sintió como una puñalada en el corazón.

Paget, necesito decírtelo. ¿Podrías sentarte?

Finalmente se volvió hacia él y lo miró furiosa, sus ojos castaños chispeantes de nuevo le recordaron el respeto y el amor que tenía por esta mujer que se había quedado con él durante las tediosas demandas de la magia. Ella estaba perturbada, pero no había nada en contra de él y arrojó su trapo sobre la mesa cercana y se sentó en un taburete, permitiéndole muy a su pesar que le explicara lo que probablemente ya sospechaba.

"Sabías que era una fuerte compulsión. Yo... Yo.... Tenía que rescatarla. Pero no la miré. La compulsión era solo para rescatar. El hechizo para amarla aún no se ha establecido. Ni siquiera la he mirado ni escuchado su voz. El cazador me siguió hasta ella y la está controlando, por lo que corre un gran peligro. Me estoy comunicando con ella a través de la escritura, de esa manera no me sentiré tan... Impulsado a estar con ella".

"Oh, Gil", Paget lo interrumpió con un tono mezclado de resignación y disgusto, usando el apodo que ella había usado desde que se conocieron treinta y cinco años antes en su tierra natal. "No puedes seguir así. La has encontrado. Ella esté en peligro. ¿Por qué te haces esto a ti mismo? ¿A mí? ¿A ella? Tienes que ir con ella y al diablo con la compulsión".

"Te hice un juramento", le recordó. "No romperé esa promesa y..." Hizo una pausa porque se distrajo mientras su ropa cambiaba a la del Rey, regia y un molesto recordatorio de la magia que ahora dictaba su vida. Paget lo había visto antes y no sintió alarma por el cambio abrupto.

"Y eres un rey, obviamente. Los reyes de Demion tienen muchas esposas", señaló Paget, recordando su vida anterior y su tierra natal. "Eres un rey, así que la magia está insistiendo en que puedes tener más de una esposa. Ella está destinada a ser tuya. Es inevitable. Déjame quedarme aquí contenta y tú síguela para hacer cosas mágicas. Ya no será un conflicto. Los chicos no están aquí para estar resentidos contigo y yo..."

"No lo digas", la detuvo. "Te necesito y tú me necesitas".

Paget puso los ojos en blanco para ocultar su dolor. "Me has dado todo lo que necesito. Ahora tengo la edad suficiente, lo único que quiero es una cama cálida y mis comodidades. Limpiar los restos de un montañés polvoriento es un trabajo más que suficiente para mantenerme ocupada. Ya no necesitas estar aquí para palear la nieve. Tengo a Goren para hacer eso. Yo me ocuparé de la abuela. Ve a hacer tu trabajo mágico y déjame hacer el mío aquí".

Vamilion suspiró. Odiaba la amargura en su tono que desmentía su franca aceptación de que en realidad ella tenía poco consuelo con su presencia. "No quiero dos esposas, Paget", respondió amablemente. "Solo porque los reyes de Demonia sienten que esto está bien, no está bien en mi mente".

"¿Incluso cuando no puedo darte lo que se supone que una esposa debe darle a su marido joven y vital?" respondió ella. "Eso tampoco está bien".

Se dio cuenta de que ella no estaría tan enojada si no estuviera tratando de ahuyentarlo por su propio bien. Todas las discusiones que habían soportado en su matrimonio estos últimos años habían sido principalmente sobre este tema, y solo ahora reconoció que ella estaba tratando de alejarlo para que no tuviera que verla marchitarse y menos que deseable a sus ojos.

Bueno, no funcionaría, reconoció. Lo que ahora le atraía de Paget tenía poco que ver con sus ojos luminosos y cabello color ébano cuando ella era joven, sino más bien con su mente audaz, su presencia reconfortante y su agudo ingenio. Esos rasgos no se desvanecerían por mucho tiempo, si es que alguna vez sucediera, y él los apreciaba. Ella era como una de las joyas que a menudo encontraba en las profundas raíces de las montañas; dura y brillante. Quizás ella había sido más brillante y pulida al principio de su vida matrimonial, pero eso no significaba, con la opacidad de su apariencia, que ella no fuera todavía un diamante en sus manos. Recordó las facetas y su pureza.

"No te necesito para eso, mi amor. Necesito que seas... Mi consuelo, mi recordatorio de que soy humano. Con el mal al que me enfrento... Necesito saber que todavía hay bien en el mundo". Luego, a pesar de su resistencia, la abrazó y la sostuvo allí, mientras bailaba lentamente con música que solo él podía escuchar.

9

POZO DE MAGIA

a Gailin le dolía el cuerpo, y con su recién adquirida comprensión del cuerpo humano, no dudaba de que los tendones de sus pies estarían inflamados para cuando el sol entrara en el suelo. Miró las praderas vacías con ojos sombríos. Este no era su lugar favorito, decidió. Se sentía demasiado expuesta, especialmente sola con Drake como compañero. Podría asesinarla aquí en la hierba y nadie encontraría su cuerpo. Ella se enmohecería y se hundiría en el suelo o los animales salvajes la despedazarían y no encontrarían rastros.

En lugar de detenerse en estos pensamientos mórbidos, decidió que era hora de intentar entablar una conversación con su compañero. "¿Es seguro hablar ahora?" ella comenzó tentativamente. "Los aldeanos nunca llegan tan lejos a las llanuras. No seremos vistos..." No debería haber dicho eso, pero ahora era demasiado tarde. Reprendiéndose a sí misma por señalarle lo obvio, continuó rápidamente. "Quiero decir, podemos hablar de magia ahora, ¿verdad? Dijiste que tienes un don y yo también. ¿Qué quisiste decir?"

Drake no había dicho una palabra mientras caminaban durante las últimas tres horas, pero sus preguntas debieron recordarle que estaba con él, porque parecía sorprendido. "Las cuerdas. Las rompiste con magia. Vi eso".

"Esa fue la primera vez que hice magia", dijo con sinceridad. "No pensé que funcionaría, y funcionó demasiado bien".

"Fue impresionante", comentó Drake suavemente. "Pero no fue por eso que pensaron que eras una bruja; ya estaban convencidos antes de que escaparas. ¿Por qué te estaban ahorcando?"

Gailin no podía mentir, incluso si quisiera, así que lo admitió. "Tengo un don para curar el cual los aldeanos lo asumieron como mágico, así que me acusaron de ser una bruja cuando no pude salvar a alguien. Supongo que la curación es mágica, pero la he tenido toda mi vida y nunca fui entrenada... Hasta ahora. Gracias por ayudarme a aprender". Y lo decía en serio, en cierto modo. Sus horribles lecciones de anatomía la habían ayudado, y sabía que Vamilion nunca le enseñaría voluntariamente de esta manera; cara a cara con preguntas abiertas. Ahora solo tenía que usar ese conocimiento de su magia contra Drake. Pronto llegaría el momento de comenzar a explorar la mente del cazador. Solo tenía que alejarlo un poco más de su vínculo con las líneas ley. ¿Uno o dos días más de caminata?

"Entonces, ¿qué tipo de dones mágicos tienes?" preguntó con bastante inocencia, esperando que el haber compartido parte su historia, fuera suficiente para que por fin él hablara.

Drake miró el sol poniente y luego dejó de caminar. "Tengo suficiente para saber que este es un buen lugar para parar. Si vamos a venir aquí, será mejor que establezcamos un campamento de algún tipo. Entonces podré mostrarte".

Limpiaron la hierba seca y Gailin retorció los tallos recogidos en palos para quemarlos en el fuego, aunque dudaba que duraran lo suficiente para cocinar mucho. Drake usó el cuchillo que había puesto en su equipo para cavar un canal alrededor de un lecho de fuego, pero con solo paja y pasto como combustible, a Gailin le pareció inútil. Ella lo vio trabajar en abrir su círculo de fuego de la tierra circundante, presumiblemente para evitar un incendio forestal. Luego retrocedió y se frotó las manos. "Esto funciona mejor más al sur", comentó y luego colocó su mano, con la palma hacia abajo, firmemente en la tierra que había limpiado. Cerró los ojos, se concentró y luego comenzó a cantar un hechizo arcano. Gailin no podía comprender el idioma, por lo que estaba agradecida. Las palabras murmuradas enviaron un escalofrío por su espalda y estaba agradecida de que Vamilion nunca le hubiera pedido que recitara ningún hechizo místico para hacer su magia.

De repente, la tierra que habían limpiado estalló en llamas. Drake retiró la mano antes de quemarse, pero Gailin se echó hacia atrás con sorpresa. "Eso es asombroso", susurró, fascinada. Su fuego ardía sin combustible y cuando ella arrojó sus palos fabricados a las llamas, el fuego los engulló sin problemas y continuó ardiendo alegremente sin hacerse más fuerte.

"Podrás cocinar cualquier cosa con eso", anunció Drake con orgullo. "La parte difícil aquí será conseguir agua. Deberíamos habernos quedado cerca del río. Es posible que también tengamos que cazar, y no habrá nada aquí tan lejos de los ríos".

"Puedo hacer agua", dijo Gailin antes de siquiera pensarlo bien. Abrió su manta-bolsa y sacó la olla en la que había estado cocinando desde su infancia. Había venido de Malornia con su abuela y tenía la excelente calidad que los herreros de la Tierra todavía no podían manejar con sus limitados recursos. Ahora la usaría como un depósito mágico. La puso al fuego y conjuró agua en él. "¿Sopa para cenar?" Preguntó con una sonrisa, esperando que el hechizo que ella repartió lo distrajera de la curiosidad sobre dónde se originó su magia.

"Impresionante", comentó con una mirada extraña en sus ojos. "¿Has hecho algo más que agua?"

Gailin sabía que no debía atreverse a revelar mucho. "Hice el lápiz que uso para escribir en mi libro, pero poco más. Como dije, mi don ha sido principalmente la curación; mantener viva a mi abuela, hacer jardinería y romper esas cuerdas. La mayor parte del entrenamiento fue en las áreas médicas y nunca había conocido a otro mago antes". Todas estas cosas estaban destinadas a engañarlo, aunque técnicamente no eran mentiras. Ella no había "conocido" a Vamilion, y aunque él la había entrenado solo un poco, sus instintos y su propia experimentación proporcionaron la mayor parte de sus esfuerzos mágicos. "Me encantaría aprender más", agregó, con la esperanza de llevar la conversación hacia él revelando más sobre sí mismo.

Drake se sentó junto a su fuego, concentrándose en él, o fascinado por el parpadeo de la luz cuando Gailin comenzó a agregar ingredientes de la comida que habían traído de su casa. Ella le dejó ver cuidadosamente todo lo que hacía, disipando cualquier sospecha de que ella estuviera conjurando algo más que agua. Era mejor quedarse con cosas elementales como fuego, agua, viento y tierra para que él no se diera cuenta de que ella podría haber creado cosas mucho más complejas. ¿Se sentía ya debilitado por la distancia de la línea de ley que corría a lo largo del río? ¿Debería hacer que pareciera que ella también tenía que esforzarse para aprovechar la magia?

"Solo mantenlo hablando de su hechicería", rugió una voz a través de su cabeza. ¿Owailion de nuevo? Si es así, podría relajarse esta noche. Él le advertiría sobre cualquier lugar donde pudiera dar un paso en falso.

"¿Qué hay que aprender además de las hierbas para curar, las cuerdas para romper o el agua para lavar?" Preguntó con franqueza, con la esperanza de romper la hipnosis del fuego sobre Drake.

"¿Puedes escuchar los pensamientos de los demás?" Drake comentó.

Gailin sonrió mentalmente en privado. "¿Es eso posible?" Aunque sabía que era una verdadera habilidad, también necesitaba la práctica y trabajar contra Drake prácticamente la hacía tener hambre de intentarlo.

Drake asintió, sin darse cuenta de que ella no había respondido la pregunta, y que hábilmente evitó decir que sí, que podía. En su lugar, él respondió: "Y también tendrás que aprender a bloquear los pensamientos. Los dos van de la mano".

"¿Puedes enseñarme?" Ella preguntó sin aliento.

Drake miró con nostalgia la sopa mientras burbujeaba, llena de los maravillosos olores que podía crear con algunas de sus especias, aunque la papilla fina solo tenía un poco de cebolla y una papa. Parecía hipnotizado por sus manos revolviendo la sopa y se dio cuenta de que debía estar realmente cansado. ¿Será por las líneas ley? Su corazón se aceleró al pensarlo. "Vamos a comer", comentó casi tentadoramente. "Luego podrás enseñarme".

"Buena chica", Owailion retumbó en su mente.

Drake no respondió, pero con gusto tomó el cuenco que ella le sirvió y comenzó a comer con avidez. Gailin tuvo dificultades para mantener para sí su deleite especulativo. Así que él ya estaba sintiendo la tensión y necesitaba comer de esta manera para mantener su energía. Chupar la fuerza vital de ella no era suficiente si él se alejaba de la fuente de su magia. A pesar de la comida, Drake todavía parecía letárgico y se durmió casi tan pronto como el sol se hundió más allá del horizonte perfectamente plano.

Gailin, por su parte, permaneció despierta y gracias a la luna llena pudo escribir algunos de sus pensamientos en el libro. El plan está funcionando, escribió. Obviamente Drake estaba debilitado y dependía de ella. Luego preguntó cómo le estaba yendo a Vamilion con su abuela y finalmente ella también se fue a dormir, aunque su mente estaba demasiado emocionada para calmarse hasta que las estrellas giraron y el viento casi finalmente se calmó.

Bien entrada la noche, la luna se había puesto y a pesar del pleno verano, sintió un escalofrío antes de darse cuenta, con horror, que Drake la estaba tocando. Su mano fría se había envuelto alrededor de su garganta. Él no estaba apretando, pero el peso de su brazo sobre su pecho y el agarre húmedo la hicieron estremecerse. Ella se las arregló para no reaccionar o incluso jadear, pero se preguntó cuánto tiempo había estado allí envuelto sobre ella. Lentamente volvió la cabeza para mirarlo y lo encontró tendido junto a ella, todavía dormido, completamente inconsciente del contacto que había iniciado. ¿Era más vulnerable de esta manera? Ni siquiera parecía que estuviera consciente. Quizás su mente estaba abierta y sin protección ahora.

Muy atrevida, Gailin se acercó a la mente de Drake con tanta ligereza como pudo. A diferencia de los pensamientos de Vamilion, que parecían fuertes y estables, los de Drake se sentían como un laberinto. Recordó el sueño de vagar con la abuela a través de una cloaca rezumante del mal, pero esto era diferente. Tenía la pared, como Vamilion, pero era una pared dentro de un laberinto, derrumbándose y cubierta de musgo y humedad. Incluso mientras exploraba, las paredes se hundieron hasta el punto de que pudo ver fácilmente sobre ellas y se dio cuenta de los pensamientos y sueños de Drake.

"Ella me alimenta, me alimenta. No tengo que matarla para alimentarme. Los demás no son necesarios. Las voces pueden detenerse. ¿Cómo puedo tenerla conmigo? Si me alimento de ella, ¿vendrán y me la quitarán? No, no le haré daño. La absorberé para siempre. Ella estará a salvo. Ella es mía. Ella me alimenta. Tengo tanta hambre".

¿Los demás? Gailin recordó todas las almas que había encontrado en la base de su mente y se dio cuenta de que el sueño le había mostrado una verdad. Si bien ese sueño había sido completamente sin entrar en los pensamientos de Drake, le había dado el camino para entrar y rescatar las almas que había atrapado dentro de sí mismo. Se dio cuenta de que se sentía atormentado por las voces de todas las almas que había absorbido. ¿Podría liberarlas mientras él permaneciera en este estado? Algo la impulsó a considerarlo. ¿Era esta la compulsión del Sabio por ayudar, instándola a correr el riesgo de sumergirse más profundamente en el laberinto de la mente de Drake? Si eso era así, solo podía esperar que esto funcionara.

Y con el estímulo sutil y sin palabras de Owailion, decidió actuar. Tomando una respiración superficial, para que no lo despertara o le quitara la mano del cuello, Gailin se sumergió en el laberinto. Las paredes todavía estaban enmohecidas y hundidas. A veces se cruzaba con paredes enteras caídas y tenía que trepar por ellas. El camino que había tomado con la abuela se correspondía casi exactamente con el que recorría ahora, aunque el entorno no era tan orgánico y literal como durante el sueño. Prefería musgo y paredes de roca a las venas y la materia cerebral. Y la luz de las estrellas sobre su cabeza seguía siendo su guía en esta experiencia, pero aún podía sentir la mano fría de Drake, firmemente sujeta a su cuello. Helada, trató de no pensar en ello.

Finalmente llegó a la parte del camino donde la esperaba el pozo de las almas en el sueño cerebral. Sin embargo, aquí apareció como un arco que se desmorona, pero la habitación más allá de las paredes parecía un vacío negro. No entraba ninguna luz y, aunque podía ver por encima de las paredes a ambos lados de la entrada, no se podía observar el vacío a menos que mirara directamente a través del arco. Ella no se atreve a entrar; por qué ser tonta, ignorando sus instintos. Ella había llegado a este peligroso lugar en su mente para liberar las almas. Nuevamente sintió el aliento de Owailion y supo que tenía que actuar. ¿Drake sería consciente de su manipulación, la despertaría y la atacaría? No sentía que él la matara, pero ciertamente no apreciaría su invasión.

Bueno, tenía que hacer algo. Con cuidado, conjuró un cuchillo metafórico y extendió la mano hacia el vacío, pensando en la oscuridad como una membrana similar a la que había presenciado en el sueño, tensada por las almas que se esforzaban por liberarse. No quería tocarlo, pero usó la punta de la hoja para extender la mano hasta que hizo contacto con la oscuridad dentro del arco. De manera alarmante, la película negra se rompió con el menor toque y una niebla gris escapó, flotando en el cielo nocturno.

La mano en su garganta se apretó, y Gailin retiró su mente apresuradamente.

"¿Qué hiciste?" Drake jadeó, con la mano todavía en su garganta, pero levantó la cabeza y la miró con ojos oscuros. "Tú..."

Tenía una respuesta preparada; con suerte, una por la cual no la mataran al darla. "Tenía curiosidad por saber por qué me tocabas". Era una pregunta honesta. Que ella ya sabía y ahora entendía más, que él estaba absorbiendo la fuerza vital de ella, lo cual no necesitaba ser dicho.

Drake rodó lejos de ella, apartando su mano ofensiva y miró hacia el cielo. Durante mucho tiempo no dijo nada, simplemente dejó que el silencio se deslizara por el suelo como la niebla en un pantano.

Gailin no interrumpió sus pensamientos ni se conectó para escuchar lo que ahora podía sentir de él con solo un empujón. En cambio, le dejó compartir lo que estaba dispuesto a revelar.

"Te necesito", admitió. "Estoy demasiado lejos de las líneas ley".

"¿Líneas ley?" preguntó, implicando que no sabía de qué estaba hablando y perpetuando la falsedad de que no estaba entrenada.

"Donde fluye la magia. Es extraño, pero no parece que te afecte. Me pregunto por qué es así. La magia fluye casi como ríos. Y al igual que necesito agua, necesito estar más cerca o me debilitaré mágicamente. Tú, eres como un pozo, trayendo la magia a la superficie y puedo caminar aquí, lejos de las líneas ley siempre que estés cerca. No sé por qué esto funciona, pero funciona".

"¿Dónde están estas líneas ley? ¿Puedes verlas?"

"No, no son visibles, pero los hechiceros pueden sentirlos. Es una de las cosas más importantes que estoy haciendo aquí en la Tierra: trazar las líneas para que otros vengan. Otros magos querrán saber y luego puedo venderles esa información a cambio de algo que necesite". Sus ojos se dirigieron rápidamente a su capa donde presumiblemente tenía el mapa que había construido. No estaba listo para compartirlo con ella, aunque sin embargo le estaba enseñando fácilmente sobre las líneas ley. Y los muros de su mente se habían fortalecido en consecuencia. Este era un secreto que quería mantener encerrado; valioso para él como joyas enterradas.

"¿Qué pasaría si las líneas desaparecieran?" preguntó con curiosidad, ocultando su miedo de lo que ese mapa le haría a la Tierra.

"Eso es imposible. Son como ríos. La magia debe fluir. Tendría que abrir el suelo y hacer que la magia volviera al centro de la tierra para hacer que las líneas ley se desvanecieran".

"Entonces, ¿por qué todavía puedes hacer magia incluso aquí, lejos de las líneas ley que ni siquiera puedo sentir?" Preguntó ella inocentemente.

Drake suspiró con nostalgia. "No lo sé. Simplemente me conecto a ti y... Tu magia es diferente. Bloqueas naturalmente. Puedes sacar agua y puedes curar, los cuales son grandes ejemplos de poder mágico, pero raros. ¿Puedes leer la mente?"

"Creo que eso es lo que estaba haciendo, tratando de averiguar por qué me tocabas. Pensabas que tenías hambre".

Drake la miró y sonrió por primera vez desde que se conocieron. "¿Hambriento? Supongo que tengo hambre; mágicamente hambriento, eso es. Por lo general, aprovecho las líneas ley a través de las personas que viven cerca de ellas, pero contigo puedo ir a otros lugares, incluso lejos de la gente. Si las líneas son ríos, tú estás sacando de un pozo, aprovechando la magia que es más profunda que el río. Tal vez rompiste tus cuerdas en el ahorcamiento con resultados tan espectaculares porque no usaste las líneas ley en absoluto, sino la magia del pozo".

"¿Pozo de magia?" ella especuló. "¿Es más poderoso que las líneas ley, o simplemente es diferente?"

Drake miró hacia las estrellas con curiosidad. "Una vez más, no lo sé, nunca he conocido a un mago que lo haya usado, pero es un concepto interesante. Me gustaría ver cómo funciona porque hasta ahora nunca he podido aprovechar la magia de otra persona de esta manera. Parece que puedo usar la magia contigo como conducto. Deberíamos investigarlo. Te necesito... Aquí moriría sin poder usar las líneas ley".

"¿Morir? ¿No eres capaz de vivir sin magia? Eres humano, ¿verdad? Pasé casi toda mi vida sin magia y nadie cuestionó lo que necesitaba para vivir".

"Ah, pero naciste y viviste cerca de las líneas ley. Te conectaste a ellas sin siquiera pensar en ello", matizó. "No sabes lo que es vivir lejos de ellas".

"Estoy viviendo lejos de ellas ahora y no me siento diferente", comentó y luego se reprendió en privado por haber revelado esto.

"Ya lo verás", prometió. "De hecho te sentirás diferente. Ahora, ¿tienes algo para el dolor de cabeza? Tengo un terrible latido en la cabeza y casi amanece".

PRESIÓN

*V*amilion pasó una semana en casa, acomodando a la abuela y disculpándose con Paget, pero se sintió culpable por ignorar sus deberes mágicos todo el tiempo. La compulsión de proteger a su futura esposa, así como de cumplir con la mitad del plan, estaba funcionando y tenía la inquietante sensación de que la Tierra estaba en peligro inminente. Owailion tenía la vigilancia sobre Gailin, por lo que Vamilion se quedó con la protección de la Tierra, o al menos los enfoques más probables. Con los magos en camino, no podía permanecer en paz, ni siquiera en casa. Y el hogar no era pacífico. Aunque ella nunca dijo nada, el hecho de que Paget estuviera limpiando y rondando por encima de la abuela lo fastidiaba sin palabras. Paget no hablaba de su inquietud, pero con su comportamiento le dio a entender que no lo necesitaba. Lo dejó en su cuarto de trabajo cincelando un trozo de piedra y se sintió inútil.

Finalmente, cuando ya no pudo soportar la presión, anunció que se iba y Paget lo despidió al amanecer del último día con un abrazo, pero sin beso y ella regresó al palacio sin decir una palabra. Vamilion no podía entender sus emociones ante esta partida fría y franca.

Entonces, sin respuestas, se aferró al pico más occidental en el borde de las montañas Vamilion y se alejó, tan inquieto como un volcán.

Viajar de montaña en montaña no le costó esfuerzo y no tuvo efectos secundarios negativos para él, y Vamilion pudo moverse instantáneamente trescientas millas hasta el borde de la cadena sin dolor.

Luego simplemente se sentó en la cresta a pensar. Detrás de él, el amanecer no había llegado tan al oeste y vio cómo el cielo de verano se aclaraba mientras miraba hacia el río Laranian que serpenteaba hacia el mar más allá de él. El agua verde le recordó a Drake por alguna razón y desconfiaba de su naturaleza plácida. Algo acechaba debajo y no podía comenzar a comprenderlo ahora, no al estar tan inquieto.

Eso le trajo a la mente la historia de Raimi, la Reina de los Ríos de Owailion. Vamilion nunca la conoció, pero habría sido su responsabilidad evitar que los hechiceros llegaran a la Tierra a través de los ríos y ahora sus habilidades se perdieron, dejando al Rey de la Montaña y Owailion, el Rey de la Creación, para hacer su trabajo. Si entrecerraba los ojos en el resplandor del agua, Vamilion podía ver el palacio de Raimi, construido después de su muerte, en una isla en el delta del río. Brillaba como un diamante, la esperanza que Owailion conservaba para su resurrección, pero permanecía vacía y fría incluso a la luz del verano. Las leyendas decían que cuando los dieciséis Sabios hubieran tomado su lugar en su palacio, convirtiéndose en Sentados, la Tierra volvería a ser sellada y ninguna magia se atrevería a atacar de nuevo. El problema era que Raimi estaba muerta. ¿Alguna vez habría alguien que la reemplazara? No en el corazón de Owailion. Estaba amargado y prácticamente era ermitaño en su dolor por ella. Y aunque Owailion acudiría en ayuda de la Tierra en caso de necesidad, no lo haría de buena gana.

Ese pensamiento llevó a Vamilion a considerar qué haría su compañero Sabio para proteger este río. Habían acordado dividir los deberes: Vamilion en el Laranian y Owailion en el Don. Parecía injusto que, aquí estaba, atrapado en la cima de una montaña mirando un río porque esto era lo más cerca que podía estar mágicamente. Debía haber algo mejor que pudiera hacer para evitar que los hechiceros forasteros invadieran. ¿Pero qué?

Vamilion se volvió hacia el suroeste, esperando ver un barco que rezumaba magia maligna. No tuvo tanta suerte. Solo vio unos pocos barcos de pesca y barcos comerciales que traían madera río abajo para construir los muelles y las aldeas a lo largo de la parte sur del delta. La mitad inferior del Laranian se había desarrollado lentamente. Era pantanoso ahora, desde la muerte de Raimi, y la mayoría de los inmigrantes habían optado por ir río arriba hasta donde las montañas traían agua dulce, nutriendo bosques y mejores tierras de cultivo. Con tan poca gente aquí en el delta, era vulnerable a una invasión. ¿Cómo podría Vamilion evitar una afluencia mágica cuando las montañas solo interferirían con el flujo del agua? Haría más daño que bien a la gente de la Tierra bloqueando el flujo o levantando y drenando el pantano.

Lo que necesitaba era alguna forma de bloquear la desembocadura del río de todo tráfico no deseado. ¿Cómo? Owailion le había prohibido cambiar la geografía real de la Tierra incluso si estaba dentro de sus posibilidades. El mago mayor había murmurado algo sobre magia oculta en lugares muy específicos y si Vamilion jugueteaba con el lecho de roca, algunos de los secretos se perderían. En otras palabras, no podía cambiar las montañas. El rebelde interior de Vamilion rechinó contra la restricción. Sería maravilloso tener un pico solitario en medio de las llanuras para facilitar el viaje, pero eso sería una interferencia para la búsqueda de algún otro sabio en el futuro.

Vamilion miraba ahora al mar y no podía distinguir dónde se encontraban el océano y el cielo. Eran del mismo color y brillantes en sus ojos. Puede que no pudiese hacer cambios en la tierra, pero ¿qué pasaba con el mar? Fue desde el mar por donde se acercaron los invasores. Podía bloquear todos los peligros en tierra debido a su conexión con la piedra de debajo, pero el peligro aún más a menudo venía por mar. Algún día podría haber un Rey o una Reina del Mar, pero hasta entonces, Vamilion tenía el deber de proteger las vías fluviales de la invasión.

Sin querer, presionó su mente hacia las raíces de las montañas y sintió las fallas que habían creado las Montañas Vamilion por las que recibió su nombre. Se sumergieron bajo el río y luego giraron abruptamente hacia el mar. El gran peso del agua del golfo hizo poco por inhibir su mente inquisitiva y sintió la tensión en las dos placas presionadas una contra la otra. Podrían deslizarse una contra la otra, pero ¿qué pasaría si forzara la dirección hacia abajo en la placa más pequeña? Podría traer un volcán. El calor de un plato derretido aumentaría y podría crear una montaña en la desembocadura del río para proteger el camino. Las fallas ya estaban establecidas para tal movimiento y no interferiría con ninguno de los secretos de Owailion escondidos en algún lugar de la Tierra. Solo formaría una isla para proteger el camino más allá de la desembocadura del río Laranian.

Casi con una compulsión, Vamilion inició la presión necesaria para forzar una placa debajo de la otra. Un terremoto bajo el agua creó una ola, pero él la reprimió antes de que pudiera llegar a la orilla y los botes nunca notaron un cambio aparte de que tenían que hacer algunas viradas adicionales cuando llegaran a la boca del río. El calor aumentó y la magia de Vamilion ardió y se resquebrajó como el hierro en una forja. Sintió el magma subiendo y burbujeando en la superficie del fondo del océano. Se necesitarían semanas para que el volcán saliera a la superficie, pero no tenía más que tiempo, sentado en su montaña, vigilando a los invasores y esperando bloquearlos con una isla protectora.

Con eso funcionando, sin querer sacó la tableta que había estado usando para comunicarse con Gailin. No había mirado en tres días y se sintió un poco culpable por evitar sus preguntas. Él confiaba en que Owailion la mantendría a salvo, y aunque quería resistirse a acercarse a ella, también quería saber cómo le había ido lidiando con la serpiente. Quería rechazar su curiosidad. Podía justificar ignorarla, pero no quería. Necesitaba mantenerse al día con ella, con su mundo incluso cuando él la había apartado. Con un movimiento de su mano, la tableta reveló todo lo que había escrito la semana pasada desde que se había ido a las llanuras con Drake.

Y lo que leyó envió un escalofrío por su columna vertebral.

Estaba aprendiendo cosas asombrosas sobre las líneas ley y los magos que las utilizaban. Ahora sabía más sobre la magia del Sabio de lo que sospechaban Owailion o Vamilion. La Magia del Pozo, era un concepto nuevo para él. Y ahora estaba tramando cómo conseguir el mapa de las líneas ley de Drake o al menos compartirlo con Vamilion. Incluso dio a entender que podría ser posible romper las líneas ley. Además, había liberado con éxito algunas de las almas del cazador. Sin embargo, para obtener esta conexión cercana, nutriendo su confianza y conocimiento, tuvo que permitir que Drake la tocara y había estado vinculándose con él de maneras que enfermaron físicamente a Vamilion.

Con su ojo mágico, Vamilion tocó el pasado y vio por sí mismo cómo la mano de Drake había gravitado hacia su garganta. El Rey de las Montañas vagó como un fantasma a través del laberinto mental del hechicero, observando las paredes corrosivas pero derrumbadas. Vio cómo la mano de Gailin cortaba y liberaba las almas dentro de la serpiente. Este trabajo paciente que realizó eventualmente haría posible la victoria, pero Vamilion luchó con su propia impaciencia y sintió ganas de estrangular a Drake por permitir que su mano se demorara evocativamente en el cuello de la chica a la que un día llamaría su esposa. Si ella sentía miedo por el monstruo, o peor aún, atracción, hacía que la garganta de Vamilion se elevara. Se dio cuenta de que quería abandonar su puesto y desafiar a la serpiente. Tal vez era algo bueno que Vamilion no tuviera el don de los viajes instantáneos o lo hubiera hecho.

¿Y Owailion estaba permitiendo, incluso alentando esto? Por supuesto que lo estaba. Owailion no habría visto nada malo en permitir o al menos justificar la atracción de Gailin por Drake. Los quería juntos para que ella pudiera aprender todo lo que había que saber sobre sus posibles invasores. Mantener a Drake fuera del centro, debilitado y vulnerable, era solo una parte. Probablemente el Sabio más viejo también quería mostrarle a Vamilion todo lo que estaba arriesgando al no vincularse únicamente con Gailin y exponerla así a este peligro. Sería una justicia conmovedora si la comprometieran o la mataran debido al abandono de Vamilion.

La ira de Vamilion hizo que el volcán que estaba construyendo se tambaleara explosivamente y tuvo que sofocar rápidamente otro tsunami antes de que se fuera de control. Luego se volvió para mirar los pensamientos de Gailin detrás de las palabras. No expresó mucha emoción en sus escritos; un sanador hasta la médula, se dio cuenta. No permitiría que su repulsión o atracción interfirieran con la tarea que tenía entre manos. Sin embargo, Vamilion no pudo evitar leer entre líneas, preguntándose si quería que Drake la tocara. ¿Se sentía sola o atraída por la idea de que un hombre la deseara hasta el punto de permitir que sus coqueteos y cortejos la adularan? Más de una mujer deseaba un hombre, cualquier hombre, solo por tener uno. Especialmente desde que Vamilion la había rechazado, ¿se inclinaría hacia Drake?

De nuevo, Vamilion sintió que su frustración se adelantaba a su sabiduría. No sentía rabia hacia Gailin. Eso parecía imposible dada la compulsión que sentía por ella. Ella era la víctima. Pero sintió algo y no tenía salida más que ese volcán. Tenía que dirigir su descontento hacia algo más digno de ser combatido. No podía desquitarse con Drake, quien simplemente mataría a Gailin en el instante en que sintiera el ataque de Vamilion. El único otro recurso para descargar su frustración era Owailion... Que ni siquiera estaba cuidando a Gailin en ese momento.

Vamilion estiró su mente y encontró a su compañero Sabio en la desembocadura del río Don trabajando con colonos allí para construir dos fortalezas, una en cada costa para albergar a los soldados contra la invasión allí, la tercera ola que Owailion anticipó. Vamilion lo interrumpió con un pensamiento.

"No estás protegiendo a la Reina", le gritó mentalmente a su colega, distrayéndolo de colocar una piedra con cuidado usando medios no mágicos. "La estás preparando para ser... Para ser..." Incluso en su tono mental, Vamilion farfullaba, incapaz de lanzar su ira con suficiente presión. Las palabras no cayeron como una avalancha y Owailion estaba a salvo lejos de la montaña más cercana.

"Así que te diste cuenta", dijo Owailion arrastrando las palabras, apenas perturbado por el volumen y la ira que Vamilion le dirigía. Mantuvo la vista en la grúa catapulta con la que los hombres estaban trabajando para levantar una piedra mientras él respondía al mismo tiempo. "Fue tu elección. No la mirarás a los ojos y tampoco te abandonarás para amarla. Así que la estoy protegiendo tanto de ti como de él. Ella es valiosa para él ahora y por esa razón no la matará. Eso es suficiente protección".

Vamilion se enfureció. "¿Y cuál es tu plan para sacarla? ¿Estás evitando que se aprovechen de ella? Ella no lo matará, al menos no voluntariamente. Ella sentirá que puede inhabilitarlo y dejarlo inofensivo. Ella no se da cuenta de que tendrá que matarlo eventualmente y no querrá ser ella quien destroce su cerebro, ya que está vagando libremente dentro de él. Ella se va a enamorar de él".

Vamilion podía sentir la duda sincera de Owailion en la burla inaudible. "No, y tengo plena confianza en que ella no tendrá ningún problema en matarlo", respondió Owailion con franqueza. "Ella lo hará si tú o yo estamos en peligro. Ella se comprometerá con la causa de la Tierra o la perderemos. Ella nunca será desgarrada como nos ha pasado a nosotros. Ella solo tendrá un camino".

"Eres un..." Vamilion no podía pensar en una palabra lo suficientemente buena para la manipulación y el pragmatismo frío y cruel de Owailion. Por primera vez, el lenguaje de la Tierra le falló y estafó una serie de maldiciones en Demonian para beneficio de Owailion antes de cortar el contacto.

En algún lugar a dos mil millas de distancia, en otro río, Owailion sonrió cuando se colocó la siguiente piedra en una torre. Los planes se estaban implementando bastante bien.

A lo largo de las semanas caminaron y Gailin usó la magia del pozo para proporcionarles todo el camino. Deliberadamente no conjuró cosas grandiosas y, en cambio, las recogió cuidadosamente de la tierra que las rodeaba. Cosechaba el grano silvestre a mano para hacer papilla por la mañana y mágicamente proporcionaba el agua para cocinar como si fuera lo máximo que podía proporcionar. La sal y la miel que habían traído con ellos cuando partieron en este viaje no parecían agotarse por alguna extraña razón y esperaba que Drake no se diera cuenta. Los conejos y marmotas que pudieron atrapar en las trampas que colocaron al anochecer siempre lograban quedar atrapados con bastante facilidad, por lo que siempre había carne en la olla al final del día. Drake no se quejó ni hizo ningún comentario. Él todavía no sabía el alcance de su magia y ella quería mantenerlo así.

Sin embargo, por la noche dormía con su brazo sobre ella, inmovilizándola y tomando su energía como un hombre sediento del único abrevadero en cien millas. Su toque seductor todavía la helaba, como si un reptil hubiera trepado por sus hombros, enroscándose alrededor de su cuello y apretando sutilmente, sin cortarle la respiración; un collar de amenaza ardiente y frío. Ella no se atrevía a moverse mientras dormía y pasaba sus noches desesperadamente esperando que su mano no se resbalara. Una noche, ella trató de ponerse de costado de espaldas a él, pero su mano se deslizó sobre su cadera y la atrajo hacia sí, casi acurrucándose, y ella no volvió a hacerlo. Si bien él parecía desprovisto de emoción o pasión, ella no dejaría que él la violara solo para absorber más energía de su miedo y dolor.

De modo que permaneció sin dormir la mayor parte del viaje, y se las arregló en solo una o dos horas como máximo. Usó las horas oscuras para profundizar en su mente, trazando un mapa de cómo funcionaba y compensando todas las partes de la anatomía que no había podido estudiar en un ser humano vivo. Conocía su pasado, sus recuerdos, sus sentidos, incluso su magia, como si fuera la suya. Ella poseía todo menos su nombre. Si quería, podía dejarlo ciego o sordo con un pequeño destello, quemando una conexión en su cerebro, dejando el resto intacto. Regularmente viajaba hasta el pozo de las almas y volvía a abrir el vacío, soltando algunas más, pero esta actividad siempre resultaba en dolores de cabeza por las mañanas, así que no presionó para que todos escaparan a la vez. La barrera que los envolvía se sellaba casi instantáneamente, por lo que dudaba que Drake notara la pérdida.

¿Se atrevería a despojarlo de sus recuerdos? ¿Podría robarle su nombre? ¿Era posible hacerle olvidar que conocía el nombre de ella? Se sintió capaz de hacerlo, pero no hasta que hubiese liberado a la última alma de su interior. Luego llamaría a Vamilion y Owailion y atacaría, pero solo una vez que supiera que estaba a salvo. No cortaría esa cuerda hasta estar segura.

Mientras tanto, planeó cómo conseguir el mapa de Drake. Ella lo sacaba todas las noches de su capa, pero él había hecho invisible la escritura y ella lo guardaba cuando lo encontraba, todavía pensando en cómo obtener sus secretos sin que él lo supiera. Él nunca miró el pergamino que ella conocía y dudaba que él se diera cuenta si lo reemplazaba con uno falso, pero eso no le daba forma de leerlo. Finalmente lo reemplazó una noche con un rollo de pergamino idéntico y absolutamente en blanco. Pero, ¿qué hacer con el mapa en blanco? No se atrevió a tenerlo con ella y después de un día de viaje con él colocado junto a su invisible Piedra del Corazón, decidió enviárselo a Vamilion. Enviar el pergamino podría ser un ejercicio interesante de magia que aún no había probado.

Con concentración y el cielo perfectamente oscuro, desprovisto de luna y estrellas oscurecidas bajo un delgado velo de nubes, extendió la mano, esperando sentir un roce de la solidez que encontró en la mente de Vamilion. Su caminata a través de las llanuras la había acercado progresivamente a la Gran Cadena de montañas y las usaba para sentirlo.

"¿Vamilion?" llamó, usando la esperanza como la chispa para alcanzarlo. Parecía lo único que podía hacer con la garganta cerrada por la mano de Drake. Le tomó más tiempo de lo que esperaba y empezó a temer que él estuviera fuera de su alcance, o que estuviera desviando su llamada. Seguramente las montañas sabían dónde estaba. Entonces, lejos y resonando, como si rebotara entre las cordilleras, escuchó una respuesta.

"Gailin, ¿esto es seguro?"

Ella podría haber llorado de alegría por la voz mental que él le proporcionó. La fuerza reconfortante y la sólida paciencia de eso hicieron a un lado el frío pegajoso del tacto reptil en su mente. Los pensamientos protectores de Vamilion la asaltaron primero. Inmediatamente se preocupó por ella. Su majestad mental elevó su alma y se dio cuenta de que sí, se sentía diferente por su constante contacto con el hechicero. Había olvidado cómo se sentía al estar cálida, limpia y fuerte. Incluso cuando estaba sola y sin magia, se sentía mejor que siendo utilizada y absorbida por Drake. La cariñosa voz de Vamilion le recordó eso.

"Sí, creo que sí. Él... Él..."

"Voy a aplastar su cerebro por ti. En el instante en que te toque... En el instante en que creas que es seguro. Por favor, dime que estás a salvo".

"No es seguro ni estoy a salvo, pero no estoy en peligro inmediato. Tengo el mapa de las líneas ley que ha creado. No debería quedárselo. He rastreado su mente y puedo eliminar su recuerdo de él si es necesario, pero quiero que tomes el mapa. Podría ser útil algún día".

"¿Qué pasará cuando se dé cuenta de que lo has tomado?" Preguntó Vamilion, buscando algo de conversación para que no se encontrara bajando la cima para estar con ella.

"Espero que no se dé cuenta de que falta. Nunca lo abre porque aquí no hay líneas ley que pueda marcar. Apenas funciona y no hace magia porque en realidad no puede hacer más que sobrevivir con la energía que le estoy dando. Pero pronto llegaremos a las montañas, donde sí hay líneas ley para que él las toque. Esa será la verdadera prueba. ¿Me necesitará más? Creo que me conservará, pero para entonces, con suerte, habré liberado todas sus almas. Entonces tendrá hambre y tendrá que volver a matar. Será entonces cuando debamos estar preparados".

Podía oír el palpable suspiro de resignación de Vamilion. Quería venir a rescatarla, un valiente caballero de brillante armadura, pero sabía que eso no ayudaría. Si bien era encantador, lo sabía por un pensamiento caprichoso. "Veré qué puedo hacer para que su tinta sea visible. Mientras tanto... Voy a acelerar Owailion por ti".

"¿Por qué? Él ha sido un gran apoyo". Casi jadeó por el rencor que escuchó en la voz mental de Vamilion.

"Porque él te metió en este lío. Fue su sugerencia. Nunca habría tolerado enviarte con un Devorador de Almas a cruzar las llanuras si hubiera sabido que no te seguiría más de cerca. Tiene que haber una forma mejor y más segura de despojar a Drake de tu nombre. Owailion realmente no se preocupa por su protección. Solo quiere aprender de él todo sobre la invasión y..."

"¿Invasión?" Gailin interrumpió.

"Sí, tu serpiente allí, es el explorador de las otras dos invasiones mágicas. Ese es mi trabajo; para contrarrestar la primera ola cuando lleguen mientras Owailion se prepara para la segunda. No debería tardar mucho ahora. Deben sospechar que Drake está en problemas y vienen porque no han sabido nada de él. Probablemente esté planeando darles el mapa para que sepan dónde pueden invadir con seguridad y debemos estar preparados. Puede que tenga que devolverle el mapa para mantenerte a salvo, pero cambiaré las líneas y veré cómo les va en medio de las llanuras, lejos de su alimento de vida.

"¿Cómo puedo ayudar?" preguntó ella, desesperada por alguna forma de servir.

"¿Ayuda? Estás haciendo más de lo que crees. Estás dominando la magia muy rápidamente y controlando a tu espía. Es más de lo que Owailion o yo podemos hacer ahora mismo. Estamos esperando que caiga el martillo y preparándonos. Ya estás peleando. No te preocupes por nosotros. Tus batallas están por venir".

"Muy bien. Aquí está el mapa. Lo he reemplazado por un simple trozo de pergamino en blanco. Dime cuando tengas un mapa falso o al menos puedas leer lo que él ha creado".

Y con eso lanzó el pergamino enrollado con su mente, siguiendo el eco de la magia del Rey de las Montañas.

"Lo tengo, mi..." y se interrumpió antes de agregar la palabra que lo convertiría en un nombre cariñoso. En cambio, terminó torpemente, "Te lo diré cuando haya roto su hechizo. Que duermas bien".

LÍNEAS CRUZADAS

*V*amilion miró el pergamino en su regazo, pero realmente no lo vio. En cambio, se preguntó por la fuerza de la conexión que sentía por Gailin a pesar de la distancia que había mantenido. Casi se resbala hasta allí. Y su deseo de estrangular a Drake se sentía más poderoso que nunca cuando la serpiente solo se había amenazado a sí misma. Ahora que Gailin era el objetivo, Vamilion se encontró buscando razones para hacer polvo al hechicero. Si ya se sentía tan protector por una dama que probablemente tenía más habilidad para derrotar a la serpiente que él mismo, ¿hasta dónde había llegado? La quería más de lo que quería admitir. Y también estaba enojado por ella, incluso con Owailion. Esta no era una buena posición para él si iba a durar otros veinte años más o menos hasta que Paget muriera. ¿Cómo iba a aguantar? ¿Quizás si el estrés de defender a Gailin y la Tierra se aliviara y pudiera volver a ser escultor? Quizás si Gailin estuviera haciendo cosas típicas de la búsqueda sin estar en constante peligro de que le ordenaran morir, él sentiría menos compulsión hacia ella.

O tal vez no. Tal vez estaba condenado sin importar que nunca había visto a Gailin ni hablado con ella en persona. Y tal vez el mundo también dejaría de girar. Todo era posible, pero esta compulsión solo se haría más fuerte y veinte o más años no iban a ser fáciles.

Para distraerse, Vamilion desenrolló el pergamino y empezó a estudiar qué podía haber allí. Probó la magia con un toque mental, buscando la raíz del hechizo en la página. Al igual que las líneas ley, podía sentir algo allí a pesar de que sus ojos no veían nada. Pasó sus manos ásperas sobre el papel y reconoció el contorno de la Tierra bajo sus dedos buscadores, pero la frecuencia de ciertas líneas parecía diferente de lo que sabía. Como el cartógrafo más hábil, especialmente en líneas ley en la Tierra, conocía su propio trabajo cuando lo sentía y Drake había utilizado sus dibujos originales de alguna manera. ¿Habían llegado copias de sus estudios geológicos originales a otras tierras? ¿Si es así, cómo? ¿Y cómo iba a ver lo que se había ocultado intencionalmente?

Vamilion decidió no intentar forzar la aparición de la tinta mágica, sino que pensó en sus experimentos con hierro y piedras imán. Sabía que las limaduras de hierro reaccionaban a la atracción magnética de una piedra imán y se congregaban en surcos donde la densidad de cualquier sustancia se había vuelto más gruesa debido a la presión, incluso la leve presión de un bolígrafo. ¿Podría hacer que el polvo de hierro se asentara en las líneas de este pergamino y se pegaran allí?

Con la distracción de un desafío, Vamilion comenzó a conjurar. Primero creó un estante más profundo en la ladera de la montaña para poder trabajar con mayor comodidad. Había estado durmiendo en una tienda de campaña aquí en la cresta, pero este trabajo requería más precisión de la que le permitiría aferrarse a la ladera de una montaña. Luego amplió su tienda y diseñó una mesa y una silla para poder trabajar en una superficie plana. Para obtener una mejor luz, conjuró una linterna de minero y se puso a trabajar. Trozos de pizarra sujetaban las esquinas curvadas del mapa. Una botella de las mejores limaduras de hierro apareció en su mano y vertió una pequena porción en su palma. En realidad, nunca había hecho esto y tuvo que usar magia para hacer que el polvo más fino cayera uniformemente sobre el pergamino. Con una suave respiración, sopló las limaduras en el aire sobre el mapa y luego dejó que la gravedad se hiciera cargo.

Cuando el polvo se asentó y sintió que tenía una capa uniforme, invisible a simple vista, Vamilion conjuró su piedra imán. La bruma ligeramente gris que había caído sobre el pergamino comenzó a cambiar y brillar cuando pasó la piedra de carga debajo de la mesa. Como magia verdadera en lugar de física, las limaduras bailaron y temblaron, esforzándose por salir de las líneas en las que habían caído. Marchaban como soldados, erguidos en todas las líneas que se enredaban en el papel. Y para su sorpresa, había más líneas de las que pensaba; al menos el doble. Miró el papel con asombro. Por curiosidad extendió la mano a su mente y tomó el mapa que quedaba en su estudio en el palacio en el este para poder comparar los dos.

Cuando llegó su mapa personal, tuvo que admitir que su propio mapa de líneas ley era casi inútil en comparación. Por cada línea que había trazado, vio otras dos que se cruzaban en elegantes arcos. Estas líneas adicionales podían ser más cortas pero mucho más prolíficas. Obviamente, Vamilion no había seguido todas las pistas cuando dibujó su mapa de líneas ley. Con las líneas más cortas que vio en el mapa de Drake, lo más probable es que Vamilion hubiera seguido el tirón más fuerte e ignorado un codazo menos profundo. De hecho, la mayoría de las nuevas líneas se cruzaban entre sí o se cruzaban con las originales más grandes. Bueno, pensó, valía la pena explorar esto y podría hacerlo si no tuviera la responsabilidad de detener una invasión y se preocupara de que una reina ocupara sus pensamientos. Tal vez podría investigar con esos más de veinte años que tenía hasta que Paget falleciera.

Vamilion se sintió disgustado por siquiera pensar en la muerte de Paget con anticipación. Eso estaba mal y él lo sabía. Sin embargo, en lugar de regañarse a sí mismo, se conjuró un lápiz de color separado para marcar las líneas adicionales en su primer mapa y luego hizo otra copia para Owailion, quien también lo encontraría de interés. Ahora todo lo que tenía que preocuparse era cómo ayudar a Gailin con el mapa. ¿Deberían devolver el mapa original a la serpiente y él nunca sabría que lo tenían? ¿O podrían usar la pérdida del mapa para ser el desafío en su contra, incitando la batalla que sobrevendría y resultaría en finalmente matar al despreciable hechicero?

Indeciso, Vamilion envió una copia extra a Owailion. Esperaría hasta la noche para volver a hablar con Gailin y decidir cómo iba a lidiar con la nueva revelación sobre las líneas ley y el peligro allí. Lo más alarmante es que una de las líneas recién descubiertas se hundía profundamente en las llanuras, y Gailin pronto se acercaría peligrosamente.

Desafortunadamente, la vida tenía otros planes para él.

En medio de la noche sintió un suave empujón y, al principio, Gailin pensó que Vamilion debía estar volviendo a ella para hablar sobre el mapa. Pero no hubo palabras viniendo con el despertar. La mano de Drake estaba en su lugar habitual, y aunque prácticamente la cubría por completo, también estaba profundamente dormido, por lo que no podía ser la fuente del llamado. El cielo sobre ella permanecía completamente negro, pero la niebla a través de la hierba hablaba de que se acercaba el amanecer y quizás la primera señal de que el otoño descendería pronto. La niebla parecía bailar llamándola a caminar.

Muy atrevida, Gailin se escabulló de debajo de la mano de Drake y la dejó suavemente sobre la huella de donde había estado acostada y se puso de pie. Una vez de pie, la luz de las estrellas iluminó la niebla para ella, mostrándole el camino hacia un barranco poco profundo al norte de su campamento y supo que debía seguir el camino. Se sentía como una de esas compulsiones que Vamilion había dejado con el libro. Sin embargo, había dejado el libro en el campamento, sabiendo que Drake no encontraría nada de valor para él; solo dibujos de hierbas y anatomía. Ella podría haber resistido esta incitación a seguir la niebla, pero ahora era el momento perfecto, así que se metió entre la hierba, guiada por un banco de niebla.

Una vez en el barranco, la niebla se había acumulado tan densamente que no podía ver la noche por encima de su cabeza y, por lo que podía ver en la oscuridad, podría estar en otro planeta. La sugerencia la empujó hacia el camino del lavado en seco que probablemente solo había sido cortado por tormentas eléctricas de verano. Ninguna piedra la hizo tropezar, pero algunos intentos escasos y desesperados de arrancar árboles del suelo, apenas más que arbustos, y tuvo que abrirse camino entre ellos antes de llegar a donde la niebla la impulsaba a ir.

Entonces vio una luz dentro de la niebla. No parecía tener ninguna fuente, pero parecía como si la niebla misma comenzara a brillar un poco más adelante en el camino. Se acercó con cautela, sospechando de un truco, pero la claridad de la luz y la facilidad de la compulsión la tranquilizaron. No estaba siendo empujada contra su voluntad. El resplandor se volvió tan intenso que se sintió cegada y no se atrevió a acercarse hasta que estudió la situación. Se detuvo y consideró todo lo que había aprendido sobre magia. La luz y las indicaciones significaban que debería estar aquí, pero se encontró bloqueada hasta que entendió lo que la magia exigía de ella.

Pensó en el velo que cubría el pozo de las almas en su sueño, cómo se estiraba y, sin embargo, se había resistido a romperse hasta que atravesó el material, sin embargo, todo había sido metafórico. Este velo de la nada requería que ella se abriera paso con su propia magia. Quizás este brillo era muy similar y necesitaba abrirse paso. Sin dudarlo, Gailin conjuró un bisturí y se inclinó hacia adelante, cortando la luz con un golpe rápido. Donde pasó su arma, apareció un corte lavanda en la niebla. Gailin siguió su instinto y con cuidado metió la mano en la fisura que había causado. La niebla quemó su piel como el alcohol en un corte, pero el olor a lavanda impregnaba la madrugada y ella se negó a retroceder a pesar del dolor.

Entonces su mano extendida sintió algo sólido dentro del banco de niebla. Un cilindro suave, frío al tacto, pero no metálico, y lo agarró, sacándolo de la abertura a la luz. Para su sorpresa, había retirado una vela blanca y gruesa. No tenía marcas de goteo para indicar que alguna vez se había usado y su tamaño lo hacía casi demasiado engorroso para agarrarla con una mano. Su obviamente mágico ocultamiento le aseguró que estaba destinada a ella, pero nunca había visto nada menos excepcional a menos que el tamaño de la vela también fuera mágico.

¿Qué había dicho Vamilion sobre ciertos talismanes escondidos por toda la Tierra? ¿Podría ser este uno de ellos? Si es así, ¿qué hacía? Después de todo, ella era una Reina Buscadora y se le había dado el mandato de dominar su magia, encontrar estos Talismanes y, finalmente, sentarse en un gran palacio en algún lugar de la Tierra. Curiosamente, esta era la primera indicación que había tenido de que la Tierra todavía esperaba que fuera algo más que la víctima de Drake.

La idea de que él se despertara sin saber dónde estaba ella incitó a Gailin a actuar. No podía poner la vela en su bolsillo como la Piedra del Corazón y esperar que pasara desapercibida, así que sin pensarlo, tejió una invisibilidad sobre ella y luego imaginó una bolsa en su espalda donde podría esconder cosas como su libro, la Piedra del Corazón y ahora esta vela para que nadie supiera que estaba allí. Metió la vela en la bolsa, se la echó al hombro y empezó a salir de la niebla por el camino por donde había venido. Cuando llegó a la cima del barranco, la niebla se había desvanecido y se acercaba el amanecer, quemando cualquier rastro de dónde había estado.

Desafortunadamente, Drake estaba despierto cuando ella regresó. Estaba sentado en la hierba pisoteada de su campamento esperándola con un brillo extraño en sus ojos, mitad ira y mitad curiosidad. Si bien no era raro que ella se fuera, la mayoría de las veces para usar el retrete o para recoger granos para el desayuno, él siempre sabía cuándo se había ido. Antes de llegar a su lado, conjuró las esperadas espigas en su bolsillo y entró en el campamento como si nada fuera de lo común. Ella rompió la olla como si fuera a hacer su papilla y lo miró con sorpresa cuando no encendió el fuego como era su costumbre.

"¿Dónde estabas?" Él demandó.

En lugar de decirle la verdad, puso agua en la olla y respondió: "¿Dónde esperabas que estuviese? La mañana era hermosa con la niebla. Podríamos estar entrando en otoño. Tenemos que llegar a una aldea antes de que cambie el tiempo".

Drake todavía no respondió como se esperaba. "Me dejaste", acusó.

"Estabas a salvo", le recordó. "Vamos a volver a las montañas y puede que haya algunas líneas ley allí".

"Déjame ver", respondió con frialdad y Gailin de repente se dio cuenta de su error. Levantó el rollo de pergamino que había estado escondiendo detrás de su espalda. Su ira se erizó, mostrándole sus dientes afilados como su lengua bífida. Había descubierto su mapa de reemplazo. Gailin sintió un goteo de miedo por su garganta, pero antes de que pudiera reaccionar, él invocó la magia del nombre.

Gailin, no pedirás ayuda. Gailin, no usarás magia conmigo. Gailin, no te moverás". Sus palabras llegaron tan rápido que no pudo reaccionar a tiempo. En cambio, se congeló donde estaba, los ojos muy abiertos por la alarma.

"¿Por qué?" jadeó, como si ignorara sus motivos. "No he hecho nada más que ayudarte".

Drake se levantó de su asiento y se acercó a ella, golpeando el pergamino inútil en su temblorosa palma. Lentamente la rodeó y dibujó seductoramente la punta del pergamino alrededor de su cuello como un cuchillo. Ella logró tragar. "Eres una maga", susurró. "Tienes poderes. ¿Por qué debería confiar en ti?"

"No puedo mentirte", respondió, "pero no tengo forma de demostrártelo".

Esto lo sorprendió y dejó de rodearla. El pergamino ofensivo desapareció y él colocó su mano contra su garganta y su rostro tan cerca del de ella que ella habría retrocedido si hubiera podido. Se inclinó y la besó violentamente, sus manos tantearon por todo su cuerpo y su mente gritó de horror. Iba a violarla allí mismo. Pero luego, de repente, dio un paso atrás.

"Gailin, mírate", ordenó.

Su cabeza recuperó el control suficiente para poder mirar hacia abajo y ver algo aún más asombroso que cualquiera de la magia que había presenciado hasta ese momento. Corriendo por todo su cuerpo llevaba un vestido de seda lavanda bordado con lirios plateados. Sobre los adornos de diamantes y plata, llevaba un tahalí de acero del que colgaba un carcaj de cristal y flechas emplumadas blancas. Miró hacia abajo las mangas sueltas que casi rozaban el suelo y descubrió que también sostenía un lazo plateado en una mano y en la otra, la vela que acababa de encontrar.

"Ahora, Gailin, dime: ¿Por qué debería confiar en ti? Eres una Sabia", le espetó Drake incluso mientras se apartaba para admirar el efecto de su misterioso cambio.

"Lo que significa que no puedo mentir. Es imposible. Lo he intentado", respondió desesperada. Oh, por favor, Vamilion, ahora sería un momento maravilloso para que me llames y me devuelvas el mapa, pensó en privado, aunque todavía no podía enviar el pensamiento con magia.

Drake comenzó a caminar alrededor de ella nuevamente, pisando la falda que fluía detrás de ella como agua. "Parece que tienes razón, no puedes mentir. Verás, este es un hechizo de verdad que te he puesto. Tu apariencia es como realmente eres. Veo lirios y diamantes, pero nada que indique dónde se concentra tu poder. El rey de la montaña es obvio cuando cambia... Pero tú no. ¿Cuál es tu poder? Gailin, dímelo".

Ella respondió con un suspiro. "Soy la Reina de la Curación. Básicamente ya te lo dije. Mi don es comprender cómo funciona el cuerpo humano y cómo curarlo".

"Hummm, me temo que no es tan impresionante como las montañas", dijo Drake arrastrando las palabras. Su confianza y arrogancia estaban de regreso. Quizás se habían acercado lo suficiente a una línea ley que ahora podía dibujar a partir de ella. "No, los demás son más intimidantes. Eres demasiado delicada y frágil. No deben pensar mucho en tu poder si te permiten venir aquí solo con alguien como yo".

Gailin no sintió la envidia de sus compañeros Sabios como lo insinuaba Drake. De hecho, apenas conocía a Vamilion y solo tenía breves comentarios de Owailion, por lo que la puñalada de Drake por su falta de poderes no hizo nada para despertar sus celos. Quizás, como Sabia, no podía sentir realmente envidia hacia sus compañeros. En cambio, el miedo a su captura provocó una obstinada ira audaz por su situación.

"¿Cómo te ves en un hechizo de la verdad?" respondió ella, dejando que la ira saliera en lugar de su miedo. En consecuencia, él deslizó su mano alrededor de su garganta y comenzó a apretar.

"No quieres saber", respondió con franqueza en un siseo que le recordó la lengua que a menudo había visto moverse entre sus dientes cuando no estaba pensando en eso. "Pero podría tranquilizarte saber que no quiero matarte. Podría matarte con una palabra, eso lo sabes".

"Sí, lo sé", susurró con el poco aliento que pudo reunir. Quería mantenerlo comprometido porque hablar con él significaba que no le estaba haciendo otras cosas y el tiempo estaba de su lado. Vamilion se haría presente, o tal vez Owailion y ellos escucharían la alarma en su mente y sabrían que necesitaba su ayuda.

"¿Sabes lo que quiero de ti?" preguntó, relajando su mano levemente y atrayendo su rostro hacia el suyo muy levemente. Como si su mirada estoica liberara algo en él, su apariencia volvió a su sencillo vestido y delantal. Eso la hizo sentir más capaz de luchar contra él a pesar de que no había recuperado su capacidad para moverse y los puso de nuevo en su mismo nivel anterior.

"Gailin, tú me darás a luz un hijo".

El fuerte peso de la magia de los nombres cayó sobre ella como una avalancha y se tambaleó a pesar de la prohibición de moverse. Su mano en su cuello la mantuvo erguida. Se retorció en su cabeza, esperando encontrar una forma de escapar, aunque una directiva a tan largo plazo parecía imposible de cumplir. ¿Por qué querría un hijo? No le importaba nada; ni ella, ni la Tierra, ni él mismo, excepto por la magia que podía ejercer. Gailin solo podía pensar en un solo motivo que él podría tener.

"¿Para transmitir la magia?" preguntó ella con franqueza,

tragando con cuidado contra su mano pegajosa sobre su tráquea, lista para cortarle el aire una vez más.

"¿Quién mejor? La magia de los Sabios es la más formidable de todo el mundo, pero hasta ahora ha llegado solo a la Tierra y solo a los hombres. Pensamos que tal vez no habría más Sabias, pero ahora tengo la evidencia. Mis colegas permitirán que mi semilla sea el experimento para ver si podemos criar a los magos más poderosos que el mundo ha conocido. Y serás mía, ¿no es así Gailin?" No era una pregunta, sino una declaración fáctica. Sabía que había ganado.

"Sabes que incluso con la magia de los nombres, es posible que no pueda tener un hijo. Y cualquier niño puede ser una niña. Puede que no... Le apagó la voz y ella se detuvo antes de que pudiera señalar las muchas cosas que hacían que su objetivo estuviera fuera de su control.

"Estoy seguro de que tú, con tu comprensión del cuerpo, puedes asegurarte de concebir y que sea un varón. Ahora, ¿procedemos? y puso sus manos en sus caderas posesivamente.

Gailin miró con nostalgia hacia el norte, deseando que las montañas fueran más que una línea gris donde el cielo se encontraba con el horizonte. Entonces recordó que allí había pueblos y aldeas. Quizás alguien más podría ayudarla. Ella se aferró a la esperanza.

"¿Quieres que tu hijo sea un bastardo? Primero debo casarme contigo".

Drake también miró hacia el norte, sorprendido por la sugerencia. Hacía mucho tiempo que no dormía en una cama y se alimentaba de almas en lugar del flujo constante del pozo de magia de Gailin. Su lujuria habitaba en muchos niveles y ninguno de ellos se encontraba arrastrándose aquí en la hierba. Él asintió con la cabeza, quitó las manos de su cuerpo y luego comenzó a recoger sus pertenencias. Como ella no se movía para ayudarlo, suspiró y dijo las palabras. "Gailin, puedes moverte de nuevo".

Cayó de rodillas y con manos temblorosas comenzó a empacar. Al menos haría esto bien. Ella usó su indulto para garabatear mágicamente un comentario en el libro sobre Drake, pero debido a la prohibición que se le impuso, no pudo establecer una compulsión para leerlo en las palabras. En cambio, hizo una lista actualizada de sus pensamientos mientras empacaban y comenzaban a caminar hacia el horizonte norte como si nada hubiera cambiado. Y sin embargo todo cambió.

Durante el día, Gailin comenzó a llegar a una conclusión un tanto pacífica de que probablemente esto era lo mejor que podía esperar. Si ella no pensaba en su magia y solo en Drake como hombre, no estaba disgustada. Por supuesto que quería amar, o al menos preocuparse por el hombre con el que se casara. Ella podría haber pensado lo mismo de Jonis. Drake no era repulsivo físicamente y, aunque ella no lo amaba y no le gustaba su personalidad fría, él no la golpearía ni abusaría de ella, ni bebería ni se convertiría en mujeriego como lo hacen otros hombres. Más de una vez su abuela le había dicho que en un lugar como la Tierra, tan recientemente asentada, una niña no tenía derecho a permanecer soltera. Si Vamilion no hubiera entrado en su vida, probablemente se habría casado con Jonis y habría sido la esposa de un granjero con media docena de hijos y una existencia cansada.

Ese pensamiento la hizo llorar por lo que podría haber sido. Drake notó sus lágrimas mientras caminaban, pero no dijo nada y ella se las secó apresuradamente. ¿Cómo habría sido su vida con Vamilion? Él la habría amado y ella no tenía ninguna duda de que fácilmente podría corresponder al amor del Rey de las Montañas. Habrían tenido una herencia de magia y seguramente ella no se habría sentido tan incómoda como con la idea de estar con Drake. Vamilion tenía a Paget y ella siempre sería la primera opción de Vamilion. Pero, ¿cómo habría sido si el destino le hubiera dado a Gailin una mano diferente? ¿Y si se hubieran conocido cuando ningún cazador lo hubiese estado rastreando o si ya no tenía otro amor en su vida? ¿Habrían crecido para cuidarse el uno al otro o la magia haría que su atracción y vínculo fueran instantáneos?

En este momento, teniendo en cuenta lo miserable que se sentía, Gailin habría renunciado con mucho gusto a la magia y no se habría visto obligada a tomar ninguna decisión. Drake o Vamilion, ninguno era justo cuando la magia manipuló el resultado. ¿Por qué debería renunciar a su libre albedrío en cualquier caso? La magia tenía la culpa y casi juró no volver a usarla si la iba a empujar en una dirección en la que no quería ir. No era mejor que lo que Drake le había hecho, invocar la magia de los nombres para obligarla a hacer esto. Drake al menos tenía una especie de motivo. ¿Quería hijos? No había pensado mucho en eso. Parecía una tontería pensar en eso antes de tener un hombre y con su abuela como una responsabilidad, incluso eso estaba más allá de ella.

Ahora Gailin había sido lanzada al mundo y estaba cayendo en un abismo con su vida enterrada en la niebla. Bien podría disfrutar del vuelo. Quizás la belleza de las pequeñas cosas era todo lo que podía esperar. Tener un hijo sería bueno, a pesar de las circunstancias. Drake podría ser un marido decente por lo que sabía. Quizás ella podría evitar que cosechara más almas, por su bien. Ella continuaría permitiéndole aprovechar su magia y tal vez eso mejoraría su relación. No tenía idea de cómo saldría esto, pero lo aceptaría. Una persona que muere de un tumor de crecimiento lento hizo el mismo ajuste y, aunque el diagnóstico fuese desalentador, al menos estaba consciente de su destino y aprovecharía al máximo el tiempo que tenía en su vida.

Dos días después llegaron a la ciudad de Meeting en los brazos orientales del río Lara. Drake usó la magia de nombres para prohibirle hablar con nadie mientras deambulaban por las calles de la ciudad relativamente grande. Los dirigió a una posada donde compró la suite más bonita con dinero que ella no sabía que tenía. Se turnaron para bañarse y luego bajó a preguntar al posadero dónde se podía encontrar un cura. Mientras él no estaba, Gailin experimentó con cuánta magia podía hacer a pesar de sus restricciones y descubrió que, aparte de llamar a alguien mentalmente, parecía tener libertad para trabajar. Ella conjuró un conjunto de ropa limpia para casarse y luego se dio cuenta de que tenía un problema peor. Tan pronto como Drake entró por la puerta, ella se lo presentó.

"Casarse es un juramento. Para una Sabia, prestar juramento me pone en esa ropa real. El sacerdote lo notará".

Drake se balanceó hacia atrás cuando reconoció que esto interferiría con sus planes de permanecer detrás de escena, sin ser conocido como hechicero. "Lo absorberé después de la ceremonia y no podrá decirle a nadie que acaba de ver magia", sugirió con cautela.

"No", ella casi entró en pánico, asqueada de que alguien muriera por ella. "No, déjame manejarlo. Me... Gustas más cuando no haces daño a los demás". Sonaba increíblemente incómodo, pero tenía que decir algo para detenerlo si no podía obstaculizarlo mágicamente.

Drake la miró de manera extraña y luego sonrió como si esto también satisficiera sus necesidades. "Bueno, tú lo haces posible. No he absorbido a nadie desde que te conocí. Es suficiente con absorberte a ti". Casi parecía contento de no haber encontrado la necesidad de matar a alguien tampoco. Ambos pensaron en privado que era un arreglo extraño, pero luego la acompañó hasta el sacerdote.

Fue una ceremonia sencilla en la que solo estaba el sacerdote y, como era de esperar, cuando la ropa de Gailin se cambió al traje real, entró rápidamente en la mente del sacerdote y borró el recuerdo del impacto. Su comprensión íntima del cerebro humano que había obtenido le permitió a Gailin acceder a una pequeña parte de la mente y eliminar un recuerdo. Era una práctica que tenía la intención de mantener poco común y, con suerte, usar en Drake pronto. Cuando el sacerdote continuó con la ceremonia con solo un momento de vacilación y luego regresó a su oficina sin siquiera felicitar a la pareja de recién casados, Drake pareció impresionado.

"Lo sutil es mejor", comentó Gailin y luego volvió a ponerse su ropa normal y salieron de la pequeña iglesia. Ahora, si tan solo pudiera hacer un hechizo en sí misma para olvidar todo lo que había adquirido y ahora estaba obligada a soportar.

RETUMBAR

*V*amilion estaba de pie hasta la cintura y muy sucio en el oleaje del océano que se arremolinaba con gases nocivos y cenizas arrojadas por el volcán que ahora se elevaba visiblemente sobre las olas en la bahía en la desembocadura del río Laranian. Tuvo que acelerar el proceso de erupción cuando llegó el primer barco de hechiceros, sin dejarle tiempo, ni siquiera para la luz del día. Forzar el crecimiento del volcán significó erupciones más poderosas y no podría contrarrestar los tsunamis lo suficientemente rápido a menos que se parara allí mismo en el agua. De lo contrario, los pueblos costeros serían arrasados y, con suerte, el volcán ya había fomentado las evacuaciones. Así que Vamilion se puso a tierra en el lecho de roca debajo de él para que no fuera arrastrado a la orilla cada vez que llegaban las olas, pero eso significaba que también pasaba la mitad del tiempo bajo el agua ennegrecido como tinta por la ceniza y los gases hirvientes que llenaban las olas. Aunque técnicamente no necesitaba respirar, era un lujo que Vamilion apreciaba mientras luchaba contra las mentes de los hechiceros que sabían que estaba allí para desafiarlos.

Habían llegado docenas de hechiceros forasteros como Drake, al mando de un barco, y habían intentado colarse en la boca del rio Laranian. Vamilion los atrapó antes de que alcanzaran agua dulce y los golpeó con un tsunami desde su conveniente volcán, los tiró de regreso al mar y luego los arrojó a la orilla todavía humeante del nuevo pedazo de tierra. Desafortunadamente, matar hechiceros no era tan fácil. Su barco destrozado rodeó a Vamilion en su cabeza de playa, pero no permitiría a estos hechiceros ni siquiera ese territorio. Golpeó sus mentes, con la esperanza de abrirse paso pero falló, aunque sus ataques los mantuvieron ocupados.

Alguien de ellos debe haber tenido un don con el clima o el viento, porque las nubes de ceniza comenzaron a soplar en una dirección perfectamente antinatural, hacia el mar y las nubes de lluvia se acumularon, lavando el cielo de ceniza que ahora ensuciaba las aguas en las que estaba Vamilion. Probablemente parecía un monstruo hecho de lava, pero no sufrió el menor daño. En cambio, contraatacó invocando grandes masas de magma aún fresco para que crecieran sobre las piernas de cualquiera que estuviera en la isla. El dolor debe haber sido insoportable porque Vamilion escuchó sus aullidos y algunos murieron, intuyó, enterrados en lechos de piedra recién formada. El hechicero manipulador del clima cayó a este destino y las nubes de tormenta fabricadas mágicamente dieron paso a una ondulación volcánica una vez más.

Sin embargo, algunos hechiceros escaparon de esta táctica convirtiéndose en algo menos humano y deslizándose en el agua o dando vueltas por encima como buitres, listos para descender en el instante en que lo vieron. Quizás estar cubierto de ceniza y agua salada podría ser un beneficio para Vamilion, ya que no pudieron verlo en la noche y la enorme ceguera de la erupción. De nuevo, obligó al volcán a liberar más veneno que llovió sobre las aves antinaturales y las bombas de lava se dispararon como misiles sobre todo lo que se moviera. El cielo ayude a cualquiera de los aldeanos que vivían cerca. Habían sido advertidos por los terremotos y tsunamis antes de que los invasores aparecieran, pero Vamilion no podía permitirse el lujo de prestarles atención. Y batalla que hizo. Al amanecer se encontró con un rayo de luz elevándose entre el agua negra y las nubes más oscuras formadas a partir de la nueva masa terrestre.

Con la salida del sol, ninguna mente vino a desafiarlo. Por fin, Vamilion dejó que el volcán se asentara a excepción de una grieta de lava que rezumaba en el lado noroeste de la isla, arrojando un lugar perfecto para un puerto en las aguas más profundas cerca de la isla. Era lo mínimo que podía hacer por los pobres que tenían que vivir a la sombra de un volcán activo. Tenía toda la intención de que esta isla que había hecho fuera habitable y agradable. Mientras nadaba fatigosamente y luego trepaba a la isla Gardway, como la bautizó, Vamilion miró a su alrededor y no sintió a nadie vivo o muerto para la batalla. Con cansancio, caminó por la costa, fortaleciendo la mezcla de lava bajo sus pies. Con suerte, cualquier otra erupción del volcán estaría destinada a la construcción de terrenos y no a la lucha contra los invasores. El volcán probablemente debería curarse durante al menos un año antes de que alguien más tocara esta tierra y tomaría ese tiempo desarrollar suficiente suelo para sustentar la vida vegetal. Vamilion se encargaría de eso y no aceleraría el proceso de traer vegetación. También hizo algunas fuentes termales cerca de la bahía que había creado y se lavó en ellas, disfrutando de estar limpio.

Toda esta magia, sin embargo, no le dejó energía ni pensamiento para ver cómo le iba a Gailin. De hecho, después de tres días en la oscuridad de la batalla y ráfagas de ceniza, no pudo pensar en absoluto y se durmió en una de sus aguas termales conjuradas. Al amanecer del cuarto día pensó en ir a contarle a Owailion sobre la batalla que había encontrado y casi se olvidó de volver a su tienda en la montaña para empacar, o más bien hacer desaparecer todo lo que había conjurado. Y fue una suerte que se fuera, porque había dejado la tablilla allí sin vigilancia y la nieve pronto la habría enterrado. El verano se estaba desvaneciendo y estas montañas pronto se perderían por el frío.

Pero luego tomó la tableta y miró distraídamente lo que Gailin había escrito. Entonces sus manos empezaron a temblar. En un flujo completo de conciencia, no una carta para él, ella le dijo todo lo que estaba soportando.

El cazador la había atrapado cuando descubrió que el mapa era una falsificación en blanco. Drake le había hecho imposible pedir ayuda o hacer magia para defenderse. Cuando Vamilion leyó sobre la ambición de la serpiente de tener un heredero mágico, con Gailin como madre, el volcán entró en erupción nuevamente y él no hizo nada con respecto al maremoto que resultó. A lo largo de los varios días de escritura, Gailin obviamente comenzó a asimilar su nueva realidad y Vamilion en su calma comenzó a desarrollar una ira más peligrosa.

Owailion había hecho esto. Le había permitido ir con el cazador a las llanuras donde Vamilion no podía seguirla. En lugar de seguirla como lo hubiera hecho Vamilion, Owailion se había quedado en la boca del edificio Don River con sus pequeños juguetes y no vigilaba a Gailin con regularidad para asegurarse de que no la manipularían ni la dañarían. La ira de Vamilion ardió e hirvió, con la respuesta de los terremotos en todo el rango en el que se encontraba. Pero se obligó a leer hasta el final, conteniendo su garganta mientras Gailin describía desapasionadamente su noche de bodas.

¿Por qué no pudo haberlo esperado? ¿Por qué había entrado en este peligro? ¿Por qué Owailion permitió esto? ¿Por qué no se metió en la mente de la serpiente y borró su nombre, cortó su garganta metafórica y liberó las almas? ¿Por qué no había hecho eso Vamilion por ella? ¿Por qué había abandonado su deber para con la mujer que ya amaba, a pesar de sí mismo? ¿Por qué debía sufrir esto? Al igual que Owailion, perdería a la compañera que Dios había arreglado para él y pasaría la eternidad solo con solo recuerdos de mujeres moribundas para su consuelo. Bien podría invocar la avalancha de las edades sobre sí mismo y terminar con eso.

Las palabras de Gailin se cortaron finalmente, después de describir la fría intimidad de la serpiente, dejando a Vamilion sin idea de dónde estaba exactamente o si había sobrevivido. Drake podría no matarla ya que quería a su heredero mágico, pero tal vez Gailin lo había desafiado y se habría visto obligado a matarla. Vamilion ni siquiera sabía cuánto tiempo había pasado. Solo habían pasado cinco días desde que había leído su última actualización, pero eso no lo detendría ahora. Arrojó la tableta sobre la mesa y extendió su mente hacia el norte. ¿Dónde estaba Gailin ahora? Se dirigían hacia la Gran Cadena, pero él no podía oír su mente. ¿Drake la estaba bloqueando, protegiéndola de la identificación mágica? Desesperadamente, Vamilion cambió de perspectiva, no escuchando su mente sino usando las montañas como sus ojos. Tenía todas las montañas allí buscando a una hermosa dama viajando hacia los pasos. No podían ser difíciles de detectar, pero aun así, no vio nada.

Vamilion no pudo soportarlo más. Cogió la tablilla y se lanzó a través del continente hacia otra montaña más cercana a Meeting. Ilógicamente esperaba verla sin magia, aunque parecía una tontería esperar que pudiera hacer físicamente lo que la magia no había logrado. Miró el cielo a su alrededor, día y noche. Las nubes giraron sobre sus cabezas, llenas de las primeras nieves que comenzaron a caer antes de que su miseria y desesperación finalmente lo llevaran a otra táctica.

Se enfrentaría a Owailion.

Viajando de montaña a montaña, Vamilion se lanzó al punto más al sur de la Gran Cadena, donde el río Don emergía de mil grietas entre los picos. Estaba de pie en la última cresta alta con el palacio de un Sabio visible debajo de él en las llanuras de abajo cerca del rugiente río Don, justo encima de una cascada. Owailion le había prohibido cambiar la geología, pero justo en ese momento, a Vamilion no le importaba lo que quisiera el Sabio mayor. Quería respuestas.

Vamilion levantó la mano sobre el valle que se extendía ante él. Con un pensamiento, hizo una represa en el río con una avalancha de escombros bien colocada. Los árboles rotos y las rocas aplastadas llenaron el camino del río y bloquearon el canal. El flujo comenzó a retroceder, formando un lago y el antiguo camino falló. La cascada se redujo a un goteo en la parte inferior del río y Vamilion sonrió ante el acantilado desnudo que se había revelado, ahora desprovisto del velo rugiente de las cataratas.

A continuación, Vamilion buscó la falla debajo de él que había formado la larga Gran Cadena de montañas como joyas en un collar. Esa falla se detenía aquí, impidiéndole viajar más al sur. ¿Y qué si Owailion dijo que no hiciéramos más montañas?, pensó con rebeldía. Vamilion se adentró más en la falla y con la fuerza de su ira, partió la tierra hasta sus raíces. No buscaba un volcán, sino un levantamiento. Su mano se levantó y con ella, la mitad este de la grieta ensanchada que había creado. Debajo de él, la tierra se estremeció y gritó. Si no hubiera una base mágica debajo del palacio de ese Sabio, se habría derrumbado. El lago que estaba formando en lo profundo de las montañas detrás de su llegada a tierra se convirtió en ríos en nuevas direcciones y encontró un camino alrededor de su presa, brotando nuevamente hacia el Don.

Lo que habría tomado un millón de años tomó cuestión de horas, pero Vamilion tenía una nueva montaña y un río ante sus ojos. Luego, como si no le preocupara su propia rebelión, saltó a su pico recién creado y comenzó otra montaña en la cadena, otra joya en el collar de la Tierra. Rodearía todo el continente en sus creaciones si Owailion no acudiera a él y se explicara y lo ayudara a encontrar a Gailin. La tierra que cabecea y el crujir de la piedra sólida no le preocupan, sino la pérdida de la Reina, que duele más allá de las palabras.

"¡Gilead, detente!" Las palabras de Owailion resonaron cuando apareció detrás de Vamilion en el pico recién creado. El Rey de la Creación lucía plácido y apenas se sorprendió de lo que su protegido más joven había hecho para llamar su atención. Sin embargo, tampoco parecía complacido; más molesto por haber sido apartado de su proyecto. Owailion se quitó los guantes de trabajo y se los metió en los bolsillos de su delantal de soldadura con un resoplido.

Vamilion se dio la vuelta lentamente para no deslizarse en la cima de la montaña inestable. Tener la magia de nombres invocada en él solo lo enfureció más, pero su paciencia inherente le permitió a

Vamilion volverse para enfrentar al hombre que necesitaba ahora para ayudarlo a encontrar a Gailin. La mirada casual y perezosa de Owailion, incluso mientras se balanceaba precariamente en la cima del mundo, debe haber tenido la intención de poner a Vamilion en la cima, alentándolo a explotar como un volcán. Todavía no funcionaría.

"No deberías hacer eso, Owailion. Somos iguales y no sé tu nombre. Ahora mismo eso podría ser algo bueno o podría simplemente matarte. La reina está desaparecida porque la dejaste irse con esa serpiente. Esto es lo que me escribió; lo último que supe de ella. No puedo encontrar su mente en ninguna parte y las montañas no la han visto. Quiero saber qué has estado haciendo para protegerla". Le tendió la tableta.

Owailion tomó la tableta sin apartar la mirada de su colega, como si ahora comenzara a comprender algo; no importaba que nunca hubiera puesto los ojos en Gailin, Vamilion ya estaba unido a ella. Su profunda ira lo atestigua. Pasó un momento antes de que el Rey de la Creación se atreviera a mirar las palabras que Gailin había escrito. El rostro generalmente amargado de Owailion cambió poco. Tal vez un labio fruncido o un aliento liberado un poco más lentamente mientras absorbía lo que había sucedido, pero Vamilion lo miró con atención, esperando el impacto de algo de arrepentimiento en la fachada helada del hombre.

Cuando terminó de leer, Owailion miró hacia el noroeste, tal vez duplicando la búsqueda que Vamilion había intentado antes, buscando una mente en una vasta extensión y sin escuchar nada. Luego, lentamente, miró a su compañero a solo unos metros de distancia.

"Bórralo", ordenó y le devolvió la tableta.

Vamilion negó con la cabeza, negándose a hacer lo que se le ordenó, ni siquiera tomando la tableta. Él no rechazaría sus palabras más de lo que ignoraría su vida, como parecía haber hecho Owailion. Luego, para su horror, Owailion lo hizo por él, rompiendo la losa contra la cima de la montaña. La pizarra de piedra se hizo añicos y luego Owailion aplastó los pedazos destrozados con un pensamiento y dejó que se desmoronara en polvo bajo sus botas.

Vamilion de repente quiso hacer lo mismo con los huesos de Owailion, pero aún más, quería una explicación.

Owailion finalmente habló. "Puede que no lo entiendas ahora… O nunca, pero esto es lo que debe suceder. Ella está entrando en su poder. No la matará. Ni jamás influirá en su corazón. Confía en eso".

"No", respondió Vamilion rotundamente. "¿Dónde está ella?"

Owailion miró los escombros que se deslizaban por las escarpadas laderas en las que se balanceaba bajo la palpitante ira del Rey de las Montañas. Entonces el Rey de la Creación miró hacia arriba y dijo rotundamente las palabras para encender un infierno.

"No te lo diré".

La ira de Vamilion estalló en su compañero antes de que ninguno pudiera siquiera considerarlo. No quedaba lógica en el interior. Y la negativa de Owailion a dar una respuesta simple parecía tan arbitraria y ridícula que no tenía ganas de razonar. Los instintos del Sabio de Vamilion huyeron ante la simple rabia humana. ¿Era eso lo que quería Owailion? Bueno, lo tendría.

La tierra tembló y ambos hombres se deslizaron hacia abajo, en lados separados de la escarpada cresta del pico recién cortado. Instintivamente, Vamilion hizo que su pico surgiera de la nada y lo golpeara contra la pared rocosa mientras caía, pero la magia del Talismán se iba a romper y los quince metros de piedra sobre él comenzaron a desmoronarse. Con un empujón mental empujó el peso hacia el otro lado, hacia la dirección en la que Owailion estaba cayendo y se desmoronó como una lluvia de piedras por el lado norte. Por su parte, Owailion no se tomó el ataque a la ligera. Una tormenta se formó en lo alto mientras Vamilion luchaba por permanecer en la pared del acantilado y un rayo lo golpeó antes de que pudiera recuperarse y lo liberó. Desesperadamente, Vamilion lanzó sus pensamientos a otra montaña, en el lado lejano del continente y se movió allí.

Agotado y amargamente frío, Vamilion contuvo el aliento y luego lanzó una poderosa ola de pura magia a Owailion, esperando que lo golpeara desde la montaña lejana, pero la ola falló cuando Owailion desapareció. El ataque chocó violentamente con el pico, dejando a Vamilion sacudido por el dolor de la montaña, y perdió el rastro de su oponente en los escombros de piedra. El Rey de las Montañas se sintió incómodo ocultándose, pero no sabía de dónde vendría el próximo ataque, por lo que seguía pasando de un lugar a otro y las nubes de tormenta y los relámpagos lo seguían en cada salto. Luego se escondió en una de las minas más profundas donde se había descubierto hierro en lugar de los diamantes que se esperaban y los hombres habían abandonado la excavación. En cambio, encontró allí nuevos mineros y se mezcló con ellos durante unas horas. Eso le dio a Vamilion tiempo suficiente para pensar en lo que había sucedido.

Por un lado, Owailion sabía que esto lo pondría al límite, pensó Vamilion, exigiendo una batalla. Los sabios no debían perder los estribos. La magia requería que fueran personas decentes y amables y ser impulsados a la intensidad de una pelea completa requería un gran detonante. Y Owailion había querido una pelea. ¿Por qué? ¿Qué estaba tratando de demostrar? ¿Era el asesinato la intención? Más como un suicidio. Ninguno de los dos podía matar al otro... Bueno, eso no era cierto. La única forma de matar a un Sabio Sentado era ordenarle que muriera. Como no conocía el verdadero nombre de Owailion, era imposible usar ese medio para matarlo, pero eso no impedía que Owailion le hiciera lo mismo. Y, sin embargo, no lo había hecho. Solo lo había llevado a una rabia asesina. Si el Rey de la Creación estaba tratando de suicidarse, esto parecía una forma loca de hacerlo.

Pero aun así se lanzaron golpes el uno al otro desde la distancia, negándose a hablarse y explicar lo que estaba pasando. Podrían acabar destrozando el mundo, pero seguirían vivos, de pie en medio de las ruinas. No muy sabio de los Sabios. Sobre todo, Vamilion simplemente quería una respuesta: ¿Dónde estaba Gailin y por qué Owailion permitiría que la usaran tan horriblemente?

Trató de localizar a su enemigo nuevamente en algún lugar de la Tierra, pero el solo hecho de alcanzarlo alertó a Owailion de su ubicación. Presa del pánico, Vamilion gritó sobre un derrumbe y consiguió que sus compañeros mineros salieran corriendo de los túneles. El soplido de Owailion golpeó y todos los hombres se apresuraron a salir de la entrada en pánico y luego miraron con asombro a Vamilion. Varios de estos hombres lo reconocieron de otras épocas en que había estado en las minas, pero ahora comenzaron a verlo como un salvador, el santo patrón de los mineros de todo el mundo. Vamilion se sintió avergonzado, pero cuando llegó otro golpe y un rayo cayó sobre la pared rocosa sobre la entrada de la mina, desapareció abruptamente en lugar de atraer más peligro a los hombres y eso no ayudó a la imagen recién formada de él.

A continuación, Vamilion se refugió en su nueva isla, Gardway. Quizás Owailion no había descubierto la nueva adición al mapa y el trueno del volcán aún activo enmascararía los pensamientos retumbantes que aún albergaba Vamilion. Descansó y se recuperó en las aguas termales de nuevo, pero también le preocupaba que lo sancocharan con un rayo bien colocado, por lo que no se quedó mucho tiempo. Finalmente, después de tres días de lucha exhaustiva, Vamilion regresó a su montaña más nueva y esperó a que Owailion lo encontrara allí. Ojalá pudieran terminar su discusión y hacer algo para ayudar a Gailin.

No iba a ser así. Owailion, con su don de viajar instantáneamente, no tenía que aparentar hacer su magia. En lugar de eso, Vamilion se sintió arrancado de la cima de la montaña y arrojado violentamente por el aire. Apenas tuvo tiempo para pensar antes de que lo golpearan en medio de las llanuras, a cientos de millas de la montaña más cercana. Allí, Owailion lo dejó caer como una piedra. El aterrizaje arruinó el suelo debajo de Vamilion y perdió el conocimiento por un tiempo. Y cuando recobró el dolor, lloró de cansancio y frustración. Tendría que enfermarse terriblemente o empezar a caminar para salir de este lugar. Y arriba, las tormentas eléctricas de Owailion esperaban.

Vamilion yacía de espaldas, dolorido por todas partes y miró hacia la pensativa tormenta. Entonces se le ocurrió que podía quedarse allí tumbado y se negó a luchar más. Tendría que convertirse en un montón de piedra aquí, un montón de piedras en la hierba antes de encontrar las respuestas. Y eso fue lo que hizo. Un montón de piedras en medio de la hierba agonizante del invierno reemplazó su cuerpo y Vamilion se durmió, tal vez para siempre.

13

REBELIONES SECRETAS

*D*rake insistió en que siguieran moviéndose, independientemente del hecho de que en Meeting habían regresado a las líneas ley, la caída había descendido y las montañas que temía seguían adelante. Gailin tuvo que aceptarlo, a pesar de que le resultaba difícil hacer algo en ese momento. Casi se derrumba sobre sí misma, con su magia lo único que le quedaba para recordarle que era humana y no un objeto. Obedeció las instrucciones de Drake de dirigirse hacia el norte, siguiendo el ramal apropiado en el río Laranian, pero un esclavo tenía más libertades y vivacidad. No pudo evitarlo la mayor parte del tiempo y cuando llegaron a las montañas, alejándose de la mayoría de las aldeas, se sintió más abatida. Perdió la esperanza de que tal vez en la Gran Cadena el Rey de las Montañas la encontrara. Mientras se escondían entre los pasos, Drake los mantuvo invisibles y a ella miserable.

No ayudaba que Drake insistiera en intentar tener al bebé todas las noches y ella vomitara todas las veces después. Los recuerdos reptilianos y su constante toque drenante la repugnaban. Drake tomó esto como una buena señal, sospechando náuseas matutinas, pero ella lo sabía mejor. Él le dio náuseas y ella no podía soportar su olor, o quitarse la sensación de su cuerpo. Se lavaba en el río casi frenéticamente y lloraba en el agua con dolor por su propia esencia. Ella ya no era Gailin.

Oh, ella sabía que había chicas en todas partes que terminaron en matrimonios sin amor o se vieron vendidas por sus padres como parte de un trato comercial, pero nunca pensó que terminaría de esa manera. Originalmente había rechazado a Jonis debido a esa perspectiva; matrimonio por deber, no por amor. Pero esto era diferente. Ella una vez que imaginó que con magia podía hacer cualquier cosa, y se aferró a la esperanza de que un amante predestinado la aguardara. Vamilion, su caballero de brillante armadura, iba a venir a rescatarla tan pronto como Paget muriera, o cuando encontrara una manera de matar a Drake. Pero Vamilion nunca vino.

Y a medida que los días se convertían en semanas, su resentimiento por la magia crecía con cada paso. Al principio dirigió su ira y disgusto hacia adentro y luego reconoció que eso la conducía a una depresión peligrosa. Los cuentos de la Reina de los Ríos resonaban en los sueños de Gailin por la noche. Parte de ella consideró en silencio usar la magia de nombres en sí misma para escapar de esta miseria. Eso llevó a la inestabilidad en su magia, descubrió. No podía conjurar con mucha precisión. Dado que su supervivencia dependía de su capacidad para proporcionar comida, ropa y refugio a medida que descendía el clima húmedo, esta actitud se volvió peligrosa. Tampoco podía soportar escuchar los pensamientos de Drake, así que cuando se volvió volátil, no fue advertida ni preparada y, en lugar de difundir sus ansias de muerte, casi cedió a ignorarlos. Podía desconectar sus terribles pensamientos siempre que él no actuara en consecuencia. Si él hablaba en voz alta sobre ir tras otra alma, ella diría algo, pero de lo contrario no se animaría a objetar. Y casi se había olvidado de las almas que se había llevado. Ahora no podía entrar en su mente por la noche debido a la prohibición de usar magia en él, pero cuando se olvidó de las almas que necesitaba rescatar, eso debería haber sido alarmante. Sin embargo, no lo fue.

En lugar de caer en la depresión interna, Gailin comenzó a

enfocar su malestar y su ira hacia afuera; hacia Owailion, alguien a quien no había conocido pero a quien realmente podía culpar por su situación. No había sido Vamilion quien había sugerido que respondiera a los avances amorosos de Drake, sino Owailion. Él era quien quería que ella alejara a Drake de las líneas ley. Algo más debe haberle sucedido a Vamilion, se convenció a sí misma. No la habría dejado en las manos húmedas de Drake. Si lo supiera, seguramente el Rey de las Montañas le habría escrito. Habría leído el libro, habría visto su desaliento y le habría enviado un mensaje o habría encontrado una manera de demostrarle que todavía estaba en sus pensamientos. Owailion debe haberlo bloqueado o haber encontrado una manera de evitar que Vamilion viniera a rescatarla.

Su única luz brillante fue su curación. Siempre que llegaban a un pueblo, Drake le permitía encontrar al sanador en el pueblo y ofrecerle sus servicios. No podía hablar de magia con quienquiera que se encontrara y no tenía esperanzas de enviar un mensaje, pero le levantó el ánimo. Y en un pueblo, la anciana que actuaba como curandera del pueblo le habló con dulzura sobre un boticario que vivía junto a un enorme lago llamado Ameloni al otro lado de las montañas y le sugirió que fuera allí para reponer sus provisiones de hierbas. Drake no estaba al tanto de esta pequeña conversación y, por lo tanto, cuando ella siguió caminando hacia el norte, incluso cuando el río se agotó en el paso, y abrió el camino hacia el otro lado, él no se opuso.

El lago Ameloni llenaba las llanuras al otro lado del paso de montaña y la primera nieve descendió justo a tiempo para animarlos a encontrar a este boticario tan cacareante. Una sola cabaña cerca de la orilla y los restos de un jardín de hierbas en el exterior le dijeron que podría estar en el lugar correcto, pero Gailin se atrevió mucho y presionó su mente para ver con qué tipo de persona se iba a encontrar. Un caballero, solo pero no solo, encontró sus pensamientos y con alivio pudo oler mágicamente una amplia gama de especies, hierbas y otras plantas en su cabaña. Este era el boticario que esperaba conocer.

"No hables, Gailin. No hagas magia", le advirtió Drake, porque rara vez la dejaba hablar con alguien por si fuera alguien que supiera magia. Hacía mucho tiempo que había dejado de luchar contra la magia del nombre que se le había impuesto y simplemente asintió. En realidad, solo tenía curiosidad y esa parte de ser una Sabia no había muerto con todas las demás partes de ella. Ser sanadora, querer aprender más y tratar de expandirse más allá de los límites de su matrimonio con Drake le dio esperanza.

Era sólo media tarde, pero el sol ya estaba bajando cuando Drake llamó a la puerta del boticario. El hombre tardó un buen rato en llegar a la puerta y Gailin sintió que tenía que salir del sótano, donde tenía una habitación tranquila, fresca durante todo el año, para guardar sus mercancías. Cuando llegó a la puerta, el caballero pareció sorprendido. Un caballero mayor con cabello canoso y manos enormes, parecía una persona sencilla y tosca que parecía que veía quizás a cinco personas al año dada la ubicación rústica y difícil de alcanzar. Su barba, sin recortar, y su ropa de cuero daban testimonio de su rudo estilo de vida. Llevaba un delantal de cuero, guantes de trabajo y una mirada de sorpresa, pero los saludó bastante bien.

"Oh, estaba esperando a un cazador", dijo alegremente. "¿Cómo puedo ayudarles?"

"¿Es usted el boticario?" Drake hizo un prefacio. "Nos enteramos de usted en una de las aldeas al otro lado del paso".

"Sí", asintió con la cabeza, dándole a Gailin una mirada extraña, porque ella mantuvo la cabeza baja, de pie humildemente detrás de su esposo, sin atreverse a hacer contacto visual. "Proporciono hierbas y cosas similares en esta área. ¿Necesitan algo?"

"Mi esposa aquí tiene interés. Estamos de viaje y necesitamos reponer sus suministros", respondió Drake.

El boticario los invitó a su casa, que parecía completamente dedicada a su trabajo. La mesa, el hogar, todas las superficies planas e incluso su cama escondida en un rincón, estaban cubiertos de botellas, hojas, cuencos y polvos de su oficio. La desordenada y abrumadora exhibición de riqueza medicinal hizo que los ojos de Gailin se agrandaran.

"Dile al hombre lo que necesitamos", ordenó Drake y ella

comenzó. El boticario la miró, todavía preocupado, aunque se recuperó bastante bien al encontrar un trozo de cuero y un trozo de madera chamuscada con la que escribir. Apartó un mortero vacío para hacer una superficie de escritura y miró hacia arriba, preparado para hacer una lista.

Por fin se apagó una luz en la mente de Gailin. Podría tratarse a sí misma por su depresión. Las cosas que ella necesitaba también serían una advertencia para este hombre si supiera algo sobre las hierbas y los suplementos que vendía. "Necesito espinacas secas, aceite de pescado, hipérico..."

Obedientemente, el boticario anotó todos estos elementos, asintiendo con la cabeza en su comprensión. Cuando agregó algunas cosas que legítimamente necesitaban, como el jengibre y el ajo, él miró hacia arriba y ella lo miró de frente, mostrándole que no estaba necesariamente intimidada por su esposo y que en algún momento ella tenía una mente propia.

"Bueno, tomará un poco arreglar esto, pero lo tengo todo aquí en alguna parte", murmuró el Boticario. "¿Pueden esperar aquí un rato?"

Sin detenerse a recibir la respuesta, el boticario bajó a la tranquila habitación del sótano y dejó a Gailin y Drake arriba en el caos. Sin pedir permiso, ella comenzó a clasificar visiblemente lo que veía y con asombro reconoció cómo un poco de organización mostraría realmente lo que tenía este hombre. Nunca había visto una variedad tan amplia de necesidades curativas. Encontró botellas y corchos, mortero y majadero, hojas secas de todas las variedades tiradas al azar por la habitación y no pudo resistir. Ella comenzó a organizarlo todo.

Junto las hojas similares y encontró un cordel en el alféizar de la ventana para atarlas en un manojo. Recogió botellas vacías y comenzó a verter polvos molidos en ellas. Un olfateo o un breve bocado le indicaban exactamente qué hierba medicinal había encontrado y buscó el sistema de etiquetado del boticario. Ninguno parecía en evidencia, así que volvió a mirar a Drake. No se opondría a que ella ayudara mientras la magia no estuviera en evidencia. Sacó su libro y su lápiz y comenzó a cortar una página en pequeñas tiras de papel.

Drake parecía disgustado y aburrido. No había querido venir aquí, pero asintió con aprobación cuando su labor de limpieza logró despejar la única silla en el lugar y él pudo sentarse. No se molestó en ofrecerse a ayudar y en cambio se limpió las uñas con el cuchillo de su cinturón, prestando poca atención a sus acciones. ¿Podría enviarle un mensaje al boticario? No requeriría magia y ella no estaba "llamando" a nadie. Con cuidado, en la botella de semillas de alcaravea que estaba etiquetando, escribió una segunda palabra. "Ayuda". En la siguiente, escribió "Reina de la curación" en lugar de las palabras que le correspondían. En la siguiente, escribió "Magia de Nombres" y luego lo reconsideró. Un simple boticario no sabría nada de magia o de su situación. Sin embargo, algo subversivo se despertó en ella y terminó etiquetando cada botella con un mensaje para alguien. Solo tenía que esperar que Drake hubiera sido honesto cuando dijo que no podía leer el idioma de la Tierra.

Cuando escuchó al boticario subir pisando fuerte por la escalera desde su habitación tranquila, se detuvo. El anciano levantó la trampilla del suelo y jadeó. Se las había arreglado para abrirse camino a través de la mitad de la habitación e hizo que su cama fuera habitable junto con la silla y parte de la mesa. Torpemente terminó de escribir en una etiqueta final, la ató al corcho y luego puso la botella en su manto donde había estado almacenando sus medicamentos recién organizados. Sin mirar el rostro aturdido del boticario, Gailin recogió los cuencos ahora vacíos, los puso en su tina de lavado y luego se volvió hacia él.

"Eres una enviada de Dios", comentó el Boticario con una risita. A pesar de que tenía las manos ocupadas con sus compras, comenzó a explorar su sistema de etiquetado y su trabajo manual. Gailin observó cómo el anciano leía una etiqueta y se congelaba un poco cuando le llegaba el verdadero mensaje. En lugar de canela, como debería haber puesto en el frasco, había puesto "cuéntale a alguien". El boticario pasó a la siguiente botella y leyó allí, entendiendo el punto con bastante rapidez.

Luego se volvió hacia sus clientes como si no hubiera nada raro en sus botellas. "Esto es maravilloso. Si puedes quedarte, te los daré gratis y podrás terminar el trabajo. La habitación de destilación está peor, créeme". Luego dejó todas las bolsitas y algunas botellas de artículos líquidos que había preparado para ellos.

Gailin no se atrevió a mirar a Drake, porque entonces él sabría que ella quería quedarse en este maravilloso lugar, explorando las hierbas y dejando pequeños mensajes. Se miró las manos y les ordenó que no temblaran. Finalmente se había liberado un poco y la perspectiva de más órdenes que obedecer, creó una rabia contra la magia de nombres que no podía contener. Oh, si pudiera hablar.

Drake habló por ella. "No, debemos irnos. ¿Cuánto le debemos?" Luego, para poner énfasis en su decisión, Drake agregó en privado a ella sola. "Tengo suficiente hambre para matarlo, Gailin, así que no hagas una escena".

Ella asintió con cuidado y no miró hacia arriba.

"No me debe nada, señor. Su esposa ha hecho más que el pago por las medicinas. Y si me deja, tengo una cosa más para ti". El boticario encontró una bolsa de cuero en el lío que Gailin aún no había alcanzado, metió las compras en la bolsa y luego agregó un pequeño mortero que puso directamente en las manos de Gailin. Ella miró hacia el cuenco de piedra y encontró algo más en el fondo. No se atrevió a reaccionar ni a mirar de cerca para ver lo que había añadido. Habría tiempo después para saberlo.

El boticario los acompañó hasta la puerta y se marcharon con un gesto, una sonrisa y una invitación a regresar cuando estuvieran cerca del lago Ameloni. Y mientras caminaban hacia el crepúsculo, Gailin hizo un alarde de poner los medicamentos recién adquiridos en su bolso. Entonces finalmente pudo sentir lo que él le había dado dentro del mortero.

Un pequeño colgante, de plata y perla, con un lirio estilizado tallado en el metal. Con un esfuerzo, Gailin resistió la tentación de mirarlo de cerca, pero ahora se dio cuenta de que había encontrado algo de lo que no creía que sería capaz mientras estaba en las cadenas de la magia del nombre de Drake; un colgante, la llave para abrir su palacio, que le entregó su futuro portero.

Gailin sonrió en rebelión secreta y siguió a su esposo de regreso por el paso y hacia las montañas.

Dos meses después, Gailin miró el palacio y no podía respirar. Brillaba bajo el sol poniente de invierno, resaltando las paredes de mármol blanco talladas con graciosas escenas en bajorrelieve de bosques y lirios. Las vidrieras y la nieve la cegaron con luz dorada y lavanda.

Deseaba apasionadamente poder ver este lugar en el verano, con ricos jardines no enterrados bajo la nieve o el frío del invierno acercándose a ella, pero no obstante, conocía su hogar. En privado, trató de no parecer encantada, pero para no molestar a Drake no dijo nada y mantuvo los ojos en el edificio en sí.

"¿Qué está haciendo aquí en medio de este pequeño y estrecho valle? Es indefendible", comentó Drake detrás de ella mientras salían del paso.

"No todo se trata de la guerra o la defensa", comentó Gailin, dejándolo pasar de largo y así ella pudiese seguir admirando la vista. Además, temía que su pendiente recién adquirido realmente abriera el lugar a pesar de que no había completado sus tareas de búsqueda. "Este lugar está lo suficientemente lejos de la gente para estar en paz sin importar lo que suceda en el resto del mundo. No estaba destinado a ser una fortaleza, sino un oasis".

Su esposo se quejó en privado por ese comentario, pero no se opuso a la idea de quedarse en un cálido salón esa noche, ya que habían estado escalando las montañas durante dos meses y eso lo ponía nervioso. Este era el territorio del hombre de la montaña y se sentía expuesto especialmente con las paredes de la montaña circundante, a pesar de su renovado acceso a las líneas ley. El hechizo de invisibilidad que Drake mantenía en sus movimientos requería mucha energía y mientras el lugar estaba erizado de poder y él tenía a Gailin para sostenerlo, Drake no podía evitar pensar que las montañas lo estaban mirando.

"Entonces, ¿podemos entrar?" Preguntó Drake. Pero justo cuando dijo las palabras, se estrelló de cara contra una pared invisible a quince metros de la pared real del palacio, cerca de donde la tierra se nivelaba y comenzaban los jardines cubiertos de nieve. "Maldita sea, es como antes, cuando la Tierra estaba sellada. ¿Por qué está sellado para ti si este es tu palacio?"

Gailin se acercó al sello y colocó su mano suavemente contra la barrera invisible. Aún no estaba abierto para ella, se dio cuenta con alivio. Encontraría una manera de mantener a Drake fuera de su palacio, incluso si eso significaba no entrar nunca ella misma. Mientras estaba especulando, tuvo que responder algo. "Te lo dije, como Sabia, hay ciertos deberes y habilidades que debo aprender antes de poder ocupar mi lugar aquí".

La impaciencia inherente de Drake se expresó en un bufido. "Parece un desperdicio. No son gobernantes y apenas usan la magia que tienen. ¿Por qué la ropa elegante y las casas reales si no estás actuando realmente como una reina? ¿Y ni siquiera te dejarán entrar...? ¿Quienesquiera que sean 'ellos'?"

Gailin miró a su marido con una mezcla de piedad y resignación. A menudo había tratado de explicar al menos lo que entendía de sus deberes y los límites éticos de ser una Sabia, pero a Drake no le parecían más que obstáculos, destinados a ser derribados o ignorados. En su viaje a las montañas dos veces más, ella había sentido la compulsión de ir a ayudar a alguien con el que se cruzaban en los pueblos que bordeaban el río y, aunque él no le había prohibido ayudar, Drake también la había visto sanar con profunda sospecha. Había curado una fiebre desenfrenada con un toque y había ayudado a disminuir las terribles cicatrices de un niño que había caído en un incendio. Ella usó activamente su don de la magia, así como su conocimiento de las hierbas y medicinas importantes para hacer su trabajo y todos los que presenciaron su curación reconocieron que era magia.

Y esta vez no había habido ni pío sobre colgar a una bruja. Drake no había comentado pero luego expresó su decepción.

"Lástima que no puedas hacerte eso a ti mismo", había murmurado, sin querer realmente que lo escucharan, pero de todos modos sucedió. El hecho de que ella todavía no hubiera aparecido embarazada lo irritaba y se estaba volviendo cada vez más impaciente. Como estaban siguiendo sus instintos hacia las montañas con la llegada del invierno profundo, había esperado encontrar un lugar cálido para trabajar realmente en ese aspecto de su plan.

"No sé por qué tenemos los grandes palacios", respondió Gailin al comentario olvidado hace mucho tiempo. "Supongo que impresiona a gente como tú. No confiabas en mí hasta que me puse esa ropa elegante. Otros como tú, al ver a un Sabio en el palacio, podrían tomar nuestra magia un poco más en serio".

"No lo creo, a menos que estuvieran fuera de las líneas ley. Hay tres que pasan a veinte millas de aquí, ¿lo sabías?"

"No", le recordó, "no las siento".

"Bueno, yo sí y han hecho de este un lugar maravilloso para construir una cabaña y pasar el invierno. Esto lo hará". Drake dejó caer su bolso y por el conjunto en su cuerpo, ella supo que él tenía la intención de quedarse, sin importar la compulsión que sintiera, lo que significaba que tenía que quedarse allí con él. Con un suspiro, Gailin dejó su propio bolso y se subió las mangas del abrigo. A pesar de querer mantener en secreto algunas de sus habilidades, finalmente le había admitido a Drake que podía conjurar mucho más que agua o se habrían muerto de hambre. El conjurar les permitió alimentarse en estas frías montañas y su ropa más abrigada había sido suficiente para impresionar a Drake, quien no parecía ser capaz de hacer realidad más que las cosas simples. Se ocupó del fuego, el viento y elementos simples como una daga de acero y cosas así. Era su responsabilidad crear comida y refugio todas las noches. Ahora parecía que no tenía intención de salir de este valle mágicamente rico hasta que llegara la primavera.

Sin muchas ganas, Gailin barrió la nieve del suelo en un

cuadrado lo suficientemente grande como para construir una pequeña cabaña. Las piedras del río comenzaron a levantarse de la tierra congelada y se apilaron en una base del suelo y luego comenzaron a formarse tablones y paredes. Odiaba agregar algo a este lugar perfecto, pero sabía que recibiría órdenes si no lo hacía de buena gana.

Mientras trabajaba, Drake la miró con posesivo regocijo. Ella no luchó mucho con él externamente cuando se trataba de magia; todavía usaba su nombre a diario para reforzar las órdenes originales que le había dado, pero ella también permanecía en silencio con la mayoría de sus otros deseos. Él quería a ese hijo y ella se vio obligada a permitirle intentarlo. Aparte de eso, había poco de qué hablar y prefirió ignorarla como lo haría con un caballo o sus botas; necesario y útil pero poco más. Esto significaba que no estaba obligada a explicarle otras cosas como compulsiones, Talismanes o Vamilion y el libro. Esas cosas todavía las guardaba cerca de su corazón con la esperanza de que algo cambiara. Ahora que tenía un poco de esperanza de que el boticario difundiera su mensaje, el silencio le resultaba más fácil de soportar.

En algún lugar de su interior podría haber perdido la esperanza por un tiempo. Seguramente Vamilion la estaba buscando ahora, pero no había nada nuevo en el libro y ninguna señal de que alguien quisiera encontrarla. Esto le dolía, pero por lo que sabía, la invasión de la que hablaba Vamilion había llegado y él tenía otros deberes. Ella miraba a diario y escribía a menudo sobre sus pensamientos cuando tenía la oportunidad, pero Drake exigía ver lo que ella escribía a menudo. El libro que había utilizado como texto de anatomía y para registrar sus observaciones en hierbas ahora también se había convertido en un diario. Usó un hechizo de invisibilidad durante bastante tiempo de lo que escribió, pero siempre tenía algo inofensivo que mostrarle a Drake si se lo arrebataba de las manos inesperadamente. Su impaciencia lo llevó a irrumpir en momentos inoportunos. ¿Esperaba noticias de estos invasores y no las había escuchado? Bueno, entonces ambos esperaban a alguien que no vendría.

Debido a que era obvio que ella no iba a quedar embarazada instantáneamente, Drake había insistido en que siguieran moviéndose, agotándose y viviendo al borde de las áreas pobladas, como si tuviera miedo de ser descubierto. Y exigió una explicación de por qué ella aún no estaba embarazada.

"No sé por qué", respondió con franqueza. "No he estudiado el cuerpo femenino con mucho detalle como estudiamos a un hombre en el verano. No se ha presentado y..."

La interrumpió con una amenaza. "Entonces tendré que conseguir un cuerpo femenino para examinar y así descubrirás qué te pasa".

Media docena de comentarios groseros pasaron por la mente de Gailin, a salvo detrás de sus escudos, sin pasar por sus labios. En cambio, habló con un tono mesurado, peligroso y amenazador. "Si matas a una pobre mujer para traerme un cuerpo, te juro que no te ayudará a entender ni a conseguir a tu hijo". Para enfatizar su punto, ese juramento la puso en su impresionante atuendo, completa con una cálida capa de piel blanca para complementar el clima gélido. "La magia de nombres no puede 'ordenarme' que entienda lo que no quiero entender".

Drake tuvo que considerar sus palabras durante unas horas antes de abandonar el tema, aunque nunca admitió que ella tenía razón. Afortunadamente ya habían abandonado las zonas más pobladas al pie de las montañas y las mujeres en edad fértil eran pocas. Si lograba encontrar a alguien que ya estaba muerto, Gailin habría cumplido su promesa aunque solo fuera para obstaculizarlo. Ella no era la que quería tener hijos y, en este punto, la idea de traer un hijo a esta relación tóxica y peligrosa parecía temeraria. Con cada oración por su propio rescate, también anhelaba no quedar embarazada. Sabía de hierbas que lo evitarían, pero no podía romper la compulsión lo suficiente como para prepararse un té para ella. Él le había ordenado que le diera un hijo. Quizás las oraciones fueran tan efectivas como las hierbas. Todos los meses, cuando llegaba su ciclo, sonreía en privado y esperaba que su suerte se mantuviera.

Ahora, el invierno en su cabaña mágica se extendía eternamente. Encerrada con Drake, sin nada que hacer más que sentir la tensión interminable de su impaciencia casi la volvía loca. El constante y glorioso recordatorio de que era su castillo se erguía como la lápida de mármol de un gigante justo fuera de su puerta. Quería irse: ir a caminar por la nieve, explorar el valle, aprender las plantas de la zona, escalar una montaña solo para ver algo nuevo, pero cada vez que ella lo sugería o intentaba irse, Drake quería volver a intentarlo por el bebé. Los días se convirtieron en semanas, y luego en meses y la nieve se hizo más profunda. Para mostrar su inquietud y solo para irritarlo, Gailin tejió cosas de bebé con lana conjurada que hilaba entre sus dedos. Por su parte, Drake cortó púas que clavó en la nieve como trampas ocultas. El invierno se sentía como si nunca iba a terminar.

Entonces, una noche, tuvo otro sueño trascendental. El mismo cayó como la lluvia que derretiría la nieve penetrante en su mente y lavaría todo. Se sentía limpia de nuevo después de meses con las manos húmedas de Drake alrededor de su cuello y quería aferrarse a él. En su sueño, se paró en el pórtico de la cabaña mirando hacia la noche hacia las cimas de las montañas, sin atreverse a bajar el escalón hasta el suelo porque Drake la llamaría. En su lugar, tomó la bolsa invisible que guardaba sobre su hombro donde escondía su libro, la vela que no tenía ningún propósito, el colgante y la Piedra del Corazón. Por alguna razón, su mano encontró la vela y la sacó. Con un pensamiento, la encendió mágicamente y luego la sostuvo en alto contra las estrellas invernales. No sabía por qué, pero su deseo de ver esa vela y conocer su propósito ahora se convirtió en una compulsión mágica. Ella susurró una cosa en la noche.

"Rompe las líneas".

14

CUERPO ROTO, MENTE VACÍA

*D*espertar podría ser una mala palabra para lo que hizo que el cúmulo de piedras se agrietara. Las ideas penetraron en la piedra de la mente de Vamilion y comenzaron a derretir la escarcha en sus huesos, pero él volvió a la consciencia. Y estas ideas no habían surgido de largas cavilaciones, porque no se había dado cuenta durante su hibernación. Por todo lo que sabía, Owailion aún permanecía fuera de las piedras listo para hacerlo escombros, pero estas ideas llegaron y lo acosaron hasta que cedió y comenzó a pensar.

Gailin, sabes su nombre. Nunca juraste no usar su nombre de esa manera. Está mal tener un control tan absoluto sobre alguien, pero ¿no hay un momento para usarlo? Owailion lo usó contigo. ¿Eso lo justifica? La segunda idea de Vamilion surgió de eso. No querrás llamarla porque podrías ser percibido como una necesidad, pero al menos escúchala. No has utilizado la tableta. La destruiste en tu miseria e ira. Eres un tonto, pero tal vez puedas restablecer la conexión con el libro y puedas saber de esa manera dónde está ella.

Luego recordó la última vez que había leído un mensaje de su libro, antes de que se la llevaran. Estaba tan emocionada por encontrar ese maldito mapa con sus líneas ley. Ese recuerdo lo asombró, porque ni siquiera había recordado algo que ella había mencionado. Gailin lo había escrito sólo de pasada: sobre el mapa de líneas ley y cómo podría ser posible volver a romper las líneas ley en la tierra y despojar a estos invasores de la magia que se basaba en la magia de las líneas ley en la superficie. ¿Por qué no había pensado en eso?

Porque eres un tonto, se volvió a decir a sí mismo. Dejas que tu preocupación y enojo por ser manipulado abrumen tu sentido común. Owailion arregló que Gailin fuera manipulada a propósito y solo querías descubrir por qué había desaparecido en lugar de depender de tu vínculo con ella. Solo porque conoces mejor a Owailion y quieres entenderlo, ignoraste todo lo que pudiste haber aprendido de ella. Llámala.

Si la llamo, la veré. El vínculo se convertirá en una compulsión. No podrás escapar de amarla, se advirtió. Sigues siendo un tonto, pensó a continuación. El vínculo ya está confundiendo tu mente. Necesitas que esté a salvo y esa es la primera y única prioridad. De modo que la miseria de un corazón partido dura veinte años más. Qué con eso. Vas a tener que mirarla a los ojos eventualmente. Ahora es mejor. ¿Y Paget? ¿Qué pensará ella?

"Olvídala, tonto", retumbó la voz mental de Owailion, interrumpiendo los pensamientos dispersos de Vamilion. ¿Había estado el Rey de la Creación flotando allí fuera del alcance del túmulo durante meses, esperando que su despertar le diera ese mensaje familiar?

"Aléjate de mí a menos que tengas algo que valga la pena decir", respondió Vamilion y luego bloqueó más interrupciones. Quería pensar por sí mismo, pero odiaba que Owailion tuviera razón. Necesitaba olvidar los sentimientos de Paget por el momento y trabajar para ayudar a Gailin. Y eso significaba llamarla con magia de nombres.

Sin una idea real de cómo funcionaría, Vamilion se sacudió la petrificación de sus ojos y descubrió que podía ver el cielo aunque aún no había logrado moverse. El olor de la primavera había llegado a las llanuras y quería considerar las nubes y el calor que comenzaba a infiltrarse lentamente en su lecho de piedra. Luego, con un tremendo esfuerzo, intentó moverse. Y descubrió que no podía.

El dolor recorrió su cuerpo como si una avalancha de piedras lo hubiera golpeado de una vez y lo hubiera enterrado nuevamente. Dentro de la agonía, Vamilion logró dominar la magia para volverse completamente humano nuevamente y luego trató de mover sus piernas. Nada funcionaba. Podía mover los brazos un poco y trató de levantarse, pero una segunda ola de tortura bajó por su columna y se derrumbó de nuevo. Un poco debajo de su pecho no encontró nada que funcionara. Podía sentir un poco, pero eso podría ser su imaginación. ¿Estaba paralizado? ¿Había quedado tan dañado por esa caída? El pensamiento lo horrorizó. Sabía que como Rey Sentado no podía morir, pero nada en el espíritu del Sabio decía nada sobre vivir una eternidad como inválido. Vamilion dejó que el tormento resonara en el valle de su mente mientras este pensamiento se estrellaba contra él. Luego, sin querer, convirtió estos increíbles dolores en otra cosa. Sintió que la tierra comenzaba a temblar debajo de él.

La presión para elevarse comenzó a hacer temblar el suelo y Vamilion obligó a su mente a hundirse en las entrañas de la tierra, esforzándose por que algo encajara en su lugar. Un terremoto le recorrió la espalda y las dos piezas se presionaron y tensaron una contra la otra, a punto de moverse con devastadoras consecuencias. Sintió la rotación de la tierra mientras las nubes pasaban descuidadamente por encima de su cabeza. Su aliento se transformó en viento y sus dedos tocaron la piedra y el lecho de roca. Sintió el núcleo fundido de la tierra debajo y luego, con un rugido, abrió la tierra.

¿Romper las líneas ley? Las imaginó como ríos que fluyen sobre piedra desnuda, más allá de costuras y grietas, pero atadas al lecho de roca en el que se apoyaban. Expandió su mente a los límites de la Tierra; a Jonjonel en el noroeste, a Tamaar en el suroeste, al lago de niebla sin nombre en el extremo noreste y el bosque de Don en el sureste. Sintió el gran plato de la placa sobre el que crecían sus montañas. Eran los diamantes que rodeaban el elegante cuello de la Tierra y la conocía íntimamente. Y él la rompería. Como un huevo abriéndose, apretó, sintiendo el magma rezumar a través de sus dedos. La roca gimió en protesta. Cientos de terremotos sacudieron las aldeas y aparecieron grandes grietas en la superficie que se tragaron las nieves invernales restantes. El mar se alejó de las costas y luego se lavó, llenando los deltas pantanosos con sal y matando el suelo allí.

Pero la luz azul de la magia que fluía y tentaba a los magos forasteros se hundía en las grietas que él creaba. Su magia había alterado la piedra tan profundamente que el poder se aferró, trepando para permanecer en el lecho de roca. Vamilion no escuchó su voz. Derramó magia ley como hielo sobre las brasas del corazón palpitante del mundo, donde humeó instantáneamente, se unió al núcleo y se convirtió en algo para alimentar la magia del pozo de los Sabios. Disfrutando del calor de la magia del pozo, su mente se estiró hacia atrás sobre sus dominios, buscando cualquier lugar donde la magia hubiera fluido y no encontrara nada. Todo había sido abierto y derramado, el alma de la magia maligna. Los forasteros tendrían que traer su propio poder para ejecutar sus hechizos aquí para siempre. Luego, Vamilion selló pesadamente las grietas y curó las cicatrices de sus manos desgarradas, alisando las piedras nuevamente, dejando que la Tierra reverbera como una campana un poco más hasta que se quedó quieta y se recuperó.

Cuando volvió a ser consciente de su cuerpo maltratado, Vamilion escuchó que su respiración se había vuelto superficial. Dudaba que pudiera conservar la conciencia. La agonía de la Tierra por tal desgarro había viajado por su espalda y sintió por un momento como si se hubiera desquiciado. El zumbido en sus oídos sonaba como un vapor sibilante que escapaba de un respiradero olvidado hacía mucho tiempo y las nubes se cerraban por los lados, oscureciéndose. Pero le quedaba un acto más de magia antes de entregarse al cúmulo de piedras de nuevo.

"Gailin, ven a mí". ¿Lo había dicho en voz alta? ¿Podría decirlo con magia? No lo sabía, ni estaría lo suficientemente vivo para saber si había tenido éxito. El solo supo que lo intentó.

Al amanecer, Gailin se paró en la escalinata como lo había hecho en su sueño, curiosa por ver si había sido real. La nieve había comenzado a derretirse y las montañas, cargadas de ella, parecían suspirar, pero nada cambió para decirle que este sueño valía la pena recordar. Experimentalmente, extendió la mano hacia atrás para sacar la vela y recrear los eventos del sueño. Miró el trozo de cera, preguntándose por qué todavía llevaba la cosa. Nunca lo había usado, encendido o enseñado a Drake. ¿Había escrito siquiera sobre eso en el libro para que Vamilion supiera que había encontrado uno de sus talismanes? Ella no podía recordar. Seguramente él habría dicho algo si ella lo hubiera hecho.

Sin embargo, antes de que pudiera encender la vela, comenzó el estruendo. Una sacudida repentina e inesperada arrojó a Gailin contra la puerta y miró hacia la nieve que colgaba de las laderas que rodeaban el valle. Con un terremoto, una avalancha caía y se tragaba por completo su pobre cabaña. Frenéticamente, se apresuró a entrar y alcanzó a Drake para levantarlo de la cama, pero el suelo se tambaleó debajo de ella y las brasas del fuego se cayeron de la chimenea y se deslizaron a su lado, encendiendo las sábanas de la cama. Drake se sentó alarmado e hizo su propio juicio sobre el retumbar que escuchó. Extendió la mano hacia ella, con la boca abierta, a punto de decir algo mortal cuando ella vio que sus ojos se volvían hacia atrás y se dejó caer contra las almohadas. Gailin se arrastró hasta la cama en lugar de ser derribada cuando escuchó el estruendo de los árboles sobre la cabaña y sintió una repentina ráfaga cuando el aire se desplazó. Un instinto alarmante la hizo agarrar la mano de Drake y con la otra sostuvo la vela en alto. Sabía hasta el fondo a dónde quería ir cuando la avalancha golpeó la pared de la cabaña y una ola blanca se encontró con su visión.

Ella cerró los ojos y tuvo un deseo.

La paz no vino con su deseo. Sintió que el suelo todavía cabeceaba debajo de ella, pero la cabaña y el blanco habian desaparecido. En lugar de eso, tomó la mano de Drake, arrodillándose sobre los nuevos pastos de primavera a las afueras de su antigua casa junto al pueblo donde había nacido. Se arrodilló en camisón, junto al cuerpo inconsciente de Drake que aparentemente se había llevado consigo, pasando de una tormenta sísmica a otra. Los árboles del bosque bailaron como juncos en un estanque durante una tormenta de viento. No se atrevió a ponerse de pie, así que dejó caer la vela y se arrastró unos metros más cerca de su marido. Inexplicablemente, la vela desapareció, pero eso no le preocupaba.

En cambio, Gailin levantó los párpados de Drake y vio que estaba inconsciente. Su respiración se hizo tan superficial que ella no pudo contar cuántas tomó con el rebote de la tierra golpeándolo fuera de él. Ella buscó los latidos de su corazón en su cuello y sintió un aleteo, como si se disparara cincuenta veces en un esfuerzo por provocar un solo latido decente. De nuevo por instinto ella colocó su mano sobre su corazón y luego con un pulso mágico, sacudió su corazón. Esto pareció ayudar, porque sintió que adquiría un ritmo mucho más normal; dolorosamente lento, pero regular. ¿Qué le había pasado?

¿Qué le estaba pasando a Drake y al mundo entero? Los terremotos continuaron sacudiéndose y, aunque se sentía lo suficientemente segura al aire libre y lejos de los árboles, estos temblores continuaron durante siglos. Las olas parecidas al océano atravesaban las llanuras justo en frente de ella aterradoramente cerca. Hasta que se calmara, ella no llevaría a Drake a la casa, incluso si eso significaba tratarlo allí mismo, sobre la hierba, frente a la cabaña. Al menos en este lugar tan al sur hacía más calor y había llegado la primavera.

Esto la llevó a pensar en cómo había llegado instantáneamente a mil millas de distancia. Buscó la vela y la encontró de nuevo en el paquete invisible que llevaba a la espalda y agradeció que siempre estuviera con ella. Las posesiones más preciadas de las cuales era dueña, todas invisiblemente ocultas, habían venido con ella en su apresurada y mágica huida. Y la vela había sido la clave. Los viajes mágicos deben ser un regalo del Talismán. De nuevo sostuvo la vela frente a ella y pensó en dónde más podría ir con ella y no se le ocurrió nada. No volvería al palacio en las montañas hasta que el temblor terminara y el único otro lugar en el que había estado y que quería recordar era aquí.

Y a su pesar, tenía que quedarse con Drake. La curiosidad la hizo retroceder y guardó la vela para ver qué podía hacer para liberarse mientras se le daba este tiempo de paz en medio de este caos geológico. ¿Qué le había hecho esto a Drake? Dado que su inconsciencia sucedió casi simultáneamente, ella asumió que estaba relacionada con los tremendos cambios geológicos que la Tierra sufrió en este momento. Experimentalmente, Gailin profundizó en la mente de Drake para ver cómo le iba y se tambaleó, primero porque ella podía entrar una vez más, porque él la había bloqueado activamente, excepto por la noche, cuando la sostenía por la garganta, alimentándose de ella. Ahora las paredes derrumbadas de su mente se habían ido y, en cambio, una vasta llanura abierta de cenizas se extendía ante el ojo de su mente. Ningún muro o incluso piedras con las que tropezar estropeaban el polvoriento terreno. Lo único que interrumpió las llanuras metafóricas de la mente de Drake fue el arco de las almas, ahora no revestido de piedra, sino con una luz azul que parecía estirar la membrana a través del vacío que ella no había podido tocar desde que Drake había le había ordenado que no hiciera magia contra él.

Pero las cosas habían cambiado. Estaba inconsciente y la tierra se partía en dos. ¿Podría liberar ahora a las almas atrapadas? Experimentalmente, Gailin conjuró un cuchillo de nuevo y se acercó al espacio iluminado en azul. Ahora, sin las paredes derrumbadas y el musgo reptante, la profunda inquietud envió un escalofrío por su columna vertebral. Podía escuchar las almas que lloraban, clamando por escapar o ser liberadas. Gailin levantó el brazo y, por una vez, pudo actuar. Cortó la membrana y observó con fascinación cómo un alma escapaba al mundo gris. Nada la bloqueó. Drake no la despertó con un apretón estrangulador.

Así que volvió a cortar, soltando otra y otra. La membrana continuó resellando, pero ella persistió cortando y cortando durante lo que le parecieron horas. Todavía podía sentir su cuerpo brincando en la tierra torturada, pero en cambio se concentró en terminar el trabajo que siempre tuvo la intención y si eso mataba a Drake, que así fuera. No estaba lo suficientemente despierto para protestar y ella juró que lo intentaría. Finalmente, cuando su cuchillo se movió a través del grosor y no emergió nada, dio un paso atrás con asombro. ¿Había terminado el trabajo?

Sin almas que dejar para liberar, Gailin se alejó del páramo gris de su mente y regresó al mundo real de terremotos estruendosos para mirar los temblores alarmantes y vio una enorme herida en la tierra que se había ensanchado cerca de ellos. Apresuradamente, tomó a Drake del brazo y lo arrastró más cerca del bosque y fuera del peligro inmediato de caer en un abismo.

Por qué salvarlo, se preguntó mientras se sentaba junto a Drake para esperar a que pasara la tormenta geológica. La había torturado, manipulado y utilizado como esclava, manteniendo cautivo su nombre. Podía entrar ahora y con un giro de pensamiento quitarle el tronco cerebral de su cráneo y terminar con él, pero algo la detuvo. ¿La Piedra del Corazón? ¿Qué había dicho Vamilion sobre que ser un juez te bloqueara, si usabas la magia de manera incorrecta? Realmente no podía justificar matar a Drake, al menos ahora, tan vulnerable como era, pero eso no significaba que no pudiera actuar. Su exploración de la mente la hizo íntimamente consciente de sus secretos ocultos.

Sin querer de nuevo, volvió a sumergirse en la mente de Drake y buscó una cámara sellada que contenía su nombre. Se imaginó que tenía candados y trampas en este tesoro. Además, no lo mantendría en un lugar visible, incluso si todo el paisaje hubiera cambiado. La llanura gris y baldía que era su mente metafórica se extendió como el mar ante ella. Con un movimiento mágico de su mano, quitó la ceniza y expuso el lecho de roca agrietado y lleno de cráteres. Sin el pie de ceniza profunda para esconderse, las cicatrices de su pasado se mostraban como pizarra desmenuzada y torturada. Y sobre las losas de piedra vio una caja con tapa hecha de la misma roca fría y quebradiza. Caminó hacia ella y luego se arrodilló para levantar la tapa.

Dentro encontró un libro exactamente como el real que Vamilion le había dado a ella.

Sin dudarlo, Gailin levantó el libro y dentro encontró todos los secretos de Drake escritos en su interior. Su mapa de las líneas ley con las marcas visibles para que ella las viera, llenaba una página. En otro, encontró una lista de todas las cosas que había aprendido sobre la magia del Sabio e incluso algunas cosas sobre el propio Vamilion que Gailin no sabía. En las distintas páginas, como un diario, Drake había escrito los nombres y las sensaciones que había sentido ante la muerte de cada alma que se había tragado. Miles de vidas que se había quitado. Le dio náuseas al leer su fascinación por el éxtasis de un alma dejando un cuerpo. No tenía nada más que placer para él, más de lo que jamás había sentido con Gailin. En esa lista encontró el nombre de Jonis y lamentó un poco a su amigo. Al menos había podido liberar a su antiguo novio. Luego volvió al libro y vio, en cada página escrita desde que la conoció, Drake había escrito su nombre y al lado de esa palabra había otro nombre. El suyo.

Neeorm, leyó y se dio cuenta de que ahora tenía la capacidad de hacerle a él lo que él le había hecho a ella. ¿Tenía ella el derecho? Hiciera lo que hiciera, decidió que no lo haría aquí, en el páramo de su mente. En cambio, sostuvo el libro en sus manos y con un gesto dejó las páginas en blanco, como si nunca hubieran sido escritas. Luego volvió a guardar el libro en la caja y lo selló más allá de la apertura, con cera de su vela Talismán. Si Drake recordaba siquiera que tenía un nombre, tendría que pasar junto a ella para llegar a él y luego no encontrar nada. Y estaba mucho más seguro sin él.

Dejó la mente de Drake y observó desde la distancia cómo incluso el páramo se desvanecía y su mente se convertía en una pizarra en blanco, vacía de todos los pensamientos que alguna vez tuvo. Incluso un bebé tenía recuerdos y experiencias; frío, calor, sonido, vista y presión desde que eran recién nacidos. Gailin lo había llevado más allá de eso. A Drake ni siquiera le quedaban instintos, y eso encajaba en su mente. Y la Piedra del Corazón no la bloqueó ni le dio vacilación por sus acciones. Ella había exigido su justicia sin dañarlo a él ni a otros.

Fuera del reino mágico de la mente de Drake, la tierra aún no se había asentado, pero los grandes cortes de desgarro y levantamiento regresaban a sus lugares anteriores. Los árboles caídos no se enderezaron solos, pero los abismos se volvieron a juntar y formaron una pequeña cicatriz donde el suelo había sido alterado. Los árboles a su alrededor dejaron de bailar y se sintió lo suficientemente segura como para ponerse de pie. Desde sus pies miró hacia las llanuras y vio una tormenta en el noroeste, pero poca otra actividad. Se preguntó cómo le habría ido a la aldea en este terremoto épico. Si esta destrucción hubiera llegado desde el valle donde se levantaba su palacio, a través del continente hasta el río Don, la tierra debió haber cambiado sobre su eje y podía imaginarse que el clima cambiaría, las estaciones tal vez, y la gente se asustaría. ¿Qué tan grande había sido este terremoto?

¿Vamilion? ¿Había sido este su trabajo? De repente recordó que podía llegar hasta él ahora. Había roto el mandato de Drake de no realizar magia para contactar a los demás, por lo que era lógico que ahora pudiera hacer cualquier magia que quisiera. Gailin inmediatamente se sentó junto a Drake y sacó el libro que Vamilion le había dado, con la intención de escribir algo para ver si respondía. Tal vez él todavía estaba trabajando con su magia y no respondía instantáneamente, pero ella quería escribirle algo directamente, decirle que estaba libre de la influencia de Drake y que había llevado al hechicero tan cerca de la muerte como la magia lo permitía.

Comenzó con el nombre de Vamilion, dirigiéndose deliberadamente su carta a él y sonrió cuando el lápiz no se detuvo ni dudó, pero mientras continuaba con su pensamiento, algo más golpeó. Se detuvo y supo que la estaban llamando para que acudiera al rescate de alguien. No escuchó ninguna palabra, pero la compulsión se sintió profunda y fuerte. Cogió su vela para viajar y vaciló brevemente. No podía dejar a Drake en coma en la llanura abierta. Guardó el libro, tomó la mano flácida de Drake y luego usó la vela para moverse inexorablemente hacia donde la compulsión la guiaba.

Llegó, cegada por una luz lavanda, pero se normalizó rápidamente para dejarle ver que había llegado a algún lugar todavía en las llanuras abiertas. El clima tormentoso se vislumbraba en lo alto, pero mientras miraba a su alrededor, Gailin literalmente no vio nada para usar como un punto de referencia, excepto un anillo de hierba pisoteada y chamuscada. Y en medio de la hierba aplastada yacía un hombre, inconsciente y casi aplastado tanto como la hierba. Dejó a Drake donde había llegado a su lado y fue hacia este paciente, buscando primero su mente para leer dónde podrían estar sus heridas más peligrosas.

Y se encontró con un muro más poderoso que cualquiera de los que Drake había construido. En lugar de luchar, y fallar, para escalar esta pared, Gailin no usó magia, sino que dejó que su cuerpo hablara. Podía observar el daño con solo sus manos y ojos. Instintivamente, bajó sus manos sobre su cuerpo largo y musculoso, flotando sobre tremendos moretones y pudo sentir el profundo agotamiento allí. Luego, cuando llegó a la octava vértebra, jadeó. Acerca de donde se detuvieron sus costillas, la espalda de este hombre estaba destrozada. Los órganos internos estaban revueltos, pero no sentía la presión sangrante porque no había forma de que pudiera sentir desde la mitad de la espalda hacia abajo. Con determinación, Gailin continuó por el cuerpo del hombre, notando que su pelvis y ambos huesos del muslo también estaban rotos. La espalda aplastada probablemente fue una bendición, o el dolor lo estaría matando.

Gailin siguió sus instintos e imaginó que había alguna forma de unir los nervios y los huesos. Desafortunadamente, los escudos personales de este hombre la bloquearon y tendría que superar eso primero si intentaba curarlo. Nunca había enfrentado tanto daño interno. Una quemadura o fiebre, esas eran cosas que podía ver o tratar con un té medicinal. Esto, puro aplastamiento, requeriría magia y eso significaba ir más allá de su escudo sobre la mente y el cuerpo. Gailin trató de hablar con él, rogando que la invitara a pasar. El herido conservó la conciencia lo suficiente para resistir, pero no lo suficiente para aceptar su ayuda.

Sin poder avanzar, Gailin se sentó en la hierba y miró de verdad al extraño. Era enorme, alto y de complexión fuerte, como si llevara grandes pesos para ganarse la vida. Cuando tomó su mano, sus dedos largos y ásperos hablaban de trabajo duro y un golpe poderoso si llevaba un arma. Ella miró, pero no vio herramientas ni equipaje que indicaran su estado de vida. Estaba vestido como un trabajador con botas resistentes y una camisa que necesitaba un lavado, a menos que la ceniza fuera su color original. Había estado afuera, incluso en este invierno, porque su rostro quemado por el viento parecía bronceado de verano. Muy en privado, pensó en lo guapo que se veía su paciente. Tenía el pelo oscuro con una ligera ondulación y ojos hundidos. Con el pretexto de tratar de ver si había algo de vida en él, ella le levantó el párpado y se encontró con su ojo gris piedra mirándola.

"Señor, tiene que dejarme ayudarlo", susurró. "Usted está muy malherido, pero me está bloqueando". El paciente no la reconoció, ni siquiera con un gemido, aunque su respiración se aceleró, dolorosa y superficial, jadeando como un hombre ahogándose. Gailin retiró las manos y deseó que hubiera algo que pudiera hacer.

Entonces alguien habló, brusco y casi enojado detrás de ella, sobresaltándola. "Gilead, deja que la reina haga su trabajo. Dejen caer tus escudos".

Gailin reconoció esa voz y se puso de pie. "Owailion", susurró, mirando hacia abajo, como si tuviera miedo de hacer contacto visual, ya que él podría derribarla, siendo un Rey en toda regla y el primer Sabio.

"Adelante muchacha", ordenó Owailion con impaciencia, indicándole que sanara al extraño. "Él ya no peleará contigo".

Obedientemente, Gailin se dejó caer junto al hombre alto, Gilead, de nuevo. Ella miró en su mente y descubrió que la pared se había derrumbado, como si ni siquiera estuviera allí y la imagen del hombre, sano y completo, estaba ante ella. Se veía increíble en su mente y le costaba concentrarse en por qué había entrado en su mente en primer lugar. "Señor", le dijo con franqueza. "Usted ha sido gravemente herido y si lo curo directamente, el dolor solo puede matarle. Por tanto, debo ponerle en un sueño más profundo. Solo le voy a dejar descansar para que no se sienta incómodo. Por favor, no luche contra mí".

El rostro de Gilead asintió y Gailin buscó en su mente el único punto que induciría una liberación profunda y sin sueños del dolor. Se escabulló como si la noche hubiera entrado en su mente y solo las estrellas, la respiración y los latidos del corazón, quedaran para indicar que no estaba tan vacío como Drake.

Gailin se retiró de la mente ahora preparada de Gilead y luego puso en calma su propia alma antes de que una vez más imaginara en su mente cómo había sucedido esa ruptura en la columna vertebral. Era obvio que se había caído desde una gran altura y varias de sus costillas dañadas se habían desgarrado en el hígado y el bazo. Con cuidado, usó un movimiento mágico para empujar los huesos fuera de los órganos y sellarlos nuevamente en su lugar, como si los terribles abismos del terremoto hubieran regresado a sí mismos. Vio la sangre libre que se acumulaba en sus entrañas y se preguntó cómo lidiar con eso. ¿Podría simplemente volver a ponerlo en el sistema circulatorio, moviéndolo de un lugar a otro? Intentó esto, vertiendo toda la sangre acumulada libre en las arterias principales, pero esto solo demostró que necesitaba parchearlas primero, ya que todo el líquido se filtró nuevamente antes de que pudiera abordar ese problema.

¿Cómo había sobrevivido sin que quedara sangre en su sistema circulatorio? Su corazón seguía adelante, latiendo lentamente, pero no se movía casi nada a través de su sistema. Parecía milagroso. Pero en lugar de tener respuestas para estas preguntas, Gailin continuó pacientemente buscando perforaciones y grietas en el flujo sanguíneo y las selló en su mente. Luego volvió a realizar su reemplazo de sangre. Encontró una hendidura adicional en una vena que había pasado por alto y la selló también. Ella continuó lentamente con la curación más fácil: caderas rotas y huesos de las piernas, músculos magullados y laceraciones por impacto antes de que finalmente admitiera que necesitaba curar su espalda.

Gailin se sintió lista para lidiar con la lesión en la columna, habiendo reparado todo lo que le iba a doler una vez que lograra restablecer la sensibilidad en la parte inferior de su cuerpo. Sabía que una conmoción repentina podía matarlo tan rápido como una lesión en la columna vertebral como esta, por lo que insistió en el sueño inducido, así como en la mayor parte de la reparación realizada primero. Clínicamente, Gailin examinó la columna vertebral fracturada. La vértebra rota casi había sido aplastada en grava y eso la molestó. ¿Podría reemplazarla? ¿Debería reconstruirla? Los nervios desgarrados parecían la cuerda deshilachada alrededor de su cuello en el colgante, rasgada y estirada, no cortada limpiamente. Cada nervio tendría que recuperarse del mismo hilo exacto del que se había cortado o la mente de Gilead le ordenaría que caminara y, en cambio, se encontraría haciendo algo completamente diferente. Y había treinta y un pares, lado izquierdo y derecho, de estos haces de nervios.

Se sentó encorvada sobre el cuerpo de Gilead y comenzó su trabajo, probando cada nervio. Su mente buscó el hilo superior por encima de la ruptura y buscó su propósito; lumbar, y luego comenzó a probar cada uno en la mitad inferior de la rotura. Cuando encontró su pareja, la fusionó, hasta el nivel molecular, aunque no tenía idea de cómo estaba estableciendo esto. Luego buscó otro mechón. El esfuerzo fue agotador y tomó tiempo encontrarlo e incluso más para estar segura de que cada conexión era perfecta. Sería una lástima que Gilead sufriera dolor o cojera por su trabajo, si pudiera volver a caminar, solo porque esto era nuevo para ella.

Y mientras trabajaba, Gailin podía sentir la presencia de Owailion flotando más allá de su mente cerrada. No quiso interrumpir, pero dos veces lo hizo, sugiriéndole que se detuviera a comer o descansar, pero ella lo ignoró como respuesta. Era la primera vez que hacía un trabajo tan preciso y Gilead no podía permitirse que aprendiera a través de los errores. Que Owailion permaneciera con ella fue gratificante, pero realmente no necesitaba hacerlo. Podía valerse por sí misma y, sin embargo, Owailion se quedó en las llanuras con ella, observando para ver que nada más la molestaba y una vez, cuando el sol se puso, sintió que él le colocaba una manta sobre los hombros donde ella se agachaba sobre el cuerpo inerte de Gilead.

Finalmente, cerca de la medianoche, volvió a unir todos los nervios de la columna vertebral del paciente y extrajo el hueso aplastado. Ella eligió no tratar de reparar la vieja vértebra, sino crear una nueva con hueso hecho por magia, envolviéndola de manera protectora alrededor de su columna vertebral soldada y luego reemplazó el acolchado entre los huesos y el cartílago que permitía el libre movimiento. Con eso, dejó el cuerpo de Gilead y abrió sus ojos no mágicos.

El cansancio descendió sobre ella como un balde de agua apagando un fuego. Se tambaleó donde estaba sentada y se habría caído si no hubiera estado ya en el suelo. Frente a ella, al otro lado del aún inconsciente Gilead, estaba sentado Owailion, de espaldas a una fogata, mirándola. También se acurrucó debajo de una manta, como si el frío de la noche lo molestara, pero lentamente se estiró y se movió rígidamente. "¿Estás lista para comer algo ahora?" preguntó simplemente, su voz ronca reprendiéndola por no cuidarse a sí misma. Realmente sentía poco interés en comer, a tal punto que prefería quedarse dormida allí mismo.

"No, tienes que comer. Estás demasiado cansada para saber siquiera lo hambrienta que debes estar", insistió Owailion y le entregó un tazón de sopa simple. El caldo debería haber tenido un olor maravilloso, pero casi la repugnaba. Ella reconoció vagamente que esto era una condición médica que debería abordar, pero no tenía los medios para pensar en ello.

Come de todos modos. Sabrá mejor una vez que empieces a comer", respondió Owailion a sus pensamientos no expresados. Se había cansado demasiado para siquiera mantener sus escudos alrededor de ellos. Los ojos oscuros de Owailion se posaron en el paciente antes de agregar. "Él puede despertarse por la mañana y luego podrás poner a prueba tu obra". Entonces Owailion sabía que no tenía la energía para mantener una conversación real. "Nunca había visto ese tipo de magia y fue interesante de ver. Hago gran parte de mi trabajo de la misma manera; mirar dentro de algo, moverlo y manipularlo sin verlo ni tocarlo, pero trabajo en máquinas, con metal, madera y otras cosas. Hiciste lo mismo pero con tejido vivo. Me gusta ver a otra persona hacerlo. Muy impresionante".

Owailion tenía razón sobre comer. En el momento en que Gailin logró llevarse la primera cucharada a la boca, inmediatamente sintió hambre y no pudo tragarla lo suficientemente rápido. Comió con avidez, pero ahora sabía que era mejor que lo comiera, como un hombre congelado hasta la muerte. No lo arrojarías al fuego para descongelarlo. Una vez terminado, dejó el cuenco a un lado y miró a su paciente. Ella todavía no tenía la energía para confrontar a Owailion sobre lo que realmente había sucedido aquí.

"Más tarde. La mañana llegará muy pronto. Yo cuidaré de él", le aseguró Owailion. Y luego, de repente, el sueño cayó sobre Gailin. Su último pensamiento consciente fue que Owailion también conocía el lugar en su cerebro para enviarla a un sueño sin sueños.

15

JAQUE MATE

G ailin no se despertaba al amanecer como era su costumbre, porque el cansancio no se lo permitía, pero eventualmente sus propias preocupaciones debieron haberla despertado y se quitó una pesada manta de los hombros y se sentó en las llanuras desnudas y sin rasgos distintivos. Vio a Owailion cocinando algo sobre el fuego y su paciente Gilead permanecía en el sueño protector que había inducido. Miró a su alrededor y no encontró nada de Drake. Presa del pánico, se puso de pie, alarmada de que él pudiera haber recuperado la capacidad de marcharse. Habría apostado su Piedra del Corazón a que la serpiente nunca volvería a caminar, a que se había vuelto inofensivo.

Owailion la miró con expresión burlona. "Buenos días", comentó. "Él todavía está dormido y ahora tú estás recuperada. Come y luego podremos tener esta conversación".

"¿Dónde está el otro...?" Ella no podía decir hombre, porque todavía dudaba de la humanidad de Drake, pero tampoco quería usar su nombre para hablar de él, ni mostrar su alarma al cuestionar su paradero.

Lo envié a tu vieja cabaña. Hay una cama allí y él puede estar acostado allí tan bien como aquí y de esa manera ya no tendré la tentación de asesinarlo. No pensé que te importaría". Owailion pasó un plato de tostadas y huevos y luego se volvió para empezar a cocinar para sí mismo.

"Tú sabes sobre Drake", comentó Gailin entre bocado y bocado. "Él...." Realmente no podía hablar de lo que le había ocurrido a su marido. "¿Qué le pasó para entrar en coma?"

Owailion miró por encima de la tierra torturada, ahora con pocas señales del caos que había soportado el día anterior. "Si no me equivoco, Vamilion drenó las líneas ley, y sin magia el hechicero no podría sobrevivir como... Como lo que era".

Gailin se estremeció de disgusto antes de preguntar: "¿Qué era él?"

Owailion resopló con burla. "Un paso por encima de una serpiente y varios por debajo de un hombre. Como lo llamaste; un devorador de almas. Espero que no te importe que me deshaga de él".

"¿Mente?" Gailin se burló. "No, limpié su memoria y todos los conocimientos que había adquirido, pero no lo maté. No pude, creo que la Piedra del Corazón me bloqueó".

"A mí no me bloquearía", respondió con franqueza el Rey de la Creación. "Solo pensé que sería mejor obtener tu opinión antes de hacerle algo más permanente. Por cierto, soy Owailion. No nos han presentado formalmente".

Gailin asintió con la cabeza, pero no dijo nada más, ya que no creía que usar su nombre real mereciera consideración y no había pensado en cómo llamarse a sí misma de otra manera. En lugar de eso, continuó con la lista de preguntas que su mente había recopilado desde que comenzaron los terremotos y había ganado ventaja sobre su enemigo. "¿Qué le pasó a Drake? Un minuto estaba listo para usar la magia de nombres conmigo y al siguiente estaba prácticamente catatónico. Sus ojos se pusieron en blanco justo después de que comenzaron los terremotos. ¿Están los dos hechos relacionados?"

Owailion suspiró, ignorando su desayuno que comenzó a

enfriarse en su plato mientras jugaba con su tenedor, retorciéndolo en un complicado nudo de metal con su magia. "Como dije, tiene algo que ver con las líneas ley. Vamilion y sus terremotos, abrieron el mundo y aquellos como tu Drake, no pueden durar sin la magia en sus venas, la magia de las almas o la magia pura de la tierra. Una cosa era no estar cerca de ellas. Era algo completamente diferente hacer que desaparecieran por completo. Necesitaba las líneas ley y éstas se han ido, al menos aquí en la Tierra. Espero que no estés demasiado alarmada por lo que hizo el Rey de la Montaña".

"No". Gailin negó con la cabeza con disgusto. "No, simplemente no pensé que Vamilion me tomara en serio cuando hablé sobre las líneas ley y el mapa. Nunca me respondió sobre eso. Ninguno de los dos me respondió después de eso, así que terminé teniendo que casarme con Drake".

Owailion enderezó su tenedor en un delgado látigo de metal y parecía que se iba a flagelar con él antes de responder. "Eso fue mi culpa. Tuve que incitar a Vamilion a hacerlo. Tuve que hacerlo enojar tanto que rompería el mundo y tú eras el único camino. Verás, es la persona más paciente que he conocido. Tiene tanta paciencia que es casi imposible irritarlo. No bastaba con advertirle sobre el ataque de oleadas de hechiceros. Necesitaba estar furioso para tener el impulso necesario para romper las líneas ley. Vamilion tuvo que perderte con el Comedor de Almas para aumentar esa presión, y luego tuve que pelear con él para encender su ira. Probablemente todavía no me ha perdonado".

La forma en que Owailion movió cuidadosamente sus ojos hacia ella y luego hacia su paciente, confirmó sus sospechas. "Este es Vamilion, entonces, ¿no?" murmuró, insegura de si debería sentirse molesta o emocionada de que finalmente iba a conocer a su mentor. Debería estar enojada por este argumento épico que Owailion aparentemente había ideado, obligándola a estar con Drake solo para enfurecer a Vamilion lo suficiente como para obtener la reacción que él quería. También sospechaba que el Rey de la Creación probablemente había sido responsable o incluso causado la espalda rota de Vamilion. De hecho, se sentía como un peón en los tratos de Owailion y parecía que Vamilion también lo era. Y Owailion todavía parecía estar manipulando las cosas pensando que era hora de obligar a los dos a encontrarse cara a cara. Bueno, ella ya no iba a ser un peón. Ella se negó a enfrentar la situación que ahora había surgido. Vamilion no se iba a despertar todavía.

Owailion realmente no tenía idea de las motivaciones que acechaban en la nueva Sabia. Continuó, contándole su plan sin darse cuenta de que no estaba ganando un amigo con su franqueza. "Sí. Te llamó justo cuando terminó con la destrucción, así que debe saber que finalmente te necesita".

Gailin mantuvo sus escudos en alto. "¿Me necesita?" No podía comprender qué necesitaba Vamilion de ella más que curarse. Se había contentado con Paget. Había tenido miedo de lastimar a Gailin y de ser manipulada por magia. Vamilion se había mantenido a distancia por muy buenas razones; aquellas con las que ella estaba de acuerdo de todo corazón. Tampoco iba a dejar que el Rey de la Creación supiera que se pondría del lado de Vamilion en casi todos los casos si evitaba la violencia que esta batalla había causado.

Owailion soltó un bufido de disgusto, sin darse cuenta de su desconfianza en él. "Todavía no te lo ha dicho, ¿verdad? Vamilion te necesita y es por eso que se molestó tanto cuando el Devorador de Almas comenzó a usar magia de nombres contigo. No quiere admitirlo. ¿Te ha dicho Vamilion que el día que te encuentre se sentirán atraídos el uno hacia el otro como un imán para el hierro? ¿Te ha contado cómo se sintió cuando te fuiste con la serpiente a las llanuras? Nunca lo hizo porque tiene que ser obligado a ver la realidad".

Gailin hizo se concentró profundamente en su mente clínica y sin emociones antes de hablar, no fuera que abofeteara a Owailion. "Me habló de la compulsión. Vamilion no quería que mis decisiones me fueran impuestas por magia", respondió lentamente, "Pero él no pudo evitar que me obligaran, ¿verdad? ¿Estabas allí forzándonos a los dos, en cambio? Se suponía que tenías que cuidarme mientras él cuidaba a mi abuela y en cambio me abandonaste. Y mira dónde terminamos.

Gailin podía oír cómo su voz se volvía cada vez más amarga y, de repente, no sintió la necesidad de detenerse o controlarse. Su ira y frustración que mantenía detrás de la superficie de su sanadora ahora se derramaron en Owailion. "Fui obligada a casarme sin amor con un hombre... Una serpiente que básicamente me violó todos los días durante meses. Presionaste a Vamilion para que peleara contigo, abriendo el mundo como un huevo y le rompiste la espalda, casi matándolo en el proceso. Ahora todavía nos estás manipulando para que estemos a punto de encontrarnos cara a cara, incluso si no queremos. No lo permitiré".

Sin avisar a Owailion, Gailin sacó la vela de su mochila y desapareció. Ella escapó antes de que Vamilion pudiera despertar de su hechizo. Se negó a enfrentarse a la extraña atracción que ya se había formado entre ellos. Podría querer a Vamilion con toda su alma, pero no obligaría al hombre que podría amar a romper sus propios votos. Y así, Owailion se quedó sin nada más que un lirio de acero que había formado con su tenedor y esperando en las llanuras los frutos de su plan.

―――――――

Vamilion se despertó lentamente. El sol se sentía lujoso en su rostro y quemaba el dolor que recorría todo su cuerpo como escarcha. No recordaba haberse quedado dormido o qué lo había llevado a la llanura. No habría venido aquí voluntariamente, pero sabía dónde estaba en relación con las montañas antes de molestarse en abrir los ojos. Incluso respirar parecía un esfuerzo agotador de energía. ¿Había estado en una batalla? Lentamente recordó haber peleado con Owailion pero no podía recordar por qué. Tenía algo que ver con una tormenta eléctrica y terremotos. ¿Un volcán?

Alguien cercano se movió, paseando de un lado a otro y Vamilion pudo oír la hierba rozar las piernas de alguien. ¿Tenía la energía para abrir los ojos y ver? Cuando Vamilion estiró su mente mágica, dolió intentarlo, pero se topó con una pared alarmantemente familiar; Owailion. ¿Había venido su adversario a terminar la tarea de matarlo? ¿Por qué estaba Owailion rondando si la batalla había terminado? En realidad, no podían matarse entre sí, a menos que esto estuviera muerto. Bueno, Owailion podría matarlo con su nombre, pero si ese era el objetivo, no lo había hecho en los últimos veinticinco años.

"Sé que estás despierto", refunfuñó Owailion. "¿Tienes hambre?"

Eso no sonó como alguien dispuesto a golpearlo con un rayo de nuevo. Además, el calor del sol le dijo que el cielo estaba despejado; ningún rayo listo para caer. Sin mucho entusiasmo, Vamilion abrió los ojos. "Me duele levantar los párpados", respondió con voz entrecortada. ¿Grieta? Esa palabra corriendo por su cabeza le trajo otros recuerdos. Había agrietado la tierra. ¿Qué había hecho? Le dolían los dedos por el esfuerzo de triturar la piedra y su espalda se arqueó al recordar haber levantado montañas enteras de tierra. Puede que sea un cuerpo grande y fuerte, pero nadie debería levantar montañas. Duele demasiado.

"La Reina te curó la espalda". Owailion luego puso un plato lleno en el pecho de Vamilion solo para acelerar su despertar. "Probablemente deberías agradecerle haciendo algo para tu supervivencia".

Ese comentario hizo que los ojos de Vamilion se abrieran más completamente y una avalancha de recuerdos vino corriendo. Gailin, el dolor, llamándola, había sepultado las líneas ley hasta desaparecer. ¿Realmente se había roto la espalda? No, Owailion había hecho eso por él, pero aparentemente no guardaba rencor ya que el Rey de la Creación le estaba preparando el desayuno. Por fin, con el cielo azul en lo alto y los recuerdos en su lugar, Vamilion decidió que no podía dormir para siempre. Con cuidado, levantó el plato del desayuno y se sentó. Que pudiera hacerlo fue un milagro.

"Ella es buena", comentó Owailion desde la seguridad del otro lado de una fogata. "Pero también se fue antes de que te despertaras".

Vamilion se rio dolorosamente. "Bien por ella", comentó y

comenzó a comer lentamente. "Ella sabe por qué no quiero encontrarme cara a cara y lo respeta... A diferencia de ti".

"¿Estás tratando de pelear conmigo de nuevo?" Owailion murmuró disgustado. "Ella es tu compañera y la necesitaremos antes de fin de año. Hay otro ataque, ¿recuerdas? Ese barco que interceptaste fue una finta. El cuerpo principal proviene del suroeste, una combinación de hechiceros Marewn y Demonian. No podemos esperar bloquearlos a todos".

Vamilion suspiró exhausto a pesar del descanso que había adquirido recientemente. "La Reina nos ayudará si le pedimos que venga, y no tiene que reunirse conmigo para hacer eso", respondió y luego se detuvo mientras especulaba sobre algo. "¿Es por eso que le permitiste irse con la serpiente y luego quedar embarazada de él también? ¿Querías criar más magos? Eso está por debajo incluso de tus métodos severos".

Owailion puso los ojos en blanco con disgusto. "Te lo he dicho antes. Los sabios no pueden transmitir su magia a otros. No podemos tener hijos, y no, no lo habría hecho. Tenía otras razones para hacerte bajar de la cima de la montaña".

Vamilion apretó los dientes con ira, negándose a soltar el comentario implícito. "Espera, estás diciendo que la Reina no puede tener hijos, pero..."

"Y tú tampoco puedes. Tus chicos no son tus hijos. Ningún Sabio puede reproducirse". Owailion dijo las extrañas frases con lentitud, amargura, y sonó como si realmente hubiera practicado esta conversación para que finalmente se aclarara.

Vamilion dejó con cuidado el plato del que había estado comiendo lentamente, consternado por esta revelación de Owailion. Se alegraba de que Gailin tampoco estuviera aquí para esto, porque estaba bastante seguro de que iba a golpear al Rey de la Creación en la cara si podía reunir la energía para ponerse de pie. ¿Cómo pudo Owailion decir eso de sus hijos? Dio a entender que Paget...

"Ella no te fue fiel, Gilead", reiteró Owailion. "Has estado poniendo tu devoción en una relación, un juramento que ella rompió hace años, antes de que fueras un Sabio. Simplemente asumiste que tus hijos eran tuyos y que no tenías más hijos porque te convertiste en mago más tarde. De hecho, siempre has sido un mago y esos chicos no son tuyos. Si no me crees..."

Vamilion finalmente se puso de pie con esfuerzo. Le tomó un momento recuperar el equilibrio y luego miró a Owailion desde su considerable altura con una asombrosa mezcla de emociones: ira, disgusto, un profundo dolor, estupor y asombro. Una parte de él quería comenzar una pelea física. Habría sido capaz de matar a Owailion en una pelea a puñetazos o con espadas si ambos hubieran sido simplemente hombres. Probablemente tenía medio pie y cincuenta libras más que su compañero, pero no era allí a donde los llevarían sus batallas. En las batallas emocionales, Owailion tenía mucha más práctica y munición. Sabía cómo clavar ese cuchillo. Y la verdad impulsó cada palabra. Un sabio no podía mentir.

"Ve y pregúntale", susurró Owailion, todavía sentado junto a su fuego, sin importarle más la agonía que había causado en los ojos del Rey de la Montaña.

Vamilion miró hacia las llanuras como si no quisiera nada mejor que hacer precisamente eso, pero no había una sola montaña a la vista y ni siquiera la línea oscura del bosque o el río para darle una idea de dónde había aterrizado. Solo debilitaría su ya inestable recuperación si intentara abandonar este lugar. Y Vamilion no quería ir a hablar con Paget. De hecho, prefirió buscar durante años una forma de no tener que enfrentarse a lo que ella había hecho. ¿Por qué su esposa le sería infiel? Es cierto que él había sido comerciante y había estado fuera de casa a menudo durante la primera parte de su matrimonio, pero ella nunca había expresado su descontento con esa forma de vida. Vamilion había tratado de ser un esposo considerado y cuando estuvieron juntos se disfrutaron apasionadamente. ¿Por qué ella lo engañaría? ¿Y por qué no lo había sabido todos estos años?

"Nunca entraste en los pensamientos de Paget sin permiso", añadió Owailion, todavía sin apartar la mirada del fuego. "Tu honor te hizo vulnerable a su engaño, incluso antes de que tocaras la Piedra del Corazón".

Derrotado y más allá de las palabras, Vamilion volvió a sentarse con un ruido sordo. "¿Por qué me dices esto ahora, aquí, donde… Donde no puedo escapar de tus palabras tóxicas?"

Owailion arrancó un mechón de hierba del suelo y lo echó al fuego, aunque el fuego no necesitaba quemar nada más que su magia. "Siempre he querido que fueras con tu verdadera pareja. Tú lo sabes. Quiero eso porque ambos serán más fuertes por eso".

"¿Qué es para ti?" Vamilion murmuró amargamente. "Tú y la magia habéis arruinado cada grano de felicidad que he tenido".

Owailion recogió una bola de metal informe que había dejado caer antes en la hierba y comenzó a jugar con ella como si fuera arcilla, dando forma a maravillosos pequeños dragones y monstruos en miniatura cada vez que cerraba la mano sobre la masa. Su creación sin sentido podría distraer a Vamilion, pero falló. La respuesta de Owailion fue mucho más importante. "Lo hice porque tu grano de ira desalojará un guijarro, que empujará una roca que lanzará una avalancha de magia que impedirá que el mal invada por otros quinientos años. Porque eres la única persona en el mundo a la que puedo llamar amigo. Porque mereces ser feliz si es que alguien lo merece".

¿Feliz? La palabra parecía irreconocible. Vamilion no se sentía capaz de ser feliz. Preferiría luchar contra mil hechiceros invasores que hablar con Paget o Gailin en ese momento. Podría comenzar a caminar y ver dónde terminaría antes de tener una sola palabra que decirle a cualquiera de las dos mujeres.

En cambio, habló de nuevo para evitar que su mente se fijara. "Así que me enojaste lo suficiente como para romper las líneas ley", logró decir, reconociendo finalmente los motivos de Owailion para dejar que el cazador manipulara a Gailin. "¿Hay alguna forma en que puedas entristecerme lo suficiente como para enterrar a todos los hechiceros del mundo?"

"No", admitió Owailion con pesar. "Pero puedo hacerte lo suficientemente feliz como para luchar contra ellos".

Vamilion suspiró. El Rey de la Creación todavía quería que fuera a mirar a Gailin a los ojos y se olvidara de Paget para siempre. "No", decidió finalmente. Primero tendré que enfrentarme a Paget. Y tendrás que enviarme allí si quieres que suceda en los próximos dos meses, porque me llevará tanto tiempo alejarme de esta llanura. Envíame a una montaña y lo haré".

16

LA CONFRONTACIÓN

ailin encontró a Drake en la cama que había abandonado meses atrás, mortalmente pálido. No podía imaginar cómo podría lidiar con los restos de su esposo y seguir en la Búsqueda como sintiéndose empujada a hacerlo. Quería seguir adelante, encontrar otros talismanes, ayudar a la gente de todo el país. La destrucción reciente debió haber causado una gran cantidad de lesiones que necesitarían su ayuda, pero no sabía cómo cumplir con sus responsabilidades como Sabia y esposa. Técnicamente, Drake todavía estaba vivo y ella tenía una obligación con él. ¿Qué podía hacer ella?

Miró alrededor de la cabaña vacía y solo entonces se dio cuenta de que la cama de la abuela había desaparecido, junto con su antigua ocupante. ¿Dónde había llevado Vamilion a su abuela? ¿Dónde estaría ella? Habría encontrado alguna forma de cuidar de ella, incluso si estuviera luchando contra Owailion y todos los hechiceros del mundo. Él cumplió sus promesas, de eso estaba segura. ¿Dónde había llevado a su abuela? Gailin sacó deliberadamente su libro y le escribió una pregunta urgente a Vamilion. No quería interrumpirlo intencionalmente y dudaba que sus tratos con Owailion se hubieran resuelto tan rápido, pero necesitaba saber que su abuela estaba a salvo y encontrar un lugar para Drake.

Se le ocurrió una idea mientras escribía su pregunta y luego cerraba el libro. ¿Podría encontrar a su abuela ella misma? Se sentó en su mesa abandonada para pensar y concentrarse. Le habían dado la vela que le proporcionaba un viaje instantáneo, pero no había forma de encontrar adónde quería ir. Se había sentido atraída por el lugar desconocido en medio de las llanuras porque Vamilion la había llamado. ¿Podría usar ese mismo método para encontrar a su abuela? El nombre de la abuela, lo sabía. Podría ir a la abuela con la vela si supiera dónde encontrarla. Con cuidado, Gailin se concentró y se conjuró un mapa.

El mapa del mundo de Vamilion, superpuesto con las líneas ley de Drake, apareció en la mesa ante ella. Ella no lo recordaba con precisión, pero el mapa que había encontrado en la memoria de su marido se había convertido en parte de la magia de su mente y se había creado a sí mismo sin problemas en el papel que se extendía ante ella. Reconoció partes de su viaje limitado y pudo etiquetar algunas cosas de lo que sabía de los mapas en general. Este, sin embargo, tenía pocas marcas sobre la ocupación humana y no tenía palabras en absoluto. Originalmente había sido un mapa geológico y luego Drake había marcado las líneas ley y los palacios de los Sabios en la parte superior de tal manera que ella tendría que utilizar lo que ya sabía.

Ella encontró dónde debía estar su pueblo natal, en el río Don, a medio camino entre las montañas Vamilion y el extremo sur de la Gran Cadena. Drake y ella habían caminado hacia el noroeste hacia las llanuras y trazó esa dirección desde su aldea con el dedo. En algún lugar al noroeste de un segundo río y cerca de las montañas, se había casado con Drake en la ciudad de Meeting, que no figuraba en el mapa. Luego habían pasado a las montañas yendo a la base de un enorme lago donde encontraron al Boticario. Luego se abrieron camino hacia el oeste hasta llegar a su palacio en las montañas. Estaba marcado con una forma de diamante, uno como otros quince alrededor del mapa. Una sonrisa apareció en su rostro mientras colocaba su dedo allí. Un día volvería, haría desaparecer la cabaña destrozada y devastada por la avalancha y volvería a abrir las puertas de ese palacio, pero hoy no. Si ella estaba en la Gran Cadena, entonces la otra línea de montañas en el sur debían ser las Montañas Vamilion. Le habían puesto el nombre de ese rango... O podría ser al revés. Sin embargo, solo se había construido un palacio de Sabio en esas montañas y ese debía ser el hogar de Vamilion.

Él habría llevado a la abuela allí, estaba segura. Gailin se levantó de la mesa y salió como si pudiera ver directamente allí. El día aún era joven y allí sería aún más joven. ¿Podría ir a un lugar que no había visto o no había sido llamada? Experimentando por primera vez con sus límites, Gailin dirigió su mente hacia el oeste para buscar los sueños de su abuela. Los pensamientos de la anciana serían tranquilos y pacíficos, cansados y confusos. Al principio, Gailin luchó por enfocar el ojo de su mente y se enredó en las mentes de los demás a lo largo del camino. Había muchas aldeas a lo largo de la rama occidental del Don y cada una de ellas tenía emergencias y era necesaria una curación urgente debido a la agitación geológica del día anterior. Tendría que regresar de esta manera y sabía que las compulsiones de ir a ayudar se alineaban mientras viajaba río abajo y a lo largo de las montañas. Pero ella debía asentar a Drake primero.

Finalmente, en la mente de un viajero con el que se encontró vio el palacio de Vamilion por fin. Ni siquiera se dio cuenta de su invasión mientras caminaba por un camino solitario hacia un pueblo en la base de las montañas. El elegante edificio que vio a través de su visión había sido cortado en la montaña misma, blanco y deslumbrante, con agujas e intrincados arcos apuntados como un tema recurrente en su arquitectura. Los tejados de pizarra negra coronados con estandartes rojo sangre se elevaban sobre los árboles y el pueblo de abajo. Las puertas de hierro y los intrincados jardines la fascinaban. Los senderos de ceniza que atravesaban los jardines crujían bajo los pies del viajero. Como ella, este vagabundo tampoco podía apartar los ojos de las relucientes paredes. Él también sintió su asombro por Vamilion, hogar del Rey de la Montaña.

Gailin llevó su mente de regreso a su humilde cabaña y consideró lo que haría ahora. Tenía un registro visual para usar si viajaba con una vela, pero ¿se atrevía a ir al palacio de Vamilion? Paget estaba allí cuidando a la abuela. ¿Reconocería a Gailin por quién y qué era? ¿Estaría dispuesta la esposa de Vamilion a aceptar a otro inválido? Bueno, no importaba. Gailin tenía demasiado que hacer y llevar a Drake con ella no sería posible más que dejarlo allí para que se muriera de hambre en una cabaña vacía. Tenía que hacerlo y afrontar las consecuencias más tarde.

"Neeorm", dijo Gailin con autoridad, preguntándose si tendría la capacidad de seguir instrucciones con la mente vacía. "Despierta".

Los ojos de Drake se abrieron, aunque parecían nublados y no se volvió para mirarla. "Neeorm, siéntate", ordenó.

En un movimiento espeluznante, el casi muerto se sentó en la cama donde Owailion lo había dejado. Gailin sonrió ante lo que podía hacerle ahora, y mientras pensaba en torturar al hechicero por lo que le había hecho a ella, no tenía tiempo y la Piedra del Corazón tenía otros tratos con ella. Drake todavía vestía solo su ropa de dormir, así que ella conjuró botas y calzones antes de ordenarle que se levantara de la cama y la siguiera afuera. Una parte malvada de ella esperaba que él reconociera cómo la magia de nombres lo manipulaba, pero ahora ya no importaba. Ella lo tomó del brazo, levantó la vela en alto y se concentró en el camino hacia el palacio de Vamilion. Luego dio un paso hacia donde la luz la llevaba.

El sol estaba más alto aquí, apenas al mediodía, y Gailin comenzó a caminar por el sendero de ceniza, viendo las agujas y las paredes escarpadas a través de los árboles por sí misma. Sin embargo, Drake no la siguió caminando y en cambio cayó sobre su rostro antes de que ella recordara que tendría que darle todas las instrucciones. "Neeorm, levántate y sígueme", ordenó. La humillación sería horrible para un hombre como Drake, pero ella no lo atormentaría más que esto. Lo llevó a través de jardines gloriosos y estanques y el entorno parecido a un parque. Era un lugar agradable que no podría apreciar y eso era lo suficientemente bueno.

Cuando Gailin se enfrentó a la puerta de madera pulida, brillando con un tinte de madera roja hasta un alto brillo, ahora sabía lo difícil que sería para ella también. Gailin respiró para tranquilizarse. Estaba a punto de conocer a Paget, la mujer a la que eventualmente suplantaría en el corazón de Vamilion. Gailin no quería que esto fuera una confrontación, pero estaba condenada a ser incómoda al menos si Paget sabía quién era ella. ¿Y quién era ella? Nunca más podría usar el nombre de Gailin. Tenía que usar otro nombre. Y en el instante en que pensó en esto, supo el nombre que usaría; el de su abuela. Era apropiado. Ella extendió la mano y golpeó tan fuerte como pudo.

La puerta, las dos hojas, se abrieron después de solo un momento y, para su sorpresa, un hombre abrió la puerta. "Buenas tardes", dijo cortésmente. "¿Cómo puedo ayudarle?"

"Vine a ver a mi abuela. Soy..." De repente se encontró bloqueada. ¿Ni siquiera podía mentir sobre su nombre? Por un nervioso momento, Gailin casi entró en pánico. Luego recordó cómo se le había presentado Vamilion. Puedes llamarme Honiea. Soy la Reina de la Curación".

El caballero que abrió la puerta la miró con los ojos muy abiertos de repente y luego se inclinó ante ella, abrió ambas puertas y le indicó que entrara. "Soy Goren, el portero de Vamilion, usted es más que bienvenida", entonó, casi con reverencia.

Gailin tuvo que ordenarle a Neeorm que atravesara las puertas hacia un maravilloso vestíbulo revestido con cortinas de terciopelo sobre paredes de puro mármol. Contempló fascinada los candelabros de cristal y los suelos de ónix pulido. Nunca había imaginado un lugar así. Sus ojos fueron atraídos por todos los pequeños nichos alrededor de las paredes. Cada uno albergaba una delicada escultura de algún animal o planta exquisitamente elaborada en mármol o alguna otra piedra. Ella los miró con asombro, y en ese momento se dio cuenta de que Vamilion debía haber sido su creador. Él tenía un don

173

con la piedra, le había dicho y ahora ella lo veía en acción. Cuando no estaba luchando para salvar el mundo y partiendo la tierra en dos, regresaba a casa por la paz y trabajaba con sus manos. Para ella era encantador y sintió el tirón de una compulsión. Fácilmente podría enamorarse de este escultor.

Goren sonrió ante su distracción y Gailin sintió que se sonrojaba frente a él. "Lo siento. Son hermosos... Todo el lugar es hermoso... Pero no vine aquí para... Vine a ver a mi abuela y... Y este es Neeorm. Él está roto. Necesito un lugar para ubicarlo. Él no puede... Necesito su ayuda con él. ¿Es eso posible?"

Goren miró severamente a Drake y el rostro del mayordomo se ensombreció. "Es el cazador que ha acosado a Lord Vamilion durante muchos años. ¿Lo ha dominado entonces?"

"Tengo. Se merece la muerte, pero la magia ha detenido mi mano. Su verdadero nombre es Neeorm. Después de todos los terremotos de ayer, hay mucho que debo hacer para seguir cumpliendo con mi deber y no puedo vigilarlo. Está catatónico y probablemente morirá pronto, pero hasta ese momento, debe estar bajo cuidado. ¿Es eso posible aquí?"

Goren parecía dudar. "No soy un mago para mandarle. No tengo el poder de hacer magia con nombres, pero si él no es un peligro para los demás aquí..."

"Él estará bien aquí", la voz de una mujer hizo eco desde una de las escaleras en espiral sobre el vestíbulo.

Gailin miró hacia arriba y vio a una señora mayor con cabello negro canoso corriendo en largas trenzas por su espalda y profundos ojos marrones. Las líneas del tiempo habían comenzado a tirar de ella, pero conservaba una alta dignidad que Gailin nunca podría esperar tener. Incluso con su vestido real y de pie en su palacio, Gailin nunca esperaría ser tan grandiosa como Paget a los ojos de Vamilion. Su esposa era alta y elegante, una buena pareja a la vez para gente como Vamilion. Su color, igualmente oscuro y dramático, iba bien con el palacio al que llamaba hogar y Gailin se sentía como la intrusa que era. Paget lucía un vestido de seda fina, azul noche y desprovisto de toda decoración que para lucir mejor su piel de alabastro y su rostro solitario.

Sin darse cuenta, Gailin bajó la cabeza para honrar a la esposa de Vamilion. "Lady Paget", murmuró. "Gracias... Por el cuidado de mi abuela también. La tierra es nueva y no hay lugares para albergar como estos edificios. Algún día los habrá, pero hasta entonces..."

"Hasta entonces, velaré por ellos", respondió Paget mientras bajaba las escaleras y se paraba frente a Gailin, mirándola. El rostro de la mujer mayor era difícil de leer, casi como el de Drake, porque sus ojos también parecían profundos y la emoción le parecía ajena. Gailin sintió la tentación de escuchar los pensamientos de Paget para ver si sabía sobre la compulsión que unía a Vamilion y Gailin, pero se resistió. No quería saber si Paget la aprobaba o desaprobaba, pero no podía ser cómodo para ella, mirar a la otra mujer que ocuparía su lugar.

"Mis agradecimientos. Si pudiera ver a mi abuela muy rápidamente, me iré de inmediato", añadió nerviosamente Gailin.

Tanto Goren como Paget se opusieron. "Seguro que al menos puedes quedarte a almorzar", sugirió Goren. Quizás no sabían quién era ella en realidad y toda la incomodidad que su presencia debía traer a través de sus puertas.

Gailin suspiró con pesar y también para aliviar la tensión que sentía. "Lo siento, no puedo. Soy la Reina de la Curación y hay muchas cosas que exigen mi atención. Es una compulsión..." Ahora Paget tenía que saber.

Paget miró hacia abajo, casi con tristeza en sus ojos. "Escucho esa palabra, compulsión, a menudo. Lo siento. Te llevaré con tu abuela".

Gailin siguió a Paget hasta una puerta junto al vestíbulo donde su abuela se había alojado cálidamente. Había un fuego en un brasero con su brebaje hirviendo a fuego lento y la habitación olía deliciosamente a miel en la tetera. La abuela yacía en la misma cama rústica que debió haber venido con ella desde la cabaña. No encajaba con la fina decoración del salón dorado y verde con candelabros elegantemente fundidos, pero nadie se quejó. Gailin fue al lado de la abuela y puso su mano sobre su rostro pálido, escuchando atentamente los pensamientos y sueños de su abuela. La anciana dormía tranquilamente y no sentía dolor. Con un poco de concentración, Gailin pudo eliminar las úlceras de decúbito que invariablemente se desarrollaban con el tiempo, aunque no había nada que las impidiera.

"No llegará al invierno", murmuró Paget desde la puerta.

"Lo sé", respondió Gailin, sin apartar los ojos de la mujer que amaba. "Solo quería despedirme. No pude hacerlo antes. Te dejo una vela. Solo enciéndela y mantenla en alto y sabré que me necesitas si... Cuando ella esté a punto de morir. O cuando necesite mi ayuda. Su esposo prometió cuidar de ella y le agradezco lo que han hecho".

"Es lo mínimo que puedo hacer", respondió Paget amablemente. "Puede que no tenga magia, pero le he servido la mayor parte de mi vida".

Gailin miró a Paget y luego sonrió. "Oh, usted tiene magia, Señora. Tiene amor, que es la magia más fuerte del mundo. Puede... Ha movido montañas".

Paget se apoyó con cansancio contra la puerta, como si se hubiera cansado demasiado para ponerse de pie. "Ese era él ayer, ¿no? Estaba moviendo montañas. ¿Cómo fue?" preguntó, aunque obviamente sabía las respuestas.

Gailin se puso de pie y se dirigió hacia la puerta, porque no quería que su abuela se viera manchada por las discusiones sobre magia. "Sí, él estuvo moviendo más que montañas, pero no sé mucho sobre cómo, ni siquiera por qué. No nos hemos... No nos hemos reunido formalmente. Él todavía se preocupa por usted y no romperá su promesa. Yo lo respeto por eso. Mientras tanto, tengo mucho que aprender y hacer, y pasarán muchos años antes de que esté... Lista. Usted no debe preocuparse de que alguna vez ocuparé su lugar en su corazón".

Luego, Gailin pasó apresuradamente por la puerta y salió de la habitación, temerosa de ver el dolor en los ojos de la mujer mayor, pasó más allá de Paget y volvió al vestíbulo. Pero al salir de la habitación, escuchó las palabras de despedida de Paget. "No, pero yo por mi cuenta ya me he sacado de su corazón".

Al final, Vamilion convenció a Owailion para que lo enviara a la nueva isla Gardway con el juramento de que se enfrentaría a Paget, pero primero quería estar limpio y descansado y, de alguna manera, después de una batalla transcontinental, un invierno como un montón de piedras, rompiendo el mundo abierto y luego con su cuerpo reconstruido, quería un baño. Además, esta conversación requería de un poco de reflexión y se quedó varada en las llanuras, con Owailion sobre él no contaba con una preparación adecuada para hablar sobre esto. Entonces hizo que Owailion lo enviara por medio de uno de sus hechizos de viaje instantáneos a la isla Gardway.

De manera inusual, Owailion lo colocó suavemente junto a una de las piscinas que aún humeaban y fue algo bueno. Vamilion apenas podía pararse y mientras todo funcionaba, moverse todavía se sentía increíblemente doloroso y lento, como si hubiera envejecido décadas hasta convertirse en un anciano. "Tú eres uno", murmuró para sí mismo mientras se desnudaba y se sumergía con cuidado en el agua. Los tsunamis de la temporada anterior habían dejado depósitos de lodo sobre los campos de lava negra y había comenzado una neblina verde de vida vegetal, dejando el territorio extranjero liso y casi como una alfombra. Las aguas termales humeaban tentadoramente, pero después de sumergirse en el agua tibia durante una hora y examinar su obra ahora que el malestar volcánico se había calmado, Vamilion finalmente se dio cuenta de que tendría que pensar en Paget sin importar lo que hiciera.

Primero, Paget le había sido infiel. Por supuesto que había sido hace años, antes de que él tocara la Piedra del Corazón, pero no podía entender por qué ella habría hecho eso y debería ser la primera pregunta que le hiciera. Era difícil decidir qué emoción quería desahogar con ella primero; tristeza o enfado. Al final, decidió que la batalla del otoño pasado había sido suficiente ira por el momento sin lidiar con la infidelidad de su esposa y quería explorar algo nuevo. Tal vez había sido un marido difícil y no se dio cuenta de las formas en que le habría fallado. No, no habría cambiado mucho. Él había sido él mismo y ella no podía culparlo por eso. Puede que no hubiera sido fácil estar casada con un hombre que viajaba la mayor parte del tiempo, pero ¿de qué otra manera se habría ganado la vida en ese entonces, antes de la magia?

Entonces, ¿cómo iba a confrontarla? Cuanto más vieja se hacía Paget, más gentil se sentía con ella. Quería darle todo lo que su corazón deseaba y con su magia tenía. Vivía lujosamente en su palacio, con ropas finas y joyas que él mismo extraía y pulía. Podía viajar si lo deseaba, pero nunca expresó eso como una ambición. Tenía algunos amigos cercanos en la aldea que se habían formado alrededor del palacio después de que él rompiera el sello, y ocasionalmente los invitaba a su casa. Hizo jardinería apasionadamente y se había dedicado a la pintura al mismo tiempo que Vamilion había descubierto su amor por la escultura, para que pudieran trabajar juntos. ¿Era perfecta su relación? Ciertamente no, pero él nunca supo que ella tenía algo por lo que estar descontenta.

Sin embargo, quedaba el hecho de que ella iba a morir y él todavía tenía la apariencia de treinta y tres años que tenía el día que tocó la Piedra del Corazón. Su infidelidad había sido mucho antes de eso y ahora Vamilion sintió que la ira se apoderaba de nuevo de él. Hizo que el agua estuviera más caliente mientras pensaba en ello. Paget le había permitido creer que sus dos hijos eran suyos y los había criado como tales, amándolos. Los habría amado incluso si lo hubiera sabido, pero ¿se dieron cuenta los niños de que él no era también su verdadero padre ahora? ¿Se lo habría dicho Paget?

Oh, esto no lo estaba llevando a ninguna parte. Él nunca lo sabría hasta que le preguntara. No podía imaginar con quién había estado y se sintió asqueado por la idea. Su amor por Paget nunca había vacilado y no lo haría ahora, aunque quería estar molesto con ella. Sobre todo quería una razón y una oportunidad para perdonarla de alguna manera.

Luego estaba el Rey de la Creación a ser considerado. Owailion esencialmente había arrojado a Gailin a los lobos, casi animándola a casarse con el Devorador de Almas y demostrar que los Sabios no podían tener hijos para poder evidenciar esto ante Vamilion. Owailion probablemente tenía otros motivos para este argumento épico que había elaborado, como hacer que Vamilion se enojara lo suficiente como para romper las líneas ley. ¿Pero por qué ahora? Gailin era tan nueva en la magia que no estaba bien usarla como un peón para motivarlo y esa no era la forma de llevarla al poder. ¿Era la invasión inminente tan alarmante para él que quería que Gailin fuese abusada y...? ¿Tampoco podía soportar pensar en eso? Seguramente había mejores formas de prepararse para una invasión.

La noche descendió sobre la isla, dejando a Vamilion en la oscuridad, haciendo eco de cómo se sentía emocionalmente. Por la mañana iría a confrontar a Paget y esperaría lo mejor, aunque no sabía cómo podría volver a mirarla de la misma manera. Salió de la piscina y conjuró una alfombra y una manta cómodas. Luego se acurrucó en el borde de la piscina y durmió profundamente, aunque tuvo que usar magia para tranquilizarse y su cuerpo torturado no fue lo único que lo mantuvo despierto.

Al amanecer, Vamilion se levantó, se conjuró un nuevo conjunto de ropa con menos quemaduras de rayos y estaba pensando en afeitarse. A Paget nunca le gustó que usara barba, aunque eso lo ayudó a mezclarse con los mineros que trabajaban en las montañas alrededor de su casa y lo hizo parecer un poco mayor, como si encajara con su esposa. Conjuró la navaja, pero luego se lo pensó mejor. Los sentimientos de Paget acerca de su apariencia no eran su problema, y se iría como estaba. Así que desayunó sentado en el musgo verde que bordeaba la piscina y estaba pensando en desplazarse a la cima del volcán para poder mirar antes de irse. Entonces algo cambió.

"Lord Vamilion, debe volver a casa inmediatamente". La voz mental de Goren, su mayordomo, resonó en el alma de Vamilion.

Goren rara vez entraba en pánico y con la magia limitada a llamar a su maestro y una larga vida, no era probable que el hombre se adentrara en la mente de Vamilion por capricho. Podía contar con una mano cuántas veces Goren, un hombre estable y casi sin emociones, lo había llamado en los veintitrés años que se habían conocido.

"Estaré allí en un minuto", replicó Vamilion solo para tranquilizarlo y se puso de pie de un salto y luego al palacio de la montaña. Corrió hacia la puerta pulida y entró antes de que Goren hubiera bajado las escaleras hasta la puerta para encontrarse con él.

Goren lo saludó en el vestíbulo. "Mi Señor", susurró en su angustia. "Estoy tan contento de que haya venido. Es Lady Paget. Ha caído repentinamente enferma... Creo..."

"Goren, ¿dónde está Paget?", Exigió Vamilion, sintiendo un repentino miedo aplastante. Tenía que hablar con ella. Ella no podía morir. Vamilion no esperó a que el señor mayor escupiera las palabras. Sabía dónde estaría Paget; en su dormitorio cerca de la parte superior de la torre principal del palacio. A ella le encantaba esa habitación y él se movió allí sin escuchar la explicación de Goren.

La habitación estaba a oscuras. Goren debió haber venido a atender las luces y la encontró allí, permaneciendo en la cama mucho después de su hora normal de estar despierta. Pero Paget yacía en la cama, con los ojos cerrados y respirando entrecortadamente. Se había puesto pálida como la almohada sobre la que descansaba. Su cabello oscuro todavía estaba en la trenza que normalmente usaba cuando se iba a la cama y en la mesita de noche había una copa medio llena de un líquido extraño y espeso. Vamilion lo levantó para oler la bebida y casi se atragantó. ¿Veneno? No podía estar seguro.

Toda su emoción anterior desapareció cuando extendió la mano para tocar su rostro pálido donde las líneas de su edad se habían profundizado y un dolor se escribía en sus manos. Deseó, no por primera vez, que sus manos fueran más suaves, no medio piedra y ásperas, mientras le rozaba la mejilla. Nunca tuvo el hábito de entrar en su mente por respeto a la desigualdad inherente de su relación, pero no ahora. Vamilion usó su toque para formar el conducto hacia su mente dormida.

Oscuro y dolorido, sintió que el veneno que ella había tomado se estaba abriendo camino a través de su sistema. Sin embargo, más irritación fue su propio malestar. La culpa o alguna otra miseria la había llevado a este punto y Vamilion podía sentir cómo se revolcaba en ello. No había detalles específicos, pero sabía que ella se había hecho esto a sí misma debido a su caos personal. Quemó sus sueños y la llevó a terminar con su vida sin resolver lo que realmente la torturaba.

"Paget", le ordenó, usando magia de nombres en ella por primera y única vez, "despierta y habla conmigo, por favor". No podía soportar que ella lo dejara y no le dijera dónde se había equivocado. Siempre había sabido que la amaba y que la perdería, pero no ahora, todavía no, no con tantas cosas sin resolver.

Obedientemente, los profundos ojos marrones de Paget se abrieron y se centraron en él. Incluso logró sonreír. El agotamiento se escribió en la oscuridad bajo sus ojos, haciéndolos parecer más atractivos y misteriosos. Que él estuviera allí fue un consuelo para ella y le dio unas palmaditas en la cama, invitándolo a sentarse en lugar de arrodillarse. Lo que sea que había en la copa se movía lentamente y ello le daba tiempo. Sin atreverse a considerar las ramificaciones, extendió su mente y le habló a la Reina de la Curación.

"Gailin, por favor, ven a verme".

Mientras esperaba, se inclinó y le dio un beso de buenos días a Paget y ella por primera vez, no lo rechazó. Ella todavía lo amaba, se dio cuenta, incluso mientras huía de esta vida, de él.

"¿Por qué?" Preguntó simplemente.

Paget no habló al principio y él pudo sentir su tremendo agotamiento. El veneno la pondría a dormir hasta que no tuviera energía para respirar o mantener su corazón latiendo, pero sin dolor y lento a pesar de todo. Vamos, Gailin, date prisa por favor.

"La Reina de la Curación vino aquí ayer", logró decir Paget, mirando a otro lado. "Ella es una chica encantadora".

"Esa no es la razón por la que me dejas", respondió Vamilion, luchando poderosamente por mantener la amargura fuera de su voz. "Me has estado dejando durante años, y necesito saber por qué. Los chicos son…"

Ella supo de inmediato lo que él infirió y casi agradeció la oportunidad de desnudar su alma. "Intenté con todas mis fuerzas no sentirme sola cuando no estabas. Quería que tuvieras hijos y cuando no pude dártelos… Quería darte algo. Eso estuvo mal, pero yo también quería a los niños. Puede que no sean tuyos, pero nunca se lo diría a ellos. Te amaba y lamento haberte lastimado. Lo hice por amor".

La rigidez que quedaba en la espalda de Vamilion se convirtió en piedra y se sintió enfermo, como si él también hubiera tragado veneno. ¿Por qué escuchar las palabras admitidas era mucho más doloroso que simplemente decirle que le había sido infiel? "¿Quién?" Vamilion logró preguntar.

La mujer moribunda suspiró con pesar. "No lo sé. Ambos… Tan pronto como te marchaste para que nunca lo supieras o sospecharas. Pensarías que eran tuyos. Elegí a los hombres porque se parecían un poco a ti: oscuros y tormentosos". Ella extendió su mano y con esfuerzo tocó su rostro.

No pudo resistirse, pero la tomó en sus brazos y la abrazó con fuerza. Siempre le había encantado sentir la cabeza de ella contra su pecho para que ella pudiera escuchar los latidos de su corazón. Se había convertido en un recordatorio de que todavía era humano, a pesar de todos los cambios que había experimentado. Un corazón humano podría amar. Se durmió a menudo escuchando ese ritmo constante a lo largo de los años. Ahora la abrazó, esperando que ella escuchara ese latido y mantuviera su propio corazón un poco más.

Demasiado tarde, Vamilion escuchó mágicamente el golpe en la puerta y la respuesta de Goren, introduciendo su futuro en su casa. El portero apresuró a la Reina de la Curación escaleras arriba, prácticamente corriendo, pero sería demasiado tarde. Paget había escapado de la torpeza de su vida, dejándolo libre y con más dolor del que le había preparado una espalda rota. Gailin llegó a la puerta y él no se volvió para mirarla. Todavía no. Tenía un juramento que cumplir.

Vamilion podría haber esperado que Gailin pudiera hacer algo, pero era demasiado tarde. Ambos podían oler el veneno y sus oídos mágicos fueron testigos del silencio del corazón de la mujer. No hizo falta mucho para comprender lo que había sucedido. Él solo podía esperar que la llegada de Gailin el día anterior no hubiera precipitado esta decisión. El dolor de Vamilion, mientras el de su esposa se desvanecía, ondeaba como un terremoto a través de la habitación y solo podía rezar para que Gailin no pensara que ella lo había empeorado.

Goren y Gailin se quedaron mirando en la puerta, esperando hasta que Vamilion finalmente recostó a Paget en la cama. Suavemente, le arregló el cabello y cruzó las manos de Paget suavemente sobre la sábana. Estudió su rostro durante mucho tiempo, memorizándolo para el futuro. La esculpiría algún día y cada pliegue y vena de sus manos se reproducirían con amor. Era extraño que ni la ira ni el dolor por sus decisiones ganaran en su corazón. En cambio, fue el amor que se quedó atrás.

COLOCANDO LAS LÍNEAS

Gailin se preguntó en privado, detrás de sus escudos más fuertes, si Vamilion habría sido más asombroso si no estuviera de duelo, pero algo se agitó en su alma mientras lo observaba ponerse de pie lenta y rígidamente. ¿Debería irse, dejarle asentar su mundo fracturado antes de que tomara nuevas piezas y comenzara una nueva vida con la compulsión de amarla? Ella ya lo había visto, inconsciente en las llanuras, y sintió ese movimiento, pero se haría más fuerte si lo dejaba entrar ahora, consolándolo.

"¿Debería irme?" le susurró mentalmente, mirando su espalda encorvada y sin sentir ni un ápice de orgullo por lo que había hecho para que este hombre alto y poderoso pudiera caminar de nuevo.

"No, Goren te llevará a la Cámara de la Verdad. Estaré allí brevemente. Voy a... Necesitaré tu ayuda".

Goren debió haber sido incluido en la conversación privada, al menos parcialmente. El portero giró en el pasillo y le indicó que se adelantara a él y él le guiaría hacia esta Cámara de la Verdad. Gailin caminó aturdida por los pasillos gloriosos y ricamente decorados y se preguntó por qué estaba allí. No había llegado a tiempo para salvar a Paget. No se sentía bienvenida cuando probablemente ella había sido la razón por la que la Dama había tomado el veneno y en la Tierra, la gente estaba sufriendo y ella quería ir a ayudar. Ella acababa de comenzar su trabajo en el pueblo que había elegido con su vela cuando llegó la llamada de Vamilion, desesperado por su ayuda. Y ella le había fallado.

"Gracias por venir", dijo Goren con voz plana y sin emociones mientras bajaban unas escaleras. "Él necesitará de usted en este momento doloroso. Es tan triste que... Que se haya hecho esto a sí misma".

"¿Estaba usted cerca de la dama?" Preguntó Gailin, luchando por algo que decir.

Goren se encogió de hombros con torpeza. "Como mayordomo de puerta, no está en mi naturaleza... Incluso podría llamarlo una compulsión, conectar con cualquier persona que no sea Lord Vamilion. Es parte de la vida extremadamente larga con la que he sido bendecido. Nunca sentí la necesidad de hacer nada más que servir. Puede parecer extraño, pero en realidad soy mayor que él, pero con mucha menos experiencia. Esencialmente, es mi compulsión ser su amigo y, por lo tanto, cuidar de Lady Paget era parte de eso, pero no estaba cerca de ella. No puedo imaginarme la vida sin ella en la casa, pero lloraré más por él que por ella. ¿Suena duro cuando en realidad yo pasé más tiempo con ella que lo que él pudo haber pasado?"

Gailin miró al indescriptible y modesto caballero y se preguntó qué podía decir. "No, debe ser un poco como ser un sanador. En mi caso, tengo que infligir dolor y a veces, dar malas noticias a algunas personas y para cumplir con ese deber, no puedo permitirme mostrar emociones. Es casi más fácil curar a personas que no conozco porque la preocupación por sus sentimientos no interfiere con la preocupación por su dolor. En cierto modo, es un don que debo tener. Quizás sea lo mismo para usted".

Goren se detuvo en el pasillo y la miró asombrado. "Eso es precisamente lo que es", comentó. "Usted es realmente una Sabia, Lady Honiea".

"No me siento muy sabia en este momento. ¿Fue mi llegada aquí la razón por la que Paget tomó veneno? Preguntó Gailin.

Goren negó con la cabeza y luego, inesperadamente, alcanzó una puerta que daba al pasillo frente a una exquisita vidriera de un pico de montaña cubierto de nieve. "No, mi señora. Ese dolor era tan antiguo como las colinas y se acerca el deshielo. El peligro de avalancha siempre es mayor en ese momento y eso estaba destinado a suceder. Si yo lo hubiera sabido, la habría detenido, pero sospecho que se había estado tomando la dosis durante varios días antes de que usted llegara. Ella había estado enferma y era poco lo que podíamos hacer".

Goren le hizo un gesto para que entrara en la exquisita habitación más allá de la puerta intrincadamente tallada y entró esperando encontrar la misma belleza presenciada en todo el castillo, pero cuando cruzó el umbral, cambió a su vestimenta, lavanda y plata, pero esta vez sin las armas. En cambio, llevaba un velo de gasa muy fina, sujeto por una corona de plata y diamantes. Ella jadeó y se volvió hacia Goren, mirándolo como si él hubiera lanzado un hechizo sobre ella.

"La Cámara de la Verdad está encantada", explicó desde la seguridad del pasillo. "Cualquiera que entre se muestra como su verdadero yo y usted, mi Señora, es una Reina. Le traeré algo de comer y Lord Vamilion se levantará cuando esté listo. Por favor siéntase como en casa". Entonces el mayordomo se dio la vuelta y la dejó.

Sin querer, Gailin permaneció en la habitación ricamente decorada. Las paredes brillaban con el cuarzo y las ventanas sin adornos, lo suficientemente delgadas para dejar entrar el sol brillante, pero aún blancas con las tallas más gruesas con el contorno familiar de la Cordillera de las Grandes Cadenas. Los muebles de bronce pulido brillaban con joyas talladas, en su mayoría rubí y ónix en las sillas de terciopelo gris y la mesa también de bronce pulido. Las cortinas de terciopelo rojo sangre adornaban los espacios sin ventanas, y no pudo resistirse a pasar las manos por la tela, pero esto dejó al descubierto que detrás de cada cortina había una escultura. Reconoció una estatua de Owailion. Detrás de otra, encontró a una mujer en alabastro escondida y supo instintivamente que debía ser Raimi, la esposa muerta de Owailion. Con una mirada rápida contó dieciséis nichos ocultos y supo entonces lo que Vamilion estaba creando aquí: el lugar de encuentro de los Sabios, creado con anticipación. No se atrevió a mirar más lejos, temerosa de encontrar a Vamilion o a ella misma reproducida en piedra.

Con temor, Gailin se sentó a la mesa y trató de no sentirse incómoda con el vestido lavanda. Al menos era apropiado para un lugar tan grandioso. Temía pensar en cómo debería estar luciendo. El entumecimiento y la sensación de sobrecogimiento emocional debieron aparecer en su rostro. De alguna manera, el cabello color miel y las pecas con ojos verdes no encajaban aquí. Este no era su hogar, pero sabía que encajaba perfectamente como refugio de Vamilion. Él se mantenía firme, alto y melancólico, como el techo con vigas de obsidiana que se arqueaban sobre las paredes de mármol. Ella miró las joyas colocadas sobre la mesa y tuvo que estirar la mano para tocarlas, y así asegurarse de que eran reales. Tocó un diamante congelado en el bronce y luego lo comparó con los que se alineaban en su velo. Eran iguales, se dio cuenta con asombro. Todo esto era real.

Perturbada, se levantó el velo que le cubría la cabeza para poder ver con mayor claridad. ¿Podría estar 'en casa' aquí como Goren le había aconsejado? No, no hasta que supiera cómo le iba a Vamilion. No hasta que ella lo conociera y él a ella. Esta habitación podría mostrarla como una Reina aquí, pero le chocaba y todavía se sentía como una intrusa, necesitando estar en la Tierra, encontrar sus Talismanes y curar a la gente. Se sentía como una compulsión... Una picazón como Vamilion la había llamado, pero que ella pudo resistir. Si se concentraba, la necesidad del Rey de la Montaña también encajaba en esa compulsión y sabía que tendría que enfrentarse a él y a su dolor antes de poder responder a las otras necesidades.

Goren regresó momentáneamente con una bandeja plateada de té, galletas y fruta. Al entrar, el portero no cambió en nada, conservando su sencillo traje gris y su apariencia solemne, como si fuera una de las esculturas de Vamilion que había cobrado vida. Sin embargo, inesperadamente, se sentó a la mesa para hacerle compañía y le sirvió té. Comieron en silencio al principio y esperaron, como si fueran los seres queridos de un paciente, esperando un diagnóstico desalentador. Gailin supo instintivamente que la conversación sería incómoda y opresiva en este momento oscuro.

Finalmente, cuando la luz había comenzado a desvanecerse en las ventanas de piedra, Gailin oyó que la puerta se abría de nuevo y se volvió para ver a Vamilion entrar en la habitación. Se veía tan diferente de cómo lo había hecho en la llanura, arrugado y aplastado, gris como la piedra y dolorido. Ahora esperaba casi lo mismo. Ella estaba equivocada. El hombre que entró ahora se transformó. Él era alto, al menos un pie más alto que ella y mientras su cabello oscuro y sus ojos grises se movían como una tormenta sobre la cima de una montaña, supo instintivamente que él nunca sería frío con ella. Sus manos, fuertes y ásperas con la piedra que trabajaba, no le harían daño ni le quitarían la vida, pero era independiente y gentil con ellas, a pesar de su tamaño. Y cuando entró en la habitación, se convirtió en rey. La llamativa túnica de cuero burdeos, tachonada de gemas en el contorno de las montañas resaltaba su piel bronceada por el viento y el tahalí de charol llevaba un cincel, un martillo, un pico y hasta una espada, todo finamente pulido. Vamilion, bien acostumbrado a los cambios que hacía al entrar en esta habitación, levantó el tahalí por encima de su cabeza y lo puso junto a la puerta, la miró. Gailin se puso de pie para recibirlo.

Y tuvo la emoción de ver los ojos de Vamilion abrirse de asombro. Se detuvo, congelado en el marco de la puerta con asombro. Ella se sentía de la misma manera. Sintió una ligereza que desafió toda explicación dadas las sombrías circunstancias de esta primera reunión oficial. Experimentó un consuelo y una atracción que faltaban por completo en su tensa relación con Drake o en su desinterés por Jonis. Vamilion encajaba cómodamente en su mente, como si pudieran estar juntos en una habitación para siempre, sin necesidad de interactuar, y no se sentiría incómodo en lo más mínimo. Más aún, ella quería estar con él.

Ella se las arregló para hablar primero. "Si este no es el momento adecuado... Me iré y..."

"No", Él la interrumpió y logró dar un paso. "Necesito que estés aquí". La súplica de su voz desmentía su renuencia a acercarse a ella. ¿Por qué necesitaba quedarse si le inquietaba su necesidad de llorar? Pero cuando finalmente Vamilion dio unos pasos más y se acercó a la mesa para sentarse, ella se le unió en la mesa y le sirvió el té que había calentado mágicamente para él. De alguna manera, Goren se había ido sin que ninguno de los dos se diera cuenta, sabiendo que esta conversación tenía que ser privada.

Gailin reconoció instintivamente que Vamilion necesitaba hablar, desentrañando lentamente sus pensamientos y emociones, porque los había enterrado como joyas en una mina y nunca los había desenterrado hasta ahora. Tenía que encontrarlos o nunca sería capaz de superar realmente todo lo que había experimentado. Lentamente, se convirtió en el hombre al que ella se uniría.

"Gracias", comenzó lentamente con su voz profunda, suave pero grave. "Reconstruiste mi cuerpo y no pude decirte cuánto aprecio tu curación".

"¿Todo funciona bien?" preguntó y luego se dio cuenta de lo incómoda que podría ser esa frase. Ella se sonrojó y deseó que el velo estuviera nuevamente sobre su rostro. Vamilion no se rio entre dientes, tomando su comentario como nada más que su curiosidad médica.

"Está bien. Estoy rígido y dolorido, pero luego... He pasado por muchas cosas en los últimos meses y cualquiera se sentiría así con el peso de las montañas encima".

"Owailion me habló de tu... Desacuerdo", comentó, tratando de sacarlo al aire sin ir a temas aún más dolorosos. Una batalla entre magos nunca sería una prueba ligera, pero era mejor que hablar de Paget.

"Llámalo como fue: una masacre. Él siempre ganará esa batalla y nunca tendrá que tocar una espada", reconoció Vamilion.

"¿Por qué estaba peleando contigo? Parecía una tontería, por lo que me dijo el pequeño Owailion", alentó Gailin, mostrando que fuera lo que fuera lo que había encendido la enemistad, ella respaldaría a Vamilion.

"Fue una tontería", confirmó. "Estaba frustrado... Por muchas cosas, la mayoría de las cuales habían sido exacerbadas por Owailion. Verás, no tengo forma de viajar mágicamente. Es una limitación que no puedo entender porque todos los demás Sabios, Owailion, la Reina de los Ríos... Y ahora tú, todos tienen una forma conveniente y mágica de viajar. Por eso fue más fácil para Owailion cuidarte mientras te trasladabas a las llanuras. Owailion fue el que sugirió eso, pero aparentemente tenía motivos ocultos. Quería que me sintiera frustrado... Incluso enojado. Quería que me preocupara por ti que estabas ahí afuera a solas con la serpiente".

"Su nombre es Neeorm, por cierto", dijo con frialdad, sintiendo el toque reptil en su garganta, y tragó, preguntándose si Vamilion interpretaría su comentario como una preocupación por su marido. "Le limpié la mente y él es tan paciente aquí como mi abuela", agregó para dejar en claro que no amaba al hombre.

Vamilion asintió de nuevo, rígido. No sabía qué había sido de su antiguo enemigo, pero luego continuó con un problema más presente. "En realidad, Owailion nos estaba usando a los dos. Quería que te impulsaran a tus poderes y que aprovecharas... La mente de Neeorm para explorar. Sabemos muy poco sobre la magia de los forasteros y tú has descubierto muchos de los valores de Owailion. Él sabía que ninguno de los dos podría acercarse tanto como tú ya estabas posicionada. Él también... Y no puedo creer que él pudiera hacer esto... Quería que te casaras con la serpiente. Él lo quería así", y Vamilion tuvo que suspirar profundamente para sacar las siguientes palabras de su boca antes de que lo enfermaran. "Quería demostrarme que los Sabios no pueden tener hijos. No quedarías embarazada. Pensaba que si yo supiera que mis hijos no eran míos; que Paget me había sido infiel, entonces esto era una prueba. Pensó que estaría lo suficientemente enojado como para dejar a Paget y volverme hacia ti antes de que ella muriera.

Gailin sintió que se quedaba boquiabierta de asombro. "¿Me dejaría...? ¿Para forzarte...?"

Vamilion suspiró frustrado. "Owailion siempre tiene muchos niveles de plan. También sabía que entonces estaría lo suficientemente enojado como para seguirte y matar a Neeorm o... O hacer lo que hice. Abrir la Tierra y enterrar las líneas ley".

"¿De verdad hiciste eso?" Preguntó Gailin, aunque sabía la respuesta. Ella había visto la evidencia escrita en la mente vacía de Drake.

"Sí", admitió Vamilion con un toque de culpa. "Tenía que estar tan enojado. No podía entender por qué Owailion te había permitido... Ser tocada por esa serpiente. Yo te amaba demasiado y Owailion se negó a explicarme todo esto. Me enojé tanto con él, su manipulación, su mente tortuosa... Que preferiría luchar contra él que contra todos los invasores que se acercaban. Luché contra él y me rompí en algo más duro que una montaña. Siempre perderé ante el Rey de la Creación".

Gailin no sabía qué decir. Quizás no había nada que decir en esta dolorosa comprensión. Él luchó contra su mentor, temió por la seguridad y la cordura de Gailin, destrozó la tierra, combatió una invasión y luego descubrió que la mujer que amaba le había sido infiel y que sus hijos no eran suyos. ¿Y además de eso, Paget se había suicidado? Vamilion debía estar volviéndose loco de dolor y, sin embargo, se sentó allí para hablar con ella en un tono uniforme, firme, sólido y fuerte. Ella se maravilló de la atracción que él ya sentía por ella.

"Y ahora tengo que ir a decirles a mis hijos que su madre está muerta", anunció sombríamente.

Gailin lo miró con simpatía. "¿Cómo puedo ayudar?"

Vamilion miró hacia abajo con vergüenza y, sin embargo, estaba dispuesto a preguntar de todos modos. "¿Me llevarás con mis hijos? Viven junto al río Laranian y me tomaría un mes caminar hasta allí, pero debería decírselo en persona. No tienes que conocerlos. Eso no estaría bien, pero..."

"Por supuesto que lo haré. Mientras hablas con ellos, puedo ayudar con los curanderos de su aldea y nunca sabrán que estuve allí. ¿Ellos saben...? ¿Sobre esta compulsión...? ¿Sobre lo que seremos tú y yo?" Ella preguntó.

"No les dije, pero Paget podría haberlo hecho. No me han perdonado por convertirme en mago y eso es bastante malo. No les diré... Lo que hizo su madre. Algunas cosas no necesitan ser conocidas, incluso si son verdad".

"¿Cuándo deberíamos irnos?" Ella sacó su vela para mostrársela. "Creo que también puede funcionar como tu magia, de montaña a montaña. Si le doy una vela a alguien, puede llamarme sin usar magia y obtener mi ayuda. Para mí, es una manera perfecta de saber dónde me necesitan".

Vamilion parecía preocupado, casi angustiado por su comentario. "Parece... Bastante descarado. Siempre hemos tratado de ser sutiles con la magia, de tal manera que nadie sepa que somos magos y así tenemos algo de anonimato".

Pero los instintos de Sabia de Gailin le decían lo contrario. Extendió la mano y tocó el brazo de Vamilion suavemente, esperando a que él la mirara. Sus ojos verdes lo calmaron y le hicieron darse cuenta de que llevaba consigo un aura de paz que ni Owailion ni él podían igualar.

"Mi magia es diferente", susurró. "Debo estar fuera de casa, ayudando a la gente. Los curanderos de las aldeas deben saber que existo y que pueden pedirme ayuda. No me bastará con verme obligada a investigar dónde me necesitan. Necesito ser conocida. Es hora de que la gente de la Tierra detenga ese intento de ahorcarse y deje de lado su miedo general a la magia. Deben adoptar la forma en que se ha desarrollado aquí en la Tierra. El hecho de que hayas cortado las líneas ley evitará que hechiceros como Drake regresen aquí de nuevo, y la gente se curará de su miedo a la magia".

Vamilion asintió al reconocer su lógica. "Eres verdaderamente una Sabia".

Dos días después, estaban uno al lado del otro en las orillas orientales del río Laranian, justo al sur de la aldea donde se habían asentado los hijos de Vamilion. Habían enterrado a Paget antes de irse, poniéndola a descansar en una cripta que cortó mágicamente en la ladera de la montaña sobre el palacio. Incluso había tallado una placa en la cara de piedra: Lady Paget de Vamilion, amada esposa y madre. Él, Goren y Gailin fueron todos los que asistieron al memorial, y aunque fue breve, resolvió su tristeza y Vamilion sintió que podía continuar su camino, aunque no sabía hacia dónde sería eso.

Y todavía no sabía, más allá de un pequeño pueblo en el río Laranian, cómo encontrar a sus hijos. Una vez allí, extendió la mano para localizar sus pensamientos algo familiares y comenzó a caminar, siguiendo sus instintos hasta la granja de su hijo mayor en la pradera. Por su parte, Honiea marcó una pequeña aldea en el mapa el cual finalmente estaba mejorando con asentamientos humanos y luego entró en la ciudad para preguntar por el sanador local. Podía mantenerse bien ocupada mientras Vamilion pasaba por esa siguiente conversación incómoda. Se enteró del nombre de la ciudad y estaba ayudando al curandero de la aldea con una mejor manera de arreglar las extremidades rotas cuando escuchó una voz en su cabeza.

"¡Es la hora!" Gritó Owailion, haciéndola saltar. "Los necesito a los dos aquí de inmediato". La grosera interrupción solo podría ser el Rey de la Creación. Casi había olvidado que se avecinaba otra invasión y los Sabios tendrían que lidiar con ella.

"Lo siento", le dijo al curandero del pueblo mientras conjuraba una simple vela. Que él no reaccionara fue testigo de su nivel de comodidad con su don de conocimiento y magia. "Me están llamando a otro lugar ahora. Recuerde, si alguna vez necesita mi ayuda, encienda esta vela, manténgala en alto y vendré lo más rápido que pueda". Luego salió apresuradamente de la clínica del curandero y salió al camino embarrado, fresco por las lluvias primaverales. Debatiendo sobre si interrumpir a Vamilion, ella se acercó a su mente, pero antes de que pudiera hacerlo, él la alcanzó.

"¿Puedes venir a verme aquí? Owailion tiene prisa y se angustiará si no estamos allí al instante". Vamilion presionó una imagen de un roble desnudo en el corral de la casa de su hijo y él mismo parado debajo de él. Ella usó la vela para moverse hasta allí y se encontró parada a su lado.

Aunque lucía miserable, Vamilion sonrió. "Eres mi Talismán. Nunca tendré una forma mágica de ir a donde sea que necesite ir, pero siempre te tendré a ti. Gracias".

"¿Cómo te fue con tu hijo?" preguntó con cuidado, sintiendo que Owailion podía esperar.

"Está molesto, pero sorprendentemente agradecido de que haya venido. No le dije nada de cómo murió o que yo no soy su verdadero padre, pero casi me perdonó. Incluso podríamos llegar a ser amigos, creo... Si alguna vez tengo la oportunidad. ¿Nos vamos?"

"Owailion puede esperar", respondió Honiea sin rodeos. "Necesito un visual si tengo que ir a algún lugar. Nunca he ido tan lejos sin saber de quién es la mente a través de la cual estoy viendo. ¿Puedes ayudarme a ir donde sea que esté Owailion?

Vamilion asintió con la cabeza, cerró los ojos concentrado, dirigiendo su mente hacia el este, buscando a tientas la presencia de Owailion y lo encontró después de una breve búsqueda en el lado este del delta del río Don. "Mira en mi mente", instruyó Vamilion y la magia tentativa de Honiea tocó su alma, deslizándose fácilmente en su cerebro y ella tuvo la visualización. Encendió la vela con un pensamiento, extendió la mano para tomar la mano de Vamilion y luego sostuvo la vela en alto, deseando ir donde Owailion los esperaba.

Llegaron en un destello de luz lavanda a las llanuras con el bosque delgado frente a ellos y con el río Don detrás de ellos. Más allá había una torre oscura en la costa este. Era corta y feo en comparación con el palacio del Sabio, alto y elegante, de mármol blanco, que se alzaba unos kilómetros más allá, en medio del delta. Ese palacio se elevaba más alto en el cielo primaveral a pesar de que estaba más lejos. Después de volverse para ver dónde habían llegado, Vamilion le sonrió, le apagó la vela y luego le puso la mano debajo de la barbilla. "Como dije, mi Talismán personal".

Gailin estaba encantada de que él se estuviera abriendo a ella por sí mismo. Parecía que quería besarla, pero Owailion salió a grandes zancadas por la puerta de la torre oscura y trotó hacia ellos, interrumpiendo el momento y arruinando el estado de ánimo. "Me alegro de que ustedes dos pudieran hacerlo. Ya era hora", comentó Owailion.

Los ojos de Vamilion se tornaron tormentosos, ya sea porque no le gustó la interferencia o porque todavía no había perdonado a su mentor por su manipulación. De cualquier manera, Honiea le dio una mirada de advertencia para asegurarse de que no volviera a perder los estribos y luego se volvió hacia Owailion con una sonrisa ganadora y Vamilion tuvo que hacer lo mismo.

De mala gana se volvió para dirigirse a Owailion. "Permíteme presentarte a Lady Honiea, Reina de la Curación. Lady Paget ha muerto, pero llegamos tan pronto como supimos que nos necesitabas.

Esa noticia hizo que Owailion se quedara corto. No se había enterado de la muerte de Paget y ahora tropezó con el incómodo silencio. Le tomó un momento recuperarse y luego simplemente ignoró el doloroso anuncio por completo.

"Bienvenida, Lady Honiea. Me alegra que estés aquí. Vamos a necesitar todos nuestros esfuerzos en este ataque. Nos ocupará a los tres". Luego se lanzó a las circunstancias que lo habían decidido a llamarlos. "Los forasteros han estado llegando por tierra a través del bosque Demion y estarán aquí cualquier día. He construido estas torres para vigilar, pero ahora están llegando al borde donde Vamilion ha roto las líneas ley. Pronto descubrirán el final de su poder. Honiea, aquí es también donde sabremos si tu esposo mago de la oscuridad, ha compartido tu verdadero nombre con ellos. Si estaba en contacto con estos forasteros, entonces podrían ir más allá de su conexión con las líneas ley para perseguirte. Ellos serán vulnerables. Sin embargo, si no conocen tu nombre, o incluso tu existencia, queremos mostrarles que la Tierra tiene otro defensor y a la vez convencerlos de que la Tierra también podría ser sellada para ellos".

"¿Así que te refieres a que la vean?" La voz de Vamilion se volvió atronadora. "Quieres probar la teoría de si conocen su nombre deján-doles presenciarla aquí y probar la magia de nombres de nuevo. Eso es lo más ridículo que he escuchado de ti hasta ahora. La pondrás ahí fuera como un fusible para hacer estallar la situación. Me he dado cuenta de que tanto si las gemas están en la mina como si no, nunca funciona tan bien para las que quedan atrapadas en esa explosión". Vamilion avanzó hacia Owailion con una mirada asesina en sus ojos.

"No", objetó Honiea, colocándose entre los dos hombres y delibe-radamente puso su mano sobre el pecho de Vamilion, directamente sobre su corazón. "No, los Sabios no deben pelear".

Vamilion la miró asombrado. ¿Cómo podía ser tan indulgente cuando Owailion la había arrojado a los lobos?

"Puedo pasar por alto el pasado porque no puedo curar tu grieta si guardo rencor. He limpiado ese pasado. Hay algo más seguro que podemos hacer en lugar de desafiar a estos hechiceros oscuros para que se alejen de sus líneas ley".

Honiea no bajó la mano, sino que se mantuvo firme entre los dos hombres y explicó el plan que se le había ocurrido. En cierto modo, parecía apropiado que ella tuviera que curar su grieta y coser las heridas abiertas que habían afligido a la Tierra desde el día en que se rompió el Sello. Y su plan, con suerte, haría ambas cosas.

"Cuando viajé con Drake, noté que él descartaba toda mi magia curativa, pero realmente codiciaba otras cosas sobre el poder del Sabio que parecían impresionarlo mucho más. Se maravilló de los palacios: pasamos junto a tres de ellos antes de encontrar el mío. Se burló de los sellos que los rodeaban y se quejó del desperdicio de energía mágica necesaria para mantener lo que pensaba que eran protecciones tontas. Tenía que conservar su poder como agua preciosa. Y la ropa real; no podía entender cómo teníamos la energía mágica para hacer ese cambio, pero lo encontró de lo más impresionante. Si hacemos tal exhibición, descarada y excesiva, ello tendrá un impacto en estos hechiceros. Si conjuraba un diamante, él lo valoraba más que un conejo en nuestra olla para la cena".

"¿Y no tenía idea de que los diamantes son más fáciles?" Comentó Owailion. "Interesante. Entonces, ¿qué tipo de exhibición llamativa los convencería de que no son bienvenidos y nunca lo serán?"

EL MURO

El bosque se erizó con el poder que acechaba en la oscuridad mientras cientos de hechiceros forasteros se acercaban. En la torre llamada Derecha, los pocos hombres armados que Owailion había reunido para defender el lugar parecían intimidantes con la armadura que los Sabios les habían dado, pulida y fuerte. Vigilaban a Honiea y su prisionero, pensando que estaban allí para protegerla. No tenían idea de que ella los estaría defendiendo. Incluso a través de los gruesos muros de granito de la Torre Derecha, podía sentir a los hechiceros que se habían reunido para invadir la Tierra. Habían llegado a menos de veinte millas de distancia, todavía en el bosque, pero ahora sabían que sus líneas ley habían desaparecido. La línea que habían seguido se había desvanecido.

Mientras tanto, Owailion se encontraba a unas pocas millas al este de la torre, concentrándose en la magia más lejana. Vamilion y él estaban ejecutando el plan de Honiea. Se pararon a quinientas millas de distancia, pero trabajando juntos, el uno hacia el otro, creando un muro de resistencia más allá de cualquier cosa hecha por el hombre antes. La comprensión de Honiea de los hechiceros oscuros como

Drake los había convencido de que solo un gesto tan grandioso rechazaría este tipo de ataque para siempre. De hecho, habían apostado toda su estrategia a la perspectiva. Entre los dos, Vamilion y Owailion habían pasado tres días construyendo un Muro para definir la frontera de la Tierra.

A quinientas millas de distancia, en el extremo sur de la Gran Cadena en la cima del nuevo pico que había construido en medio de su batalla con Owailion, Vamilion había establecido su lugar de trabajo. Debajo de él vio el bosque Demion que agonizaba lentamente extendiéndose, pero su mente estaba aún más lejos. Lanzó su magia al noroeste de la Tierra, más allá de Jonjonel, a una llanura de tierra vacía, completamente desprovista de gente y pocos animales en la tundra. Allí esperaba la piedra. No necesitaba hacer este Muro de la nada. Esta piedra, de granito antiguo, comprimido e inútil para cualquier otro propósito sería su materia prima. Con su talento con la roca, mágicamente cortó ocho por ocho bloques de material y luego los transportó mágicamente a través del continente con un pensamiento hacia él en su lugar de trabajo en la montaña. Allí refinó sus cortes y luego hizo la transición de cada piedra cortada a Owailion, quien las trasladó al canal que había cortado a través del bosque. Una y otra vez hacían esto, tallando piedras que un hombre tardaría días en cortar con una sierra. Juntos hicieron esto veinte veces en una hora, construyendo el muro alto y profundo. Entonces Honiea finalmente selló todo con un repelente mágico que elaboró sobre cada pulgada de las piedras a medida que se colocaban.

Y así, durante los siguientes tres días, mientras los hechiceros se acercaban, el Muro emergió lentamente, desde la base de la Torre Derecha hacia las montañas donde Vamilion estaba de pie para supervisar su creación. Juntos trabajaron casi constantemente, haciéndolo demasiado alto como para escalarlo con facilidad, más alto que los árboles que lo rodeaban y la superficie gris y pulida surgía de la nada, atravesando carreteras muy transitadas, bloqueando arroyos que normalmente desembocaban en el Don. Con la afinidad de

Vamilion por la piedra y la experiencia de Owailion por la ingeniería, pudieron construir tres millas de barrera en un día, construyéndolas deliberadamente justo en frente de los invasores entrantes. Si bien no los bloquearía físicamente por mucho tiempo, la intimidación de encontrar tal obstáculo en el medio del bosque donde no había ninguno antes, podría hacerlos dudar. Los Sabios necesitaban esa vacilación, o terminarían en una batalla mágica campal; tres contra cientos. Necesitaban darles a estos forasteros una razón para irse.

Finalmente, cuando el Muro se extendía más allá de la Derecha hasta el horizonte, Honiea fue a recuperar a Vamilion y llevarlo de vuelta a su obra para la confrontación final. Estaba exhausto después del largo acarreo de piedras desde cinco mil kilómetros de distancia, pero eso no pudo evitarse. Él era el único que podía sentir las líneas ley más allá del Muro y la siguiente fase de su plan exigía esa habilidad. Habían construido tanto de la barrera como pudieron antes de que llegaran los hechiceros, pero ahora debían dejar de construir y prepararse para el enfrentamiento.

Los tres Sabios se subieron a la cima del Muro cuando el sol comenzó a salir. Con la luz del amanecer en sus ojos y el primer día cálido de la temporada frente a ellos, estaban listos para desafiar a los forasteros que habían llegado. Todos los preparativos establecidos y desde la seguridad de un obstáculo sellado y defendido mágicamente, los Sabios hicieron una defensa estoica.

Y cientos de forasteros se reunieron en la base del Muro. Honiea podía sentirlos; en caballos, en grandes carruajes e incluso unos pocos moviéndose como algo más que humano. El atractivo de la Tierra, con su territorio abierto y un potencial casi ilimitado sin explotar, les hizo codiciar el lugar del que muchos solo habían oído hablar. Drake debió haberles dicho algo, porque llegaron directamente por una fuerte línea ley que Vamilion había marcado en su mapa y que corría justo debajo de las Montañas Vamilion y hacia el bosque. Debe haberlos atraído y ahora la encontraron cortada. Así que no sabían que Vamilion había roto todas las líneas ley del lado oeste del Muro.

Owailion estaba en lo alto del Muro con su atuendo real, cuero blanco tachonado de diamantes e incrustaciones de oro. En su mano sostenía una espada de platino y en la otra, un globo de cristal. Honiea solo podía adivinar lo que lograba este globo terráqueo, pero esperaba descubrir más pronto. Por su parte, había vuelto al hermoso vestido lavanda bordado. En esta ocasión también lucía un corsé de acero plateado, adornado con lirios y en su espalda lucía un carcaj de cristal lleno de flechas que no sabía usar y en su mano, un arco plateado. La apariencia de Vamilion complementaba la de ella, con una armadura grabada con escenas de montaña y en una mano un martillo de piedra, mientras que en la otra sostenía una espada que tenía un pomo rojo sangre. Debieron haber hecho una exhibición impresionante para los forasteros que los miraban.

Owailion miró hacia el bosque y vio los ojos estupefactos de los forasteros y sonrió. "Detente", dijo en el idioma de la Tierra, hablando en voz baja y dejando que la magia amplificara su voz hacia el suelo donde ondeaba a través de la reunión. "No pueden avanzar más".

Honiea podía oírlos parlotear confundidos o maravillados. Quizás no entendieron su idioma, pero Vamilion sí y compartió en privado las palabras que les hicieron eco en la cima del Muro. "Están desconcertados, porque no sabían que nosotros sabíamos que venían. Están asombrados por el Muro y se preguntan de dónde viene el poder para construirlo. Tal vez sea una ilusión, suponen".

"Entonces enséñales", sugirió Honiea.

Vamilion, el único de los tres que podía sentir las líneas ley, tomó el borde deshilachado de la línea al este del Muro y dirigió su energía directamente hacia la estructura que habían construido, reforzándola incluso más allá de su propio poder para hacerlo. La magia de la línea ley comenzó a fluir hacia la piedra y el Muro la absorbió, drenándola tan rápido como se llenó el río de magia. Vamilion incluso usó la línea ley para continuar la ilusión de más Muro a pesar de que aún no se había construido. La apariencia de piedra se extendió y empujó hacia el mar y hacia la Gran Cadena, completando el límite de la Tierra.

Dijo enfáticamente que nadie puede pasar esta frontera sin permiso y que la magia defenderá la línea.

Cuando el poder de la línea ley dejó de estar disponible, algunos de los hechiceros comenzaron a desmayarse, vacilando en su poder mientras el Muro les chupaba la sangre. Honiea vio esto como una señal y trajo adelante a su prisionero. Rompió el hechizo de invisibilidad que mantenía sobre Drake y él se tambaleó hacia adelante para que los de abajo lo pudieran ver.

Luego alzó la voz para que la escucharan. "Esto es lo que le pasará a cualquier hechicero que entre en la Tierra a partir de ahora. Ya no hay líneas ley al oeste de aquí y esta que siguieron ahora alimenta la barrera de este Muro. ¿Quieren convertirse en un bebé tonto como Drake? Si es así, desafíennos y sufran como él lo ha hecho".

"¡No tienes poder para esto!" alguien gritó hacia los tres sabios, usando magia para ser escuchado. "No podrían romper las líneas ley. Un hechicero como Drake no podía ser vencido. Esto es una ilusión y veremos cuánto tiempo puede durar tu Muro mágico".

Entonces Owailion reveló su siguiente paso. Permitió que aparecieran los guardias que habían preparado. Estos soldados, frente a toda la asamblea, ataron cuidadosamente una cuerda alrededor del cuello de Drake con el nudo en la parte posterior de la cabeza. Entonces Honiea le susurró al oído a Drake. "Neeorm, siéntate en el borde del Muro". Drake hizo lo que se le ordenó, sin siquiera concentrarse en el bosque o donde sus compatriotas lo esperaban mientras los soldados sujetaban su correa con cuidado. Entonces Honiea susurró una vez más: "Neeorm, traspasa el borde del Muro".

Drake obedeció. Comenzó a estrangularse mientras caía, pero los soldados lo bajaron muy lentamente para que no se rompiera el cuello. Los horrorizados forasteros comenzaron a gritar hechizos, tratando de cortar la cuerda o lanzar ondas puras de poder en el Muro para romper los encantamientos en él. Nada tocó a Drake, el Muro ni a nadie encima de la estructura. El globo de cristal de Owailion proyectó un escudo brillante similar a un vidrio sobre el área afectada, alejando incluso los pocos árboles que habían sobrevivido a la excavación del Muro. Luego, cuando el cuerpo de Drake había llegado hasta la mitad del costado del Muro, los soldados dejaron de bajar a su víctima. Estaba fuera del alcance para rescatarlo físicamente, pero estaba completamente expuesto contra el costado del Muro. Por instinto, el hechicero estúpido pateó y se estranguló, golpeando sus talones contra la piedra, pero nunca profirió ni siquiera un gemido de dolor. Cuando las ráfagas de poder golpearon el Muro, él no poseía el miedo para pedir clemencia.

Alguien en el bosque debe haber conocido el verdadero nombre de Drake, porque le gritó al cuerpo que luchaba. "Neeorm, rompe la cuerda". Sin embargo, no pasó nada mientras continuaba agitándose y luchando por respirar. Drake no tenía la magia o la habilidad física para atravesar su soga y, aunque trató de obedecer, fue inútil.

"¿Hemos sido claros? No habrá magia en la Tierra sino la magia del Sabio. Ustedes no son bienvenidos aquí. Protegemos a la gente y cortaremos a cualquiera que tenga la intención de dañar esta Tierra", anunció Honiea desde el bosque para que todos la escucharan. "Tengo el control total sobre él y todas las líneas ley han sido destrozadas. Aquí no ganarán nada. Regresen a sus hogares y dejen la Tierra en paz".

Las explosiones y maldiciones continuaron fluyendo desde el bosque y se estrellaron contra el Muro que ni siquiera tembló. Entonces Vamilion levantó las manos y comenzaron los terremotos. Los caballos asustados salieron disparados y grandes grietas en la tierra se tragaron a los que no pudieron escapar mágicamente. El poder del forastero arrojado contra el Muro parpadeó cuando incluso esa última línea ley se secó y se deslizó hacia la tierra para convertirse en parte de la magia del pozo. Entonces, finalmente, Owailion volvió a invocar su globo de cristal. Una ola de luz azul salió del orbe que sostenía, barriendo todo lo que encontró. Los árboles se partieron y los hombres fueron arrastrados como un tsunami y barridos por delante de la fuerza. Continuó expandiéndolo hasta que las nueve millas de la muralla estuvieron protegidas bajo su escudo y ya no se pudo ver a los forasteros. El bosque, convertido en astillas, comenzó a brillar con un fuego azul y estalló con magia reprimida que empujó hacia el este hacia Demion, quemando el refugio de cualquiera que esperara acercarse al Muro. Nadie volvió a desafiarlos. Los forasteros huyeron, habiendo aguantado lo suficiente con débiles líneas luminosas y la extraña magia de la Tierra.

En consecuencia, Owailion volvió a colocar su escudo azul en el globo y les indicó a los hombres que tiraran del cuerpo de Drake hacia la parte superior del Muro. Él estaba muerto; estrangulado, o debilitado más allá de la respiración, nadie podía decirlo. Con un suspiro, Owailion ordenó a los soldados que regresaran a la Derecha y enterraran el cadáver.

Mientras tanto, Vamilion se sentó con las piernas sobre el borde del Muro y miró la devastación que habían causado y se preguntó si se atreverían a relajarse. ¿Sería suficiente la intimidación del poder del Sabio para mantener alejados a los forasteros, o aún sería necesaria una verdadera batalla cara a cara? Debe haber estado compartiendo ese pensamiento distraídamente, porque Honiea se acercó a él y se sentó también.

"Probablemente no para siempre, pero por ahora ya está hecho", comentó simplemente.

Vamilion suspiró. "Me equivoqué".

"¿Acerca de qué?" preguntó mientras observaba a Owailion bajando mágicamente a los soldados por el lado oeste, fuera del Muro, devolviéndolos a la Derecha, donde probablemente habría una guarnición permanente ahora que tenían una frontera física que defender.

"Muchas cosas, pero sobre todo de ti. Eres más que un talismán para mí. Eres una joya exquisita. No hubiera pensado en este tipo de exhibición. Tampoco Owailion. Necesitamos que evites que nos volvamos locos. Hay una razón por la que los Sabios vienen en parejas. Puede que no necesitemos un compañero, pero somos mucho mejores personas cuando tenemos a ese otro con nosotros. También me equivoqué al no haberte buscado antes. Debería haberte protegido además de haber cumplido mi juramento a Paget. Debe haber habido una mejor manera. Habría evitado gran parte de las tontas peleas que Owailion y yo hemos hecho y tantas cosas que estaban... Mal, no te habrían sucedido. Lamento que hayas tenido que soportar al Comedor de Almas".

"¿Es esto cierto lo que escucho?" Owailion se burló desde varios metros de distancia. "¿Vamilion realmente está admitiendo que debería haber seguido mi consejo mucho antes y haber ido a buscar a su pareja?" Su sarcasmo se sentía menos que juguetón dada su actitud amarga normal, pero de Owailion esto llegó prácticamente como una broma.

"Se lo estaba admitiendo a ella, no a ti. Siempre seguiré su consejo antes que el tuyo", comentó Vamilion con una humildad renuente. Luego, deliberadamente, tomó la mano de Honiea, la tomó entre las suyas, la sostuvo y trazó las líneas en su palma, como si las memorizara. Sintió fascinación por la forma y el toque suave que ella podía manejar con estas manos curativas. Luego continuó como si Owailion no lo hubiera interrumpido. "Y supongo que eso significa que tengo que preguntarte si esperarás a que termine de construir este Muro antes de que hagamos mucho más... En una relación. Puede que me lleve tiempo estar listo. ¿Esperarás?"

Honiea suspiró, pensando en todas las reparaciones que quedaban por hacer. Quería ir a conocer a cada curandero del pueblo y compartir velas con ellos. Tenía que ir a hablar con el boticario y finalmente presentarse a él. Otro Talismán la esperaba para encontrar también antes de que finalmente pudiera romper el sello de su palacio, aunque dudaba que pasara mucho tiempo allí, dados sus dones. Técnicamente, ya no estaba casada, ya que Drake había muerto, por lo que ahora estaba libre, pero por supuesto esperaría a que Vamilion superara su dolor por Paget. No sintió una gota de pérdida por la muerte de Drake. Podía mantenerse ocupada todo el tiempo que fuera necesario y miraba hacia adelante con anticipación. Con una vida y un llamamiento eternos, podía permitirse el lujo de ser paciente.

Sin embargo, por un lado, no tenía que esperar. Tentativamente, Vamilion extendió la mano y, vacilante, levantó la barbilla para que pudiera ver sus profundos ojos verdes. "¿Puedo besarte?" preguntó tímidamente, como si nunca hubiera hecho esto antes. De una manera extraña, él no lo había hecho ni ella tampoco. Para ambos, ese beso fue el primero de una eternidad.

EPÍLOGO

Subió la ladera de la montaña en lugar de ir instantáneamente. Tenía que pensar en las cosas antes de intentar esto. De alguna manera era importante que le dijera a alguien, a cualquiera, lo que iba a hacer. Y si la única otra persona en el mundo a la que le importaba no era un humano... Bueno, tenía que intentarlo. Tenía cuatro años hasta que el volcán volviera a entrar en erupción y, si no lo hacía ahora, es posible que nunca más tuviera la oportunidad. Y así, Owailion caminó lentamente por las laderas de Jonjonel, su lugar de nacimiento, al menos en la Tierra.

En la cima miró hacia atrás sobre el terreno y una vez más quedó impresionado. La Tierra era un lugar hermoso y siempre lo había sido. Hacia el oeste vio el océano, azul y reflejándole el sol. Hacia el sur, vio el manto verde del bosque de Fallon que se extendía más allá del horizonte. Hacia el este, vio los inicios de las Grandes Montañas de las Cadenas, donde la nueva Reina pronto establecería su hogar. Y hacia el norte, la tundra se extendía por millas en un glaseado de flores lavanda, rosadas, blancas y amarillas que permanecerían solo por unas pocas semanas durante este, el apogeo del verano. Había esperado ver gran parte de esto intacto, pero ahora estaba abierto a una invasión y debía proteger la Tierra.

También debía protegerlo del propio Owailion. Se sentía miserable con lo que había hecho. Vamilion y Honiea tenían razón al acusarlo de manipularlos a ellos y a su magia para sus propios fines. ¿El fin justifica los medios? Quería proteger la Tierra y volver a sellarla de los forasteros que la invadieron. ¿No fue ese un objetivo digno? Él había pensado que sí, pero cuando sus esfuerzos por romper las líneas ley y hacer retroceder a los invasores permitieron esclavizar a Honiea y obligaron a Vamilion a romper sus juramentos y su espalda, bueno, eso fue demasiado lejos y Owailion ahora lo reconoció. Se había convertido en un peligro para la tierra.

Pero aún tenía metas. No pudo detener a todos los invasores. Tenía que admitir que la mayor parte de la inmigración a esta Tierra vacía había sido un beneficio. Nunca conseguiría dieciséis Sabios y volvería a sellar la Tierra si nunca dejaba entrar a nadie.

Las puertas estaban abiertas ahora. Vamilion y Honiea enseñarían e invitarían a nuevos Sabios. No necesitaban ayuda de él, especialmente si su ayuda era tóxica y manipuladora. Sería mejor si se quedara fuera del camino, en su propio palacio y dejara que el mundo descansara de sus esfuerzos. Pero parte de él todavía quería la aprobación de una autoridad superior de su decisión de convertirse en ermitaño. Podía orar al respecto, pero sus oraciones quedaron sin respuesta, al menos de la manera obvia.

Así que vino aquí a Jonjonel en busca de la mejor alternativa. Con su mente, Owailion extendió la mano hacia el cielo desde este lugar más alto de la Tierra, buscando la mente de su mentor, con la esperanza de que Mohan aún se despertara y lo convenciera de alguna tontería antes de comprometerse a una vida sin interacción humana.

"Mohan, ¿estás despierto?" Owailion preguntó desesperado y disculpándose, como un niño pequeño que le teme a la oscuridad. "Quiero decirte algo. He hecho algo terrible. He herido a los únicos amigos que tengo y es posible que no me perdonen. ¿Estás ahí, viejo amigo?"

No escuchó respuesta de nadie; no del dragón, si es que estaba ahí fuera, o Dios, que Owailion sabía que siempre estaba ahí, aunque no se diera a conocer. En lugar de eso, Owailion miró hacia arriba y vio que se acumulaban nubes, espesas y tormentosas, incluso en el tiempo por lo demás despejado. Sabía lo que esto significaba y cayó de rodillas y miró hacia abajo, sin querer ni siquiera ver la tormenta que significaba que su castigo se acercaba.

"Hijo mío, estás tan desgarrado. ¿Dónde pusiste tu esperanza? ¿Te rendiste?" La voz que alguna vez se le había presentado en sus sueños resonó en su cabeza una vez más. "¿Por qué?"

Owailion suspiró. "No hay excusa para perder la esperanza excepto que yo también perdí a Raimi. La necesito como necesito magia para seguir con vida. ¿Cómo puedo seguir? Hice daño a todos los que me rodean cuando trato de encontrar una manera de traerla de regreso, lo cual empeora las cosas".

"Eres como una piedra, parada sola, desgastada antes de tiempo. Cuando estás solo, no proteges nada, no construyes nada y no vales nada. Los otros Sabios a medida que vengan te protegerán y te darán una clave para encontrar lo que has perdido. No los dejes fuera. Sé paciente. No debes perder la esperanza o perderás la oportunidad de recuperar a tu compañera. Todo Sabio por venir tendrá algo que te ayudará o te recordará lo que estás persiguiendo. Ten esperanza, Owailion, y ella vendrá".

Owailion miró hacia las brillantes nubes de tormenta. ¿Podría creer este mensaje? Siempre, a pesar de la presencia de nubes, no sintió nada más que el amor de Dios. Sin embargo, Owailion había perdido tanto que había dejado que su cinismo bloqueara la voz de Dios. Pero Owailion se aferró a esa esperanza prometida. Con todo el poder a su disposición y todo el tiempo del mundo, todavía necesitaba estar seguro de que podía hacer esto.

Una segunda voz afectó abruptamente su conciencia, profunda, gruñona y medio dormida. *"Sí, y ahora sé bueno y ve a pedir disculpas"*. Entonces Mohan regresó a su siesta interrumpida.

Querido lector,

Esperamos que hayas disfrutado leyendo *Las Líneas Ley*. Tómese un momento para dejar una reseña, incluso si es breve. Tu opinión es importante para nosotros.

Atentamente,

Lisa Lowell y el equipo de Next Charter